secession

Mike Johansen

Die Abenteuer von Macclayston, Harry Rupert und anderen

Roman

Aus dem Ukrainischen übersetzt
von Johannes Queck

MIKE JOHANSEN

DIE ABENTEUER VON MACLAYSTON, HARRY RUPERT UND ANDEREN

ROMAN

Aus dem Ukrainischen übersetzt von Johannes Queck

**Kofinanziert von der
Europäischen Union**

Kofinanziert von der Europäischen Union. Die geäußerten Ansichten und Meinungen sind jedoch ausschließlich die der Autorin und spiegeln nicht unbedingt die der Europäischen Union wider. Weder die Europäische Union noch die Bewilligungsbehörde können für diese verantwortlich gemacht werden.

Die Arbeit des Übersetzers am vorliegenden Text wurde vom Deutschen Übersetzerfonds gefördert.

Die Originalausgabe erschien erstmals 1925 in Kyjiw im damaligen Staatsverlag der Ukraine Державне видавництво України (ДВУ) unter dem Titel *Пригоди Мак-Лейстона, Гаррі Руперта та інших*

Erste Auflage

Pannierstr. 13
12047 Berlin
info@secession-verlag.com

Übersetzung: Johannes Queck
Lektorat: Christian Ruzicska
Korrektorat: Christian Ruzicska
www.secession-verlag.com

Umschlagentwurf, Gestaltung und Satz: Eva Mutter, Barcelona
Gesetzt aus Calluna
Herstellung: Daniel Klotz, Berlin
Druck und buchbinderische Verarbeitung:
Friedrich Pustet, Regensburg
Papier Innenteil: 90 g/m^2 Werkdruck
Papier Vor- und Nachsatz: 115 g/m^2 Surbalin
Papier Überzug: 115 g/m^2 Surbalin
Printed in Germany
ISBN 978-3-96639-124-5

VORBEMERKUNG DES ÜBERSETZERS

Vorliegenden Roman hat Johansen ursprünglich 1925 als Fortsetzungsroman in zehn Teilen unter dem Pseudonym Willy Wetzelius veröffentlicht. In der direkten Transliteration aus der kyrillischen Schrift, Vecelius, werden die Anspielungen auf das ukrainische Wort ›veselyj‹ (froh, heiter, lustig) sowie auf Tizians Nachnamen ›Vecellio‹ deutlicher. Die Initialen des fiktionalen Übersetzers und Herausgebers, ›M.K.‹, verweisen auf ein weiteres Pseudonym Johansens, nämlich Mychajlo Kramar, angelehnt an den Mädchennamen seiner Mutter.

Dieser fiktionale Herausgeber hat im Text auch erklärende Fußnoten hinterlassen. Wo Fußnoten zur Erklärung von mir stammen, sind diese kursiv gesetzt.

Im Text kommen drei Erzählungen vor, die Johansen aller Wahrscheinlichkeit nach aus Sammlungen deutscher Ethnografen übersetzte. Da Johansen den Stil und an manchen Stellen auch den Inhalt leicht modifizierte, um sie in seinen Text einzupassen, handelt es sich bei den entsprechenden Abschnitten in vorliegendem Text nicht um wörtliche Zitate, sondern um Rückübersetzungen aus dem Ukrainischen. Die Quellen sind:

Carl Meinhof: Die Nussdiebe. In Ders.: Afrikanische Märchen. Jena: Diederichs, 1917, S. 182-190 (Geschichte des schwarzen Kutschers von Kelep und Hund).

Paul Hambruch: Der malaiische Eulenspiegel. In Ders.: Malaiische Märchen aus Madagaskar und Insulinde. Jena: Diederichs, 1922, S. 216-223 (Tonis Geschichte von Towo).

Paul Hambruch: Rabotity. In Ders.: Malaiische Märchen aus Madagaskar und Insulinde. Jena: Diederichs, 1922, S. 12-13 (Tonis Geschichte von Rabotity).

VORWORT

Willy Wetzelius ist ein Pseudonym von Anton Reinke, der im Jahr 1893 unter deutschen Kolonisten in Saporischschja auf der Insel Chortyzja geboren wurde. Seine Geschichten, die er im leichten Genre eines Abenteuerromans niederschrieb, trug er bei Festen in der Kolonie vor. Diesen seinen Roman haben wir vom Manuskript übersetzt, das nach Anton Reinkes Tod zum Verlag gelangte.

Um es veröffentlichen zu können, war es notwendig, einige Stellen des Textes, den er recht unbedarft geschrieben hatte – er war ja nicht zum Druck bestimmt –, zu ändern und zu glätten. Darüber hinaus mussten einige der enthaltenen Episoden gestrichen werden (z.B. die Geschichte von Camilla), da der Roman einen ganz und gar unvollendeten Eindruck machte und besagte Episoden eine zu geringe Verbindung zum Gang des Geschehens aufwiesen.

Anton Reinke kehrte nicht aus Deutschland zurück, wohin er auf eine Mission gereist war. Er wurde in einem nichtigen Streit mit zwei Faschisten von einem deutschen Offizier erschossen. Der Verfasser dieser Zeilen musste in seiner Übersetzung das letzte Kapitel zu Ende schreiben – seinen Beginn (die Geschichte der Lanes) hatte Wetzelius noch selbst geschrieben. Ohne jegliche Änderungen, im Stile von Wetzelius, wurde das 3. Kapitel belassen.

In der Gestalt des Duval verriet Wetzelius ein paar seiner eigenen Charakterzüge. *Der Mensch ist der Mächtigste!* war sein Lieblingsspruch.

M.K.

KAPITEL 1
DIE DAME IN SCHWARZ

Ein afrikanischer Panther. Flug im Aeroplan. Miss Drevins – die Haushälterin. Anspielung auf E.A. Poes Gedicht »Annabel Lee«. Hunger in Russland und der Ukraine. Der Buchhalterfinger. Betsy, Maud und Jenny. Die Dame in Schwarz. Doktor Reeps. Der Frachter Victoria. *Ein Mann mit einem Vogel. Harry Rupert. Wieder Miss Drevins – die Haushälterin. Explosion auf hoher See. Eine Zigarette auf Algen. Was ein Albatros denken würde, wenn er rauchen könnte.*

Genau eine Minute, nachdem die Pfote mit den gepflegten Krallen, die nicht nur niemals einen Webstuhl berührt, sondern ihrem Besitzer auch nie nur einen einzigen Knopf angenäht hatten,[1] ging die Tür des Schlafzimmers leise auf und der Panther sprang federleicht ins Zimmer.

Die grünen Augen des jungen, noch nicht ganz ausgewachsenen Tieres trafen auf die schläfrigen des Mädchens.

Es sprang aus dem Bett und begann, vom Schlaf erhitzt, mit seinem Liebling, der eher in den zentralafrikanischen Busch gepasst hätte als in das komfortable Zimmer von MacLaystons Tochter, zu spielen und herumzutollen.

In Südamerika gibt es nur Jaguare, einige Hunderttausend Pud Korn waren nötig gewesen, um an einen echten afrikanischen Panther zu gelangen.

---

1. Lücke im Original – Der Hrsg.

Aber was zählt schon prosaisches Korn – in Amerika gibt es schließlich keinen Hunger, den gibt es in Sowjetrussland. In Amerika gibt es Dollars, Mister MacLayston hat Dollars – und MacLayston hat eine einzige Tochter, also hat Mr. MacLaystons Tochter Dollars.

Unterdessen hatte die Tochter MacLaystons genug vom Spielen mit Annabel, wie sie ihr Spielzeug entsprechend dem Gedicht von Edgar Allan Poe nannte, und schrieb, nachdem sie schnell zum Schreibtisch geflitzt war, in schludriger Schrift: »Guten Morgen, Papa! Schick mir heute den *Herald*«.

Dann steckte sie das Telegramm in Annabels Halsband, übergab das Tier einem Dienstmädchen und begann, auf eine Antwort zu warten, wobei sie im Lichterspiegel, der sich über die gesamte Wand erstreckte, ihr Gesicht betrachtete, das von Strähnen goldglänzenden Haars eingerahmt war … Zuerst hieß es wie folgt: der naive Duft des 18-jährigen, noch nicht voll erblühten Wesens, strömte aus jeder Ader dieser jungen … usw.

Aber, nach reiflicher Überlegung, beschloss der Autor, dies nicht zu schreiben, sondern den Leser zu ermuntern, sich selbst ein bildhübsches 18-jähriges Mädchen vorzustellen, das nach allen Regeln der Kunst großgezogen worden ist, ein mustergültiges Tierchen, ohne einen einzigen Makel, dessen Aufzucht tausende Tuberkulosefälle und tausend rachitische Kinder gekostet hat … kurz gesagt, jede Menge Dollars. Gerade wurde behauptet, das Tierchen wäre ohne einen einzigen Makel gewesen.

Aber das stimmt nicht ganz.

Einen Makel hatte die wohlerzogene Milliardärstochter – die Angewohnheit, Zeitung zu lesen.

Es gibt in der Geschichte Fälle, in denen etwas vollkommen Unvorhergesehenes und äußerst Unangenehmes aus der Zeitung selbst durch die dicke Schicht des bourgeoisen Lacks dringt.

Solches war am Abend zuvor geschehen. Miss Drevins, die leitende Haushälterin in Mr. Laystons Palast auf der Avenue, war säuerlich und fad, wie ein alter Hering, so drückte es Edith aus; um sie ein wenig zu ärgern, hatte Edith die Abendausgabe des *Herald* genommen und begonnen, daraus vorzulesen, wobei sie absichtlich falsche Betonungen setzte und die Worte nach dem Vorbild New Yorker Burschen aussprach: »New York, Datum, Monat. Die Gerüchte über den schrecklichen Hunger in Russland bewahrheiten sich. Eine noch nie dagewesene Hungersnot löscht ganze Landstriche aus. Hungrige Frauen essen ihre Kinder. Es wurden Fälle von Kannibalismus gemeldet ...«

Schließlich hatte sie etwas gelesen, das sie zwang, die Zeitung auf der Stelle beiseitezulegen; sie war errötet von der Anstrengung, die es sie gekostet hatte, das plötzliche Gefühl des Schreckens zu verbergen.

Heute, auf dem Teppich vor dem Spiegel sitzend, war Edith derart in Gedanken versunken, dass sie vor Überraschung aufschrie, als Annabel sie, den schweren Kopf tief gesenkt, mit ihrer großen Katzennase berührte.

Mit einem Mal wurde Edith blass vor Wut; anstelle der erwarteten Zeitung befand sich am Halsband des Panthers ein Zettel, auf dem geschrieben stand: »*Meine kleine Fee soll ihr Köpfchen nicht mit etwas verwirren, das sie zum Grübeln bringt. Mac.*«

An diesem Morgen war Edith wütend auf ihre Zimmermädchen und warf während des Badens sogar mit dem Schwamm nach einem von ihnen. Der Schwamm traf es glücklicherweise direkt ins Gesicht, sodass die Spritzer parfümierten Wassers ihm halfen, die Tränen zu verbergen, die ihm in die geröteten Augen gestiegen waren.

Edith ging nicht mit ihrem Vater frühstücken, sondern hielt auf einer Spazierfahrt mit dem Automobil abrupt vor einem Zeitungskiosk. Nachdem sie ein paar Münzen gegen einen Stapel Zeitungen eingetauscht hatte, war sie fast schon beruhigt, weil sie dachte, ihre Laune befriedigt zu haben. Sie hielt es für eine Laune, weil Mr. Layston ihre Wünsche allesamt als solche bezeichnete.

In dieser Hinsicht würde ich Mr. Layston übrigens zustimmen. Für eine Milliardärstochter ist das Mitgefühl mit Hungernden in der Tat eine Laune, eine sadistische Zerstreuung. Eine ganze Woche lang saugte Edith alle Zeitungsnachrichten auf, an die sie entweder auf ihren Fahrten mit dem Automobil oder durch Bestechung der Dienerschaft hatte gelangen können. Der schreckliche Hunger, den die amerikanischen Zeitungen ausmalten, ohne an Farbe zu sparen, zog das junge Mädchen an wie das Feuer die Motte.

Sie konnte sich von diesem hypnoseähnlichen, unbekannten Gefühl nicht losreißen, das die Artikel über den Hunger in ihr hervorriefen.

Drei Tage vor dem verhängnisvollen Tag, daran erinnerte sich Mr. MacLayston gut, betrachtete er mit seiner Tochter, während sie in der Kabine des Aeroplan nebeneinandersaßen, die weit unter ihnen ausgebreiteten Schachbretter verschiedenfarbiger Felder. New York hüllte sich in violett-gelben Dunst und ein blauer Streifen des Ozeans lockte freundlich das mit sentimentalen Gedichten erzogene Mädchen. Plötzlich wandte sich Edith ihrem Vater zu (auch daran erinnerte sich Mr. MacLayston gut) und fragte: »Papa, warum gibt es in Russland Hunger?« Mr. Layston war überrascht. »Hunger ... Den Hunger in Russland haben die Bolschewiken verursacht, sie haben den Bauern das Korn genommen.«

»Und warum habe ich dann in einer Zeitung gelesen, dass es

diesen Hunger nicht gäbe, wenn die europäischen Staaten die Kriege in Russland nicht unterstützen würden?«

»Ich sehe schon, du liest zu viel«, sagte MacLayston ärgerlich und schwieg.

Wie er das später bereuen sollte!

»Das heißt, es gibt keine Möglichkeit, ihnen zu helfen?«, fragte Edith.

»Ich liefere Tausende Dosen Fett an die ARA«, sagte Layston. »Wir müssen auch den Heiden und Zöllnern helfen, sagt unser Herr Jesus Christus.«

Layston verstummte und machte es sich bequem, sodass sein Körper über die Armstütze, die Rückenlehne, ja, den ganzen Sitz quoll.

Es hatte sich herausgestellt, dass die Lieferung von Produkten an die ARA ein sehr profitables Geschäft war. Der Reingewinn betrug nicht weniger als 35 Prozent. Alle verdorbenen Waren landeten dort. Ein Hungernder ist schließlich kein Schwein – er frisst wirklich alles.

Darüber hinaus lagen die Geschicke der ARA nun in den Händen des Wohltäters der Menschheit, des Königs der chemischen Industrie, Mr. MacLayston. Und schließlich machte es einen ziemlich guten Eindruck – den hungernden Opfern des Bolschewismus zu helfen …

»Das ist die *Victoria*«, unterbrach der Mechaniker Laystons Gedanken und zeigte nach Nordosten.

»Wo?«, Edith sprang auf.

»Der kleine weiße Fleck da, rechts von der Freiheitsstatue. Auf der Reede.«

Edith richtete ihren Blick auf das weiße Fleckchen; die *Victoria* war ein Frachter der ARA auf dem Weg nach Russland. Mit ihm sollte, neben Spionen des Außenministeriums, auch der Sekretär des Chemical Trusts, der Doktor der Chemie, Jim Reeps fahren, der engste Mitarbeiter der Laystons.

In Laystons Vorstellung erschien die Bilanz im Hauptbuch des Chemical Trusts. Der Hauptbuchhalter Reeps hatte einen kahlen und krummen Finger. Als er seine Erklärungen beendet und auf die Spalte ›Reingewinn‹ gedeutet hatte, blieb unter den Ziffern eine dunkle Schweißspur zurück. »Ob er wohl eine Frau hat?«, dachte MacLayston und verließ mit Edith die Kabine.

Betsy, Jenny und Maud arbeiteten in einer organisch-chemischen Fabrik des Chemical Trusts.

Als sie an jenem Tag von der Arbeit nach Hause liefen, blieben alle drei vor einem Plakat stehen:

American Relief Administration (ARA)

Kaufen Sie eine Karte für das Kino »Hippodrome«

1. Die Hungernden kommen.
2. Das ausgestorbene Dorf und die Leichen der Verhungerten.
3. Mütter, die ihre Kinder essen.
4. Verrückt vor Hunger.

»Da müssen wir heute Abend hin«, sagte Jenny.

Sie zählten ihr Geld. Fünf Pence hatten sie noch.

Zu dritt gingen sie zu Maud. Die musste noch ihre Kleidung in Ordnung bringen.

Und zwar musste sie die kleinen Löcher ihrer Strümpfe stopfen. Es waren viele Löcher – ein paar Stellen würde sie mit Tinte abdecken müssen. Es war sinnlos, alles zu vernähen, beim Waschen löste es sich ohnehin wieder auf.

Im Kino waren sie ein wenig enttäuscht. Man musste den Mantel an der Garderobe abgeben.

Und noch ein paar Pence beim Garderobier zu lassen – das war einfach zu viel.

Betsy und Jenny versuchten Maud davon zu überzeugen, sich den Film dennoch anzusehen. Diese aber wusste genau, was zu tun war. Mit gleichgültiger Stimme bot sie ihre Karte irgendeinem Büroangestellten an, der in der Schlange stand.

Der klimperte mit seinen blonden Wimpern und war anscheinend sehr zufrieden damit, die Schrecken des 20. Jahrhunderts betrachten zu können, ohne in der Schlange stehen zu müssen. Betsy und Jenny legten wie Ladys im Vestibül ab, Maud aber ging nach Hause.

Vor dem Plakat stand nun ein Mann und sah sich die Illustrationen an.

Als Maud auf dessen Höhe war, erkannte sie ihn: Ein schon etwas älterer Arbeiter, der erst vor kurzem in der Fabrik angefangen hatte.

»Ich bin heute Abend nicht hingegangen, wissen Sie«, sagte Maud.

»Das haben Sie gut gemacht«, sagte der Alte. »Mit unseren Kopeken wollen sie die Hungernden versorgen. Und Layston verdient dank dieser Kopeken Millionen. Es werden sich auch ohne Sie genügend Dumme finden.«

»Sie haben sich schon gefunden«, dachte Maud und setzte ihren Weg fort.

Eine halbe Stunde später saß sie bereits auf ihrem Bett und betrachtete ihre mit Tinte gesprenkelten Beine. Sie hatte Schmerzen in der Brust und wollte schlafen.

»Gut, dass es so gelaufen ist«, dachte sie, deckte sich mit ihrem

Mantel zu und versuchte einzuschlafen. Aber die Schmerzen in der Brust hinderten sie daran …

Eine junge Frau in einem schwarzen Kostüm, das Gesicht von schwarzem Crepe Chiffon verhüllt, deren Bewegungen ihre vom Leben verwöhnte Natur erahnen ließen, suchte in einer der fashionable Streets von New York nach dem Gebäude mit der Nummer 34. Schließlich stand sie vor dem Schild und hielt kurz inne.

An der Eingangstür war ein zweites Schild angebracht:

Dr. J. Reeps.
Sekretär beim Vorstand des Chemical Trusts.
Anwesend von … bis …

Entschlossen drückte sie die Klingel.

Als Antwort auf diese Bewegung wälzte sich ein violetter Brocken, der offenbar einmal ein weißer Spitz war, um die Ecke des Cottages, und fing an wie verrückt zu bellen.

Die Dame in Schwarz wartete geduldig.

Scheinbar lebten in diesem Cottage Taube oder Tote.

Es klackte, als schnappte ein eisernes Gebiss zu, und langsam bewegte sich das Gartentor, woraufhin sich vor den erstaunten Augen der schwarz gekleideten Dame auch die schwere Tür des Cottages öffnete.

Der Hund verschwand im Inneren und die Unbekannte lief ihm hinterher, durch einen langen Flur ohne Fenster, der von einer grellen elektrischen Lampe erleuchtet wurde.

Dann kam eine kalte Diele, die von den Ausdünstungen eines chemischen Labors durchdrungen war, und schließlich fand sich die geheimnisvolle Besucherin in einem geräumigen Zimmer mit auffälliger Einrichtung wieder. Das Zimmer schien eine Art Lagerraum der unterschiedlichsten Dinge zu sein und erinnerte an einen Auktionssaal, in dem sich die Reste der Reichtümer verarmter Aristokraten und abgebrannter Bürger stapelten.

Spuren eines Hausherren waren nirgends zu sehen, was den Gegenständen Leben einzuhauchen schien.

Alles war mit einer dicken Staubschicht bedeckt.

Die Unbekannte berührte mit ihrem Finger gerade irgendeinen Wattebausch, auf dem von dieser Berührung ein elliptischer Fleck zurückbleiben sollte, als der Herr des Cottages, Jim Reeps, Doktor der Chemie, das Zimmer betrat.

»Mr. Jim Reeps?«

»Ganz recht, Milady. Wie kann ich Ihnen behilflich sein?«

»Zuerst müssen Sie mir schwören, Jim Reeps, dass Sie niemals jemandem meine Geheimnisse verraten werden.«

Reeps versuchte, die Gesichtszüge der Unbekannten zu erkennen, die sorgfältig unter dem Schleier verborgen lagen, und mehr als dass er es sah, spürte er, wie diese einen harten und entschlossenen Ausdruck annahmen.

Sein Blick wanderte zu ihrer wunderbar gepflegten jungen Figur.

Ein Kaleidoskop von Gedanken wirbelte durch seinen Kopf. Er verneigte sich schweigend.

»Sie wissen, dass in zwei Tagen ein Transport der ARA nach Russland abfährt.«

»Aber ja, sonst würde ich selbst ja nicht im Auftrag des Trusts damit fahren können.«

»Ich habe kein Geld. Das hier ist das Einzige, was mir geblieben ist«, sagte die Unbekannte und streckte ihm anmutig ein Ende ihres Schleiers entgegen.

»Aber was kann ich denn nun für Sie tun?«

»Ich habe einen Mann. Inzwischen wäre es vielleicht passender zu sagen: Ich hatte einen Mann. Er ist nach Europa, und nun sind bereits elf Monate vergangen, in denen ich keine Nachricht von ihm erhalten habe und keinerlei Hinweise über seinen Verbleib ... Mr. Reeps, verstehen Sie denn nicht, dass dies bereits ausreicht, eine unglückliche Frau zu zwingen, Sie zu bitten, Sie anzuflehen ...«, sie griff nach seinen Händen.

Der Doktor der Chemie, Jim Reeps, verspürte den starken Wunsch, ihr zu sagen, dass man nicht so weit fahren müsse, um einen Mann zu finden – dass, zum Beispiel, er selbst ...

Aber im Ton und der ganzen Haltung der Unbekannten lag etwas, das es nicht zuließ, auf den Erfolg eines solchen Vorschlags zu hoffen. In Reeps' Kopf blitzte der Keim eines Plans auf ...

In einem Tonfall, der eher an einen Befehl erinnerte als an eine Bitte, sagte sie – streng und schön wie eine altgriechische Römerin – fast schon flüsternd:

»Sie müssen mich mitnehmen, Jim Reeps!«

Man konnte das Ticken der Uhr in der Westentasche des Doktors der Chemie hören.

Schließlich sagte er:

»Aber wo ist er denn hin?«

»Nach Russland.«

»Wie konnte er sie nur allein lassen?«

»Die Pflicht rief ihn.«

»Entschuldigen Sie, ich verstehe nicht ganz.«

»Er hat mich verlassen, um in den Reihen der Armee zu dienen, die Recht und Ordnung in seinem Heimatland wiederherstellen sollte. Er ist in die Weiße Armee eingetreten.«

Reeps beeilte sich, die Hände der Unbekannten zu drücken. Plötzlich wurde er hektisch.

»Ach, ich alter Esel! Was stehen Sie denn noch hier? Setzen Sie sich, um Gottes willen.«

Und er schob ihr einen Stuhl hin.

»Ich muss nach Russland«, sagte sie, nachdem sie sich gesetzt hatte. »Das ist der Sinn meines Daseins.«

Reeps war der Ansicht, dass dies aus seiner Perspektive ganz und gar nicht der Sinn ihres Daseins war. Diesbezüglich muss der Autor ihm wohl zustimmen. Reeps wagte es jedoch nicht, der Unbekannten gegenüber seine Ansichten bezüglich des Sinns ihres Daseins laut zu äußern.

»Wie ist ihr Name?«, fragte er.

»Martha Loran«, antwortete die Unbekannte.

Es wurde beschlossen, dass Madam Martha Loran den Transport als Barmherzige Schwester begleiten würde.

Außerdem informierte sie Mr. Reeps darüber, dass sie bis zur Ankunft in England in ihrer Kajüte bleiben würde. Sie müsse ihre Abreise vor einigen ihr nahestehenden Personen verheimlichen – aus Motiven, die Reeps sicherlich guthieße, würde er sie kennen.

Mr. Reeps hieß ihre Motive stillschweigend gut, obwohl er sie nicht kannte.

»Bis bald«, sagte die Unbekannte. Reeps geleitete sie zur Tür, versetzte dem violetten Spitz, der wieder zu bellen ansetzte, einen solchen Fußtritt, dass er abhob und gegen die Wand flog, und schloss hinter der Unbekannten die Tür.

Dann ging er zurück ins Zimmer, setzte sich aber nicht mehr hin.

Breitbeinig stand er in der Mitte des Raumes und lächelte bei einem Gedanken, der Besitz von seiner Fantasie ergriffen hatte. Auf seinem Gesicht mit den deutlichen Spuren einer Geschlechtskrankheit, zeichnete sich plötzlich ein süßlicher Ausdruck ab …

Am Tag vor dem verhängnisvollen Tag – Mr. Layston erinnerte sich nur zu gut – brachte Ediths Panther ihm einen Zettel: »Ich liebe dich dafür, dass du den Hungernden hilfst. Edith.«

Mr. Layston lächelte, zerriss den Zettel und dachte nach. Sein Körper ergoss sich über das Bett, das unter seinem Gewicht sanft nachgab und die Wellen des Laystonschen Körperfetts an seinen Gestaden aufnahm.

Layston berechnete den Profit aus den Geschäften mit der ARA. Diese Hungersnot war für ihn ein völlig unerwartetes Geschenk. Die ARA war sehr gut darin, Geld einzusammeln und würde es nicht wagen, Waren von jemand anderem als Layston zu beziehen.

Wenn das so weiterging, sinnierte der Wohltäter der Hungernden, würden sich ein paar kleinere Projekte realisieren lassen.

›Wohltäter der Hungernden‹ – ach ja.

Sogar Edith dankte ihm wegen der Hungernden. Vor den Augen von Mr. Layston erschien eine riesige Spalte des Hauptgeschäftsbuches, und bei der achten Ziffer von oben schlief er ein.

Das riesige Frachtschiff *Victoria* war da schon drei Tage auf seiner Route nach Europa unterwegs.

An Bord war es menschenleer und still. Unermüdlich pflügte die schwere Schiffsnase durch die grüne Wellengischt, die sich als elastische Masse an den Rumpf legte, weitertrieb und im Horizont verschwand.

Seit zwei Tagen bereits hielt ein kompakter Himmelskreis das Schiff ununterbrochen in seiner blauen Zange. Jeden Abend ging Martha Loran an Deck, um frische Luft zu schnappen.

Nach einem Tag in der stickigen Kajüte, so komfortabel Reeps sie auch hergerichtet hatte, musste man einfach frische Luft schnappen.

Bis dahin hatte Dr. Reeps Martha Loran nicht mit Besuchen belästigt. Dieser erschien das vollkommen natürlich, dem Leser aber, der beiläufig Bekanntschaft mit einigen Gedanken des geschätzten Doktors geschlossen hat, wird es kaum natürlich erscheinen. Der Grund für dieses Phänomen lag, wie ein von der Schiffsapotheke ausgestelltes Rezept erhellt, eben darin, dass besagter Doktor der Chemie einen empfindlichen Magen hatte und sich absolut nicht imstande fühlte, ein auch nur einstündiges Gespräch mit einer Dame zu führen. Erst am dritten Tag fühlte er sich etwas besser, unterließ es jedoch noch immer, Martha Loran einen Besuch abzustatten.

Am fraglichen Abend schlug das Wetter um, der zunächst klare Sonnenuntergang wurde von grauen Wolken verdeckt, das Meer schwoll an, verdunkelte sich und grollte dumpf.

Martha spazierte lange auf dem Deck umher, in Gedanken versunken ...

Es war bereits dunkle Nacht, als sie aus ihren Grübeleien erwachte.

Sie wollte die Tür öffnen, die unter Deck zu den Kajüten führte, aber die Tür gab nicht nach; sie drückte fester – die Tür war verschlossen.

Einen Augenblick lang blieb sie stehen, dann ging sie zu derjenigen Tür, die zum Maschinenraum führte.

Auch diese war verschlossen – das war ja noch verständlich – aber warum die andere?

Sie wusste nicht, was sie davon halten sollte. Eine schwere Vorahnung durchdrang ihren Körper.

Sie machte bis an den Rand des Decks ein paar Schritte, die hell über dem gleichförmigen Stampfen der Maschinen erklangen.

Sie sah sich um. Niemand weit und breit.

Schließlich setzte sie sich auf einen Haufen Taue, der an der

Reling lag, und lehnte ihren Kopf gegen das Geländer. Da fuhr sie wie von der Tarantel gestochen hoch: Ihre Wange war mit Fingern in Berührung gekommen, die den Handlauf umklammerten. Instinktiv eilte sie in Richtung Schiffsmitte. Aus dem Dunkel tauchte eine Gestalt auf. Martha schrie, und in diesem Augenblick packte eine Hand sie am Oberarm.

Martin war 45 Jahre alt. Niemand wusste, woher er stammte. Einige meinten, er wäre Ire, und verwiesen auf seinen Akzent, manchmal aber konnten diejenigen, die ihn öfters in der Kneipe sahen, beobachten, wie er, den Kopf in die Hände gestützt, irgendwelche unverständlichen Wörter vor sich hinmurmelte, mit kehligen Lauten und einer Art Pfeifen.

»Der Alte schwätzt wieder auf Äffisch«, bemerkte man flüsternd, denn laut wagte niemand, sich über ihn lustig zu machen. Alle kannten den Matrosen Martin, aber zwei Monate vor Ablegen der *Victoria* war er plötzlich spurlos verschwunden. Das Gerücht ging um, er arbeite irgendwo in einer Fabrik, andere meinten, er säße im Gefängnis. Über seine Arme liefen Striemen, die sich blutrot färbten, wenn ihn der Zorn packte, und genauso verhielt sich die breite Narbe, die quer über sein Gesicht lief.

Am Tag vor der Abfahrt der *Victoria* war er wieder aufgetaucht. Er wurde im Kontor gesichtet, wo die Matrosen anheuerten.

Mit Vergnügen nahm man Martin als Vollmatrose für die Überfahrt in Dienst. Aus seinen Papieren ging hervor, dass er auf Schonern im Pazifik Bootsmann gewesen war, andere meinten, er sei Kapitän auf einem Korsaren-Schiff gewesen, und verwiesen dabei auf den wilden Vogel, der zwischen den zwei gestählten Muskeln seiner Brust tätowiert war.

Auf dem Schiff bemerkten seine Kameraden, dass er sich

offenbar aus irgendeinem Grund für den Doktor der Chemie, Mr. Jim Reeps, interessierte.

Reeps beugte sich zu dem verängstigten Mädchen hinunter und flüsterte: »Haben Sie keine Angst – bleiben Sie bei mir – ich liebe Sie.«

Seine Hand hielt ihren Oberarm weiterhin umklammert.

»Lassen sie los!«, keuchte sie und versuchte, ihren Arm zu befreien.

Der Doktor aber packte auch noch ihren zweiten Arm und sagte:

»Wehren Sie sich nicht. Es ist völlig zwecklos. Hier ist niemand. Beruhigen Sie sich und hören Sie mir zu. Sie müssen mir sowieso zuhören. Nun kommen Sie, seien Sie nicht dumm, beruhigen Sie sich.«

»Dann reden Sie, um Gottes willen, und lassen Sie mich los«, flüsterte sie.

»Ich bin nicht Jim Reeps«, sagte er. »Aber egal, wer ich bin, ich liebe Sie. Sie brauchen nicht irgendwohin fahren, um Ihren Mann zu suchen, ich habe Dollars, sehr viele Dollars, mehr als Sie sich je erträumen können.«

»Was wollen Sie von mir?«, stöhnte sie.

»Sie wissen, was ich von Ihnen will. Entscheiden Sie sich schnell, ich mag es nicht, wenn man mich reizt. Und Sie reizen mich bereits seit der Sekunde, als Sie zu mir kamen. Sie werden so oder so tun, was ich will.«

»Wer sind Sie?«, fragte sie, um Zeit zu gewinnen. »Ich habe kein Interesse, mich mit Verbrechern einzulassen.«

Reeps ließ nicht locker, seine Worte wurden drohender. Er war betrunken und begann, mit seiner Hand über ihre Brust und ihren Bauch zu streicheln. Martha spürte, wie sie schwächer wurde.

Eine Minute noch, und er würde mit ihr machen können, was er wollte.

Sie schleuderte ihm ein paar heftige Flüche ins Gesicht, er aber redete weiter, als ob er sie nicht hörte, und seine Hände wurden kühner.

Plötzlich warf sie ihren Schleier weg und schrie:

»Sehen Sie mich an!«

Vor Reeps stand Edith Layston.

Eine Sekunde lang war Reeps überwältigt von dem gewohnten Gefühl sklavischer Untergebenheit. Er ließ ihre Arme los. Sie wollte davonstürzen, doch genau in diesem Moment packte er sie erneut.

»Das ändert gar nichts«, sagte er heiser. »Ich bin von Layston beauftragt, diesen Transport zu leiten. Ihnen wird niemand glauben.«

»Lassen Sie mich los!«, schrie Edith. »Das werden Sie büßen.«

Reeps zog ein schwarzes Ding aus seiner Tasche.

»Schweigen Sie, wenn Sie nicht über Bord gehen wollen. Ich werde Martha Loran erschießen wie eine Katze, und jedes Gericht wird mich freisprechen, ich habe Dollars. Sie wissen das. Ich spucke auf alle Gerichte.«

Er drückte den Sicherungshebel der Browning.

»Ich frage Sie ein letztes Mal – werden Sie tun, was ich von Ihnen verlange?«

»Nein!«, schrie Edith hysterisch.

Reeps hob den Revolver, der daraufhin aus seiner Hand flog und gegen die Tür knallte. Über ihm hing, wie eine Gewitterwolke, eine fremde Gestalt – und eine Hundertstelsekunde später lag der Doktor der Chemie am Boden, es krachten Knochen.

»Nicht töten!«, rief das Mädchen unwillkürlich aus und stürzte sich auf die beiden Männer.

Halb tot vor Angst und Überraschung hörte sie, wie ein fast

schon tierisches Knurren laut wurde, eine Art kehliges Pfeifen, als hätte Reeps ein riesiger Affe angegriffen.

Sie wich erschrocken zurück, aber in diesem Moment rollten die beiden Körper auf sie zu und ein grober Stoff berührte ihre Hände.

»Ein Mensch«, fuhr ihr durch den Kopf, und wieder schrie sie:

»Nicht töten, um Gottes willen!«

Die Gestalt aber war gar nicht im Begriff, Reeps zu töten. Stattdessen machte sie sich an seinen Augen zu schaffen. Zu Tode erschrocken dachte das Mädchen, der Doktor würde geblendet. Am ganzen Leib wie Espenlaub zitternd, blickte sie auf die Hände des unbekannten Mannes. Diese Hände waren im Begriff, die Augen des Doktors der Chemie J. Reeps sorgfältig zu verbinden.

Dann packte der Mann den Doktor unterm Arm, schloss die Tür auf und verschwand mit ihm über die Treppe im Maschinenraum.

Edith wollte hinterherlaufen, aber der Mann hielt sie mit einer Handbewegung davon ab.

Erschöpft setzte sie sich auf einen Haufen Taue. Etwa eine Minute später kehrte der Mann zurück.

»Wissen Sie, was ich Ihnen raten würde?«, sagte er auf Englisch. »Nehmen Sie sich vor diesem Doktor in Acht und verlassen Sie besser nicht Ihre Kajüte. Zusätzlich zu allem anderen hat er auch noch Geschlechtskrankheiten, Sie könnten sich also anstecken.«

Die Milliardärstochter wollte schon gekränkt sein, merkte aber schnell, dass ihr das nichts nützen würde.

»Wissen Sie eigentlich, wer ich bin? Ich bin Edith MacLayston«, sagte sie. »MacLayston wird Sie angemessen belohnen.«

Der Mann holte eine Taschenlampe hervor und betrachtete Edith. Im reflektierten Licht sah sie eine kräftige Figur mit offenem Matrosenkragen. Auf der Brust glänzte eine blaue Tätowierung.

Beim Namen MacLayston hatte der Mann leicht geseufzt.

»Ich brauche keine Belohnung von MacLayston. Tun Sie einfach, was ich Ihnen gesagt habe. Leben Sie wohl!« Und damit er wandte sich zum Gehen.

»Warten Sie«, rief Edith, »sagen Sie mir, wer Sie sind. Sie sind in Gefahr. Reeps wird Sie vom Angesicht der Erde tilgen.«

»Reeps wird mich nicht vom Angesicht der Erde tilgen, weil er nicht weiß, wer ihm in die Quere gekommen ist. Er wird es auch nie erfahren, denn der Wachmann ist nur halb so groß wie ich: Jetzt schläft er wie ein Toter.

Und zu der Frage, wer ich bin: Das geht Sie nichts an. Ich habe nicht im Geringsten den Wunsch, mit Ihnen Bekanntschaft zu schließen. Und nehmen Sie sich in Acht, denn so wie heute wird es für Sie nicht immer ausgehen. Leben Sie wohl.«

Und der Matrose verschwand in der Tür, die zu den Kajüten führte.

Edith war kurz unschlüssig, dann ging sie ebenfalls unter Deck.

Am Geländer der Treppe fühlte sie plötzlich etwas Klebriges. Angewidert nahm sie ihre Hand weg und hob sie ins Licht der Lampe. An ihren Fingern klebte Blut.

Ich weiß nicht, wie ich die Tatsache erklären soll, dass sich Harry Rupert und Martin auf dem Schiff kein einziges Mal trafen. Glaubt man den Gerüchten, die Martin umgaben, so waren beide in der chemischen Industrie angestellt.

Harry war Mitarbeiter in dem chemischen Labor des berühmten Professor Dwell und reiste nach Europa in einer Angelegenheit, deren Natur noch nicht bekannt ist.

Auf dem Schiff aber war Martin Vollmatrose und Harry nur irgendein beliebiger Passagier.

Martin interessierte sich nicht für die übrigen Passagiere und Harry war den ganzen Tag in irgendwelche Bücher vertieft.

Und weder dem einen noch dem anderen wäre im Traum je eingefallen, wie das Schicksal sie später zusammenführen sollte.

Zurück in ihrer Kajüte konnte Edith nicht schlafen. Was war zu tun? Wie würde es weitergehen?

Sie versuchte erst gar nicht, an ihrer Lage irgendetwas Tröstliches zu finden. Sie steckte den Kopf nicht unter den Flügel wie ein Kasuar. Die Realität war aus ihrer Perspektive furchtbar: Sich in den Fängen von Doktor Reeps zu befinden und sich möglicherweise mit einer schrecklichen Krankheit anzustecken, aus der es kein Entrinnen gab. Wie sie es bereute, heimlich aus New York geflohen zu sein! Sie hätte Mr. MacLayston irgendwie überreden, ihm wenigstens ihre Adresse hinterlassen können. Sie besaß kein Geld. Dafür hatte sie all ihre Wertsachen mitgenommen – eine beträchtliche Summe, die mitzuführen allerdings nicht ungefährlich war. Müdigkeit übermannte Edith und bald schon schlief sie ein. Sie schlief ein, wie sie war, ohne sich auszuziehen, ohne den engen Kragen, wie man ihn anno 192… trug, aufzuknöpfen. Ihren Schlaf jedoch störte etwas, etwas bewegte sich unaufhörlich in ihrem Rücken. Sie prüfte ihre Umgebung genau, suchte jeden Winkel ihres Zimmers ab, rief Miss Drevins, woraufhin die beiden zu zweit suchten. Nirgends war etwas zu sehen, Miss Drevins wollte schon wieder gehen, aber da war immer noch etwas in Ediths Rücken. Schließlich ging Miss Drevins. Es wurde stickig. Es war nicht mehr möglich zu atmen. Edith wollte schreien und konnte es nicht. Schließlich bezwang sie sich und blickte sich um. An der Reling taucht ein Gesicht auf, eine zottelige Hand streckt sich ihr entgegen. Sie wächst, wächst, wächst, erreicht gigantische Ausmaße. Es ist kein menschliches

Gesicht. Ein riesiger vorspringender Kiefer verrät es – es ist das Gesicht eines gigantischen Menschenaffen. Der Affe ergreift Ediths Hand und reißt ihren Ring ab. Edith stößt einen wilden Schrei aus und wacht in kalten Schweiß gebadet auf …

Dr. Jim Reeps belästigte Edith nicht mehr mit seinen Besuchen. Der geschätzte Wissenschaftler schloss sich einen ganzen Tag lang in seiner Kajüte ein und kam am Folgetag mit bandagierter Physiognomie heraus.

»Die Folgen eines zu scharfen Rasiermessers«, gab der Doktor dem Ersten Offizier auf dessen Frage zur Antwort. »Sie werden uns nicht daran hindern, ein Glas Grog zu vernichten«, fügte er hinzu, und die beiden begaben sich in den Speisesaal.

An diesem Tag erhielt Edith eine Nachricht von Reeps. Zuerst wollte sie den Zettel ungelesen wegwerfen, aber die Vorsicht riet ihr, keine Art der Konfrontation zu scheuen.

> Erlauben Sie mir zunächst, Ihnen meinen Dank für Ihr Mitgefühl auszudrücken, das mir half, den Fängen eines Verbrechers zu entkommen. Dieser Verbrecher wurde bereits gefunden und erwartet seine rechtmäßige Strafe. Ich werde Sie nicht mehr mit meiner Gegenwart belästigen und werde, wenn Sie es erlauben, alles tun, was ich kann, um Ihnen bei Ihrer Rückkehr nach Hause zu helfen.

Nach Hause?

»Sollte ich nach Hause zurückkehren, dann sicher nicht mit Ihrer Hilfe«, dachte Edith, »ich werde mich selbst um Geld kümmern.«

Aber schrieb er denn wirklich die Wahrheit und der Matrose war gefunden worden?

Sie sah Martin anschließend auf dem Deck. Offensichtlich hatte man ihn nicht verhaftet. Vielleicht, so sinnierte sie, wieder zurück in ihrer Kajüte, wollte Dr. Reeps ihn gar nicht verhaften und an ein Gericht übergeben, sondern kurzen Prozess mit ihm machen, und zwar nach Art des Ku-Klux-Klans, also nach der neuesten Mode der Selbstjustiz in der amerikanisch-kapitalistischen Kultur.

Vielleicht verfolgten Martin seine Spitzel, um ihn in einem günstigen Moment ins Jenseits zu befördern. Allein der Gedanke daran ließ Edith das Blut in den Adern gefrieren – schließlich hatte er sie gerettet.

Sie wollte loslaufen, um Martin zu suchen und die Gefahr von ihm irgendwie abzuwenden. Aber in diesem Moment hüpfte sie wie ein Ball auf das Bett. Sie stand wieder auf. Da riss sie eine neuerliche Erschütterung zu Boden.

Sie stand ein zweites Mal wieder auf und lief hinaus in den Flur. Irgendetwas krachte, das ganze Schiff bebte. Auf allen Vieren stieg sie die Treppe hoch und lief aufs Deck. Es war voller Menschen. Die Vor-Bramstenge des Fockmastes (oder etwas in der Art) war umgestürzt und hatte mehrere Menschen erschlagen.

Edith wusste nicht, was sie tun sollte und stürzte davon, aber in diesem Moment packte sie etwas am Bein, sie sah hin und schrie auf. Ihr Blick blieb an starren, glasigen Augen hängen. Eine unnatürliche Haltung entstellte den toten Mann, über seine Wangen floss graues Gehirn, Ediths Füße waren nass. Ein Blick nach unten – sie stand in einer Blutlache.

Der riesige Achtersteven hing wie ein Lumpen übers Heck des Schiffes. Die Leute, sich heftig drängend, kämpften um einen Platz in den Beibooten.

Plötzlich ertönte ein leises, anhaltendes Knarzen, das immer lauter wurde. Als ob jemand eine rostige Tür öffnete.

Anschwellend wie eine Welle erreichte es die Stärke eines

Donnerschlags, und die Mitte des Schiffs mit seinen Schornsteinen, Fenstern und Masten fiel mit Getöse in sich zusammen. Irgendein Tau traf Edith im Nacken, und sie fiel in Ohnmacht ...

Es wehte der Passat. Gegen diesen stemmte sich ein weißer Albatros, der 100 Meter über der Meeresoberfläche mit seinen messerscharfen Augen inmitten der grünen Algen Ausschau nach Fischen hielt. Ein kleines weißes Pünktchen blieb an einem Zweig hängen.

Hätte der Albatros Tabak rauchen können, hätte er entschieden, dass es sich hierbei um eine Zigarette handelte. An dieser Stelle hatte vor einer halben Stunde die Fahrt der *Victoria* geendet.

KAPITEL 2

DAS CAFÉ ZUM BLAUEN AFFEN

Die Liberia *legt in Marseille ab. Über Maya Layston, Miss Drevins und den Kretin Sidney Layston. Das Detektivbüro Pinkerton. Ein junger Mann mit rätselhaftem Gesicht. Ein junger Mann mit einem Traber. Paris. Das Café* Zum Blauen Affen. *Angriff auf einen Milliardär. Die erste Erwähnung von Poincaré. Iwan in Paris. Der geheimnisvolle Engländer. Fünf Banditen aus Tanger. »Mann über Bord«. Camillas Gefühle. Camilla betet. »Sie ziehen bis Neun«.* Einundzwanzig *und* Chemin de fer. *Ein blonder Matrose auf der* Liberia.

Es war ein klarer, sonniger Tag. Auf dem Oberdeck des Dampfers *Liberia*, der in Marseille abgelegt hatte und die Westküste Afrikas umrunden sollte, gingen zwei junge Männer auf und ab. François, der jüngere, nahm sich eine ägyptische Papirossa, klopfte mit ihr auf die Packung, die eine Pyramide und eine Palme zeigte, und rauchte nervös. Er spuckte über Bord und bewegte die Lippen, als wollte er etwas sagen, schwieg aber. Eine Minute später liefen er und sein älterer Kamerad, der kleingewachsen und blond war, schweigend um einen Berg aus Sperrholz und Brettern herum. »Ein Haufen Arbeit«, sagte François endlich. »Gehen wir runter, bringt ja sowieso nichts«, fügte er ärgerlich hinzu. Der blonde Vincent fischte die Packung aus der Hosentasche seines Kameraden und rauchte ebenfalls. Dann gingen beide schweigend in Richtung Unterdeck …
In den Schiffspapieren lag unter N° 117 folgendes Dokument:

Frachtbrief № 368914, von G. Duverrier.

Adresse des Absenders: Paris, Café *Zum Blauen Affen*.
Bestimmungsort – Libreville.
Sendung: Kisten, aus Sperrholz – 13.
Bruttogewicht: ½ Tonne«.

MacLayston hatte alle Detektivbüros mobilisiert. Selbst Pinkerton setzte seine Mitarbeiter in Bewegung, nachdem er einen blauen Scheck über ein hübsches Sümmchen erhalten hatte, und übergab für die Dauer dieses Falles sogar die Leitung des Streikbrecherbüros an seinen Stellvertreter. All die jungen Leute, die zusammen mit Edith Rennwagen gefahren waren, wurden heimlich durchsucht, aber es wurden keine Hinweise auf ihren Verbleib gefunden. Von diesen jungen Leuten ließ MacLayston einen sogar in sein Arbeitszimmer kommen, wo er diesen bat, ihm doch ehrlich mitzuteilen, ob er irgendetwas von seiner Tochter wüsste. Der junge Mann machte zunächst ein unergründliches Gesicht, bis MacLayston am Ende ein glänzendes schwarzes Teil für acht Personen hervorholte, das er unzweideutig in seinen Händen hin und her wendete – da bekam der junge Mann Angst und gestand, dass er überhaupt nichts wusste.

Die Verwalterin von Laystons Villa, die alte Drevins, wiederholte zum hundertsten Mal, was sie bereits am Tag nach Ediths Verschwinden gesagt hatte: Dass sie nichts wisse. Am Tag zuvor sei Edith sehr fröhlich gewesen und habe mit großem Appetit zu Mittag gegessen. Sie sei mit Bob Docherty (der junge Mann mit dem unergründlichen Gesichtsausdruck) in einem gelben Benz in die Stadt gefahren und habe so viele Sachen gekauft, dass die Limousine bis unters Dach vollgestopft war. Anschließend hätte sich Bob empfohlen, und Edith sei zu der vom Ärztekollegium verordneten Zeit schlafen gegangen. Dabei hätte sie wie immer Tabletten genommen. Nichts habe darauf hingedeutet, dass sie nervös gewesen wäre, oder irgendetwas in der Art. Sie sei sogar zu ihr, Miss Drevins, gekommen, um ihr gute Nacht zu sagen. Niemand hätte vorhersagen können, dass ihr Zimmer am nächsten Morgen leer sein würde. Der Kretin Sidney Layston, der Bruder der jungen Lady, schickte jeden, der ihn ausfragen wollte, »zur Teufelsmutter«. Als er begriffen hatte, dass Edith nicht da war, dass sie irgendwohin gefahren war, hatte er alle dreimal »zur Teufelsmutter« und anschließend »zur bösen Frau« geschickt und war schließlich in bittere Tränen ausgebrochen. Er hatte sich jedoch schnell beruhigt, als man ihn in Ediths Zimmer brachte und darin allein ließ. Dort zog der edle Spross der Familie Layston das Ballkleid seiner Schwester an, verschloss die Tür und kam bis zum Abend nicht mehr heraus. Mehr hatte man bei ihm nicht erreichen können.

Am Mittag des vierten Tages nach Ediths Verschwinden wurde Layston, der tatsächlich schon seinen Appetit verlor, am Telefon ausgerichtet, irgendein Subjekt wünsche ihn in der Angelegenheit Miss Edith zu sehen. Eine Minute später trat ein tadellos gekleideter junger Mann in Laystons Arbeitszimmer, setzte sich in einen Sessel, streckte seine Beine aus und begann zu erzählen. Er habe das Glück gehabt, Miss Layston auf der Rennbahn kennengerlernt zu haben, wo sein Traber *Continent* einen Preis gewonnen habe. Der Traber habe Miss Layston sehr gefallen – ein schwarzer Mestizo ohne ein einziges weißes Härchen. Seine Eltern, also die des Trabers, seien … bei diesen Worten stieß MacLayston einen obszönen Fluch aus und schlug dem jungen Mann vor, zur Sache zu kommen. Dem stimmte der junge Mann bereitwillig zu und erzählte, dass Miss Layston ihn vor nicht mehr als fünf Tagen am Telefon gefragt habe, ob er damit einverstanden wäre, ihr *Continent* zu verkaufen. Er sei lange unschlüssig gewesen, da *Continent* der beste Traber im ganzen Staat New York war, und habe gehofft, Miss Layston, als eine in dieser Angelegenheit ja interessierte Person, wolle noch weitere Gespräche mit ihm führen, aber inzwischen wären schon fünf Tage ohne ein Wort von Miss Layston vergangen. Es wäre also von höchstem Interesse für ihn, Miss Laystons Meinung in dieser Angelegenheit zu erfahren … weiter kam er nicht. MacLayston packte ihn am Kragen, warf ihn eigenhändig aus dem Arbeitszimmer und verpasste ihm zum Abschied einen Tritt in den Rücken.

Wie ein rasendes Tier lief er in seinem Arbeitszimmer auf und ab. Ging hinaus auf den Flur und kehrte zurück ins Arbeitszimmer und griff zum Telefonhörer.

»Hallo, Pinkerton?«, sagte Layston. »Finden Sie jetzt mal bald eine Spur? Ihnen ist doch wohl hoffentlich über der Organisation von Streikbrechern und Provokateuren nicht die Fähigkeit verloren gegangen, andere Aufträge zu erfüllen? Ich bitte Sie darum, sich zu beeilen. Ich werde mich sonst umgehend an ein anderes Büro wenden, und Sie werden keine Belohnung erhalten.«

Auf ein Läuten hin betrat ein Lakai das Zimmer. »Senden Sie folgendes über Funk. Ich diktiere: ›Sofort Jim Reeps in welchem Hafen auch immer festnehmen und unter strenger Bewachung herbringen. Layston.‹«

Es war Mai. Das junge Laub der Bäume war noch nicht vom Ruß der Autos und Cabs bedeckt, die über die Chaussee jagten. Ein amerikanischer Häher, der in allen Farben des Regenbogens schillerte, flog über die Chaussee, ließ sich in den grünen Kronen nieder und betrachtete mit gewöhnlichen amerikanischen Augen den unendlichen Strom aus Cabs und Autos. Von Zeit zu Zeit gelang es ihm, die aus einer Limousine geworfenen Reste eines Frühstücks aufzusammeln, auf denen er dann drei Schritte von der Straße entfernt stoisch herumpickte. Seine Aufmerksamkeit richtete sich nicht auf den käferschwarzen Benziner, der leise vorbeiflog und einige Staubwolken aufwirbelte. Er sah auch nicht den fetten Herrn mit seinen hervorstehenden Augen, der einen ungeöffneten Roman beiseite legte und den Blick nach vorne richtete, bevor er nervös auf dem Sitz eines verglasten Coupés herumrutschte.

Layston war auf dem Weg nach New York. Eine Stunde zuvor hatte ihm die Detektei Pinkerton mitgeteilt, Edith sei ohne jeden Zweifel mit Reeps auf dem Dampfschiff davongefahren. Man habe Kenntnis erlangt, sie hätte sich eine Woche vor ihrem Verschwinden nach Pariser Adressen erkundigt. Einen Monat zuvor, so erinnerte sich Layston, hatten er und Edith über eine Reise nach Paris gesprochen, wobei es ihm mit wenigen Argumenten gelungen war, sie davon zu überzeugen, bis zum Winter zu warten, weil dies schlicht sinnvoller gewesen wäre. Edith hatte sich derart problem- und widerstandslos einverstanden gezeigt, dass es MacLayston nicht in den Sinn gekommen war, seine Tochter mochte ihre Meinung vielleicht noch ändern und allein nach Paris reisen. Nun bestand für ihn gar kein Zweifel mehr, dass sie genau dorthin gereist war. Er beschloss, allein nach Paris zu reisen und sie wohlbehalten zurückzubringen, oder zumindest doch herauszufinden, wo sie steckte, und, falls sie dies wollte, bei ihr in Paris zu bleiben.

Die *Liberia* ließ Tanger hinter sich. In Tanger hatten François Denis und Vincent Paul unter marokkanischen Deserteuren fünf Banditen angeheuert. Der Kapitän hatte dafür, dass er sie mit an Bord nahm, eine Stange Geld erhalten. Vincent – ein alter, erfahrener Jäger – hatte jedem von ihnen den Bizeps befühlt, ein Arzt in Tanger ihren Gesundheitszustand untersucht. Ihre Militärpapiere bezeugten erhebliche Kompetenzen im Gebrauch von Gewehren. Nun spielte diese edle Kompanie, in der dritten Klasse reisend, den ganzen Tag *Chemin de fer*. Vincent und François hielten sich abseits. François verfluchte sich selbst und mit ihm die ganze Welt dafür, dass er sich auf diese dumme Expedition eingelassen hatte, er zog eine Fotografie von Camilla aus seiner Hosentasche, stellte die elegante Tänzerin in seinen Gedanken einer haarigen Gorilladame gegenüber, spuckte über Bord und rauchte eine Zigarette nach der anderen.

Vincent schwieg beharrlich, weil er François nicht noch mehr aufwühlen wollte – er hatte viel Erfahrung in diesen Dingen.

Am Abend standen sie wieder an Deck. Die Banditen spielten mit vollem Einsatz *Chemin de fer*. Zur Linken färbte sich das westliche Ufer Afrikas tiefblau und verschwamm im Dunst. Es war eine ruhige Stunde.

Da wandte sich François wie aus dem Nichts an Vincent und sagte dumpf:

»Ich spüre, Vincent, dass ich von dieser verfluchten Reise nicht zurückkehren werde.«

Vincent antwortete ihm mit Schweigen.

Keiner der beiden bemerkte, wie ein junger Matrose, ein blonder Bursche mit kleinen, stechenden Augen, langsam an ihnen vorüberschlich. Auf ihrer Höhe blieb er beinahe stehen, ging dann aber doch an den fünf Banditen vorbei, nachdem er sie einen Moment lang betrachtet hatte. Die Halunken hatten bereits auf Deck irgendeine Prostituierte gefunden, mit der sie nun spielten: zu sechst. Der Matrose warf einen letzten Blick auf die Kompanie und die zwei jungen Männer und ging anschließend über die Treppe nach unten.

»MISS EDITH LAYSTON wird gebeten, in einer für sie äußerst wichtigen Angelegenheit zum HÔTEL ROYALE SAINT HONORÉ zu kommen« – die Anzeige erschien im *Matin*, im *Petit Parisien*, der *Temps* und kleineren Pariser Zeitungen. Layston, der es noch nicht geschafft hatte, sich ein Cottage zu organisieren, lag auf dem Bett eines luxuriösen Hotelzimmers und wartete auf die Ankunft der herbeibestellten Agenten einer Detektei. Eine Viertelstunde später betraten drei Subjekte das Zimmer – zwei davon typische Offiziere der französischen Infanterie, deren Gesichter betrunken und die selbst recht streitlustig wirkten. Der dritte war ein außergewöhnlich gutaussehender Brünetter mit kleinem schwarzen Schnurrbart, feuchtem, durchdringenden Blick und vollen Lippen. MacLayston beschrieb kurz das Aussehen von Miss Edith: Achtzehn Jahre alt, blaue Augen, rötlich gelbes Haar – keine besonderen Merkmale. Dann holte er ein paar Fotografien von ihr hervor und reichte sie dem Brünetten. Dieser nahm sie ehrfurchtsvoll entgegen, musterte sie aufmerksam, steckte eine von ihnen in seine Tasche und gab die beiden anderen seinen Kameraden.

Mit flachsiger Geste entließ MacLayston die Agenten und rief nach einem Lakaien zur Ankleide. *Maître d'hôtel* – er drückte den Knopf. Es erschien ein stattlicher Mann im Frack, der einem Advokaten oder Minister ähnelte.

»Finden Sie mir einen Menschen, der mir Paris zeigt.«

Eine halbe Stunde später saß MacLayston mit einem Herrn, dessen Namen er sich einfach nicht merken konnte und den er deshalb mal Beron, mal Briman nannte, in einem Auto, das ihn zu einem Café brachte, das *Zum Blauen Affen* hieß. Der Herr war in früheren Tagen einmal Parlamentsabgeordneter der sozialanpässlerischen Partei gewesen und tat inzwischen für ein wenig Geld alles, was man von ihm verlangte. Er beschloss, dem großen Ausländer zunächst besagtes Café zu zeigen – das man wohl als einzigartig auf der Welt bezeichnen konnte. Monsieur Duverrier – ein wahrer Meister seines Fachs. Sein Etablissement wäre selbst in einer Stadt wie Paris längst dichtgemacht worden, wäre er nicht mit Poincaré verwandt gewesen. Der Herr neigte sich dem Milliardärsohr zu und flüsterte ihm Einzelheiten über das Café ein. Layston schüttelte ungläubig den Kopf, als wollte er zum Ausdruck bringen, dass nichts von alldem bedeutsam war. Aber die Erzählungen interessierten ihn doch. Das Auto hielt vor dem Eingang, der hell in blauem Licht erstrahlte. Der Herr sprang als erstes aus dem Automobil, schwer schwankend folgte ihm Layston. Im Handumdrehen hatte der Herr einen Tisch gefunden, und noch bevor Layston hatte zu ihm aufschließen können, deutete der Herr mit einer tiefen Verbeugung auf einen mit blauem Samt überzogenen Stuhl neben dem Tisch. Layston ließ sich in das Polster sinken und betrachtete die kleine Bühne. Auf einem dünnen Draht, eine kleine Stange in den Händen haltend, balancierte ein schlankes nacktes Mädchen. Layston, der in seinem Leben schon viele schöne Frauen gesehen hatte, bewunderte den schlanken, straffen Körper der Tänzerin, ihre festen Brüste und die makellosen, wie gemeißelten Beine. Sie war groß gewachsen und hatte runde, leicht wahnsinnige Augen.

Sie tänzelte noch einmal über das Seil, drehte anschließend eine letzte Pirouette und verschwand. Etwa ein halbes Dutzend junger Männer und sabbernder Greise klatschten träge in die Hände.

Ein grauhaariger Artist mit Spitzkragen trat an Layston heran. Monsieur Duverrier persönlich. Mit einer Handbewegung bedeutete er dem Milliardär, sich in ein Nebenzimmer begeben zu wollen. Es handelte sich um ein Schlafzimmer, alles war rosa-hellblau gestreift, auf dem Bett lagen weiße Decken, es ähnelte einem Jugendzimmer. Er wies auf einen Stuhl an der Wand. Layston setzte sich.

Duverrier drückte einen Knopf an besagtem Stuhl und öffnete damit ein kleines Fenster, dann verließ er freundlich in Laystons Richtung lächelnd den Raum. Einige Minuten lang saß Layston reglos da und starrte auf die Öffnung in der Wand. Seinem versteinerten Gesicht war nichts abzulesen, die Lippen blieben locker geschlossen. Dann jedoch funkelte in seinem Blick plötzlich Neugier auf, er wirkte aufmerksamer, bewegte Lippen und Hände. Seine fleischig dicke Unterlippe klappte nach unten, über sie rann ein Speichelfaden herab. Layston rutschte auf seinem Stuhl hin und her, er fuchtelte mit seinen Händen herum und fuhr mit ihnen, ohne den Blick vom Fenster abzuwenden, auf der Suche nach einem weiteren Knopf über den Samt. Ungeduldig tastend stieß er auf der Armlehne des Stuhls an einen zweiten Knopf, drückte diesen und machte es sich bequem, den Blick noch immer auf das Fenster gerichtet.

Einige Sekunden später quietschte sanft die Tür, eine verschleierte Gestalt trat ein und ging lautlos auf den Stuhl zu. Der Schleier schob sich zur Seite, fiel zu Boden und die Tänzerin, die eben noch auf dem Seil getanzt hatte, kam zum Vorschein. Ihr Gesicht lag verborgen unter einer Maske, der Maske eines Menschenaffen. Layston winkte sie zu sich. Sie drehte sich um, ging zur Tür und hängte den Haken ein ...

Die Straße glich einem Sturm. In einem breiten Flussbett in ihrer Mitte jagten Cabs und Autos dahin; wie eine riesige Raupe, die sich zusammen- und wieder auseinanderzieht, kroch die Trambahn Wagon für Wagon um die Ecke, Fahrradfahrer schlängelten sich zwischen Kutschen hindurch, zu beiden Seiten des Straßenpflasters drängten unzählige Zylinder und Hüte voran, Mützen, Augen, Bärte, Krawatten, Damen in unwahrscheinlichen Toiletten. Hier und da lief ein schwarzhaariger, schmutziger Junge aus einer

Uhrmacherwerkstatt vorbei, mit müden roten Augen, von Arbeit und Absinth gequält. Irgendein Zylinder lief zwei Frauen hinterher. Hätte sich Iwan in diesem Menschenauflauf befunden, wäre er zur Salzsäule erstarrt wie Lots Frau – mitgerissen von den Wellen, zur Seite gestoßen von den Frauen, der Kopf betäubt von ihren Parfums und Zigarrenrauch, erschreckt von wütenden Rufen in einer unverständlichen Sprache, gegen die Schaufensterscheibe eines Ladens gedrückt. Ein brünetter Herr, der der Büste im Schaufenster eines Friseursalons ähnelt, mit kokettem Schnurrbart und vollen Lippen, bleibt bei eben diesem Schaufenster stehen und schaut auf die Straßenmitte. Ein Auto saust vorbei, das brünette Subjekt geht zu einem Taxi, verschwindet in dessen Inneren; das Taxi heult auf und jagt dem Auto hinterher.

Im Auto sitzt der wohlig ermattete Layston, seine Lippen saugen gierig an einer Zigarre, der Bauch und die Beine sind schlaff, er streckt sie aus, lehnt sich ans Fenster und ist glückselig. Zehn Schritte hinter ihm fährt das Taxi. Der Brünette im Taxi hält eine Zeitung vor sein Gesicht, von Zeit zu Zeit blickt er von ihren Seiten auf und beobachtet das Laystonsche Mobil. Sie queren Straßen, große Plätze, wieder Straßen und plötzlich hält das Mobil, Layston steigt watschelnd aus und betritt irgendein Geschäft. Der Brünette gibt dem Fahrer ein Zeichen, das Taxi fährt am Laystonschen Mobil vorbei und verschwindet hinter einer Kurve. Der Brünette springt heraus, lässt das Taxi wegfahren und wartet an der Ecke. Als er das Laystonsche Mobil wieder sieht, setzt der Brünette sich in ein anderes, diesmal blaues Taxi und fährt wieder hinter Layston her. Über Straßen, Plätze, wieder Straßen, Boulevards, wieder Straßen und Straßen – das blaue Taxi folgt Layston beharrlich. Der Brünette hat die Zeitung bereits weggelegt und blickt nur noch nach vorn ...

Die *Liberia* hat die Kanarischen Inseln bereits hinter sich gelassen und nähert sich St. Louis in Senegambia. »Es wird Zeit, sich einmal mit unseren geschätzten Deserteuren zu unterhalten«, sagt François, als er zum hundertsten Mal mit Vincent an Deck geht. Vincent weicht nicht einen Moment von seiner Seite. »Die Unterhaltung wird nicht hier stattfinden und auch nicht in Libreville, sondern erst am Kongo«, antwortet Vincent ruhig. »In Libreville könnten sie uns davonlaufen«, fügt er nach einer Weile hinzu. »Die Unterhaltung wird am Kongo stattfinden«, sagte er noch einmal und schwieg plötzlich, als er den blonden Matrosen bemerkte, der sich drei Schritte von ihnen entfernt an einem Tau zu schaffen machte. Vincent nahm François am Arm und führte ihn nach unten. »Mir gefällt dieser Bursche nicht«, flüsterte er ihm zu, als sie die Treppe hinabstiegen. »Das ist das zweite Mal, dass ich ihn in unserer Nähe sehe, wenn wir an Deck gehen. Kein Wort zu ihm über irgendwas, das mit unserer Reise zu tun hat, hörst du.« Sie gingen hinunter in den Speisesaal. Der blonde Matrose, der gewartet hatte, bis sie verschwunden waren, ließ seine Arbeit nun liegen, warf den fünf kartenspielenden Banditen noch einen aufmerksamen Blick zu und ging davon.

François aß sein Mittagessen nicht auf und begab sich in seine Kajüte. Er legte sich auf sein Bett und starrte die Decke an. Eine Sekunde später kam Vincent herein und legte sich wortlos auf seine Koje. Eine Viertelstunde verging.

»In drei Monaten bist du wieder zuhause bei deiner Schönen«, sagte Vincent schließlich. »Alles wird gut. Sobald du das Geld bekommen hast, kannst du mit ihr fort. Kopf hoch. Alles wird großartig.«

François schwieg und sah zur Decke.

Plötzlich flog ein Schatten am Bullauge vorbei und etwas

klatschte ins Wasser. »Ein Fisch«, sagte Vincent und deutete mit dem Finger zum Bullauge. Vom Deck drangen Rufe und Lärm herunter, Getrampel wurde über ihren Köpfen laut. »Nein, das war kein Fisch.« François sprang auf und stürmte aus der Kajüte. Vincent folgte ihm etwas behäbiger. An Deck ließen sie das Beiboot herunter. Der Dampfer verlangsamte seine Geschwindigkeit und schaukelte auf den weiten, grünen Wellen. Eine Traube Matrosen und Passagiere stand um die Banditen herum, ein paar schrien. Schnellen Schrittes lief François dorthin, bis zur Reling. Die Banditen hatten gerade einen der ihren über Bord geworfen. Sie wurden verhaftet und nach unten geführt. Das Boot setzte auf dem Wasser auf und entfernte sich mit kräftigen Ruderschlägen vom Dampfer. In dem Boot hielt ein Matrose nach dem über Bord Geworfenen Ausschau. Entschlossen zog er seine Schuhe aus und tauchte ins Wasser.

Der Bandit wurde an Deck reanimiert. Er war ein etwa dreißigjähriger Mann, mit verwildertem Bart, quadratischem Kinn und hässlichem Gebiss.

Die rhythmischen Bewegungen, die zwei Matrosen mit ihren Händen vollführten, ließen seine zottelige Brust erbeben. Der Kapitän ging zu François und Vincent, zeigte auf den Mann und sagte: »Ich setze Sie am nächsten Hafen ab.« Vincent nahm ihm zur Seite und begann, ihm die Sache ruhig und besonnen auseinanderzusetzen. Der Kapitän hörte sich seine Argumente nicht an, sondern schüttelte nur mit hartem und grimmigem Gesichtsausdruck den Kopf.

Der Bandit würgte und erwachte wieder zum Leben. Er wurde unter Deck gebracht. Ein Agent der Regierung tauchte auf und folgte dem Banditen, weil er ihn vernehmen wollte. Der Kapitän brach mit einer schroffen Geste das Gespräch mit Vincent ab und ging davon. Vincent zuckte mit den Schultern.

»Er hat das ganze Geld verspielt, das sie als Vorschuss bekommen haben«, sagte Vincent zu François. »Sie haben ihn über Bord geworfen – sie sind alle mit Rum bis zum Rand abgefüllt.«

»Das wird uns die Hälfte unserer Einnahmen kosten«, sagte François verärgert. Vincent zuckte mit den Schultern.

»Ich werde mich um sie kümmern«, raunte er nach einer kurzen Pause.

»Du musst darum bitten, dass man ihnen keinen Rum mehr gibt.«

»Ich nehme ihnen ihr Geld ab und teile es dann gleichmäßig zwischen ihnen auf.«

Unten führte der Agent der Regierung die Vernehmung des Bärtigen durch und verfasste anschließend ein Protokoll. Mit knapper Geste bedeutete er den beiden jungen Männern, sich zu setzen. Kaum hatte er die Vernehmung beendet, schickte er den Bärtigen weg, schloss die Tür und begann, Denis und Paul zu befragen.

»Name?«

»François Denis.«

»Vincent Paul.«

»Beruf?«

»François Denis, ehemals Zirkusartist, jetzt in Diensten von Monsieur Duverrier, Paris, Café *Zum Blauen Affen*.«

»Vincent Paul, Offizier der Reserve, ich fahre im Auftrag von Duverrier, Paris, Café *Zum Blauen Affen*, nach Libreville.«

»Zweck der Reise?«

François sah Vincent an. Vincent erhob sich und flüsterte dem Agenten etwas ins Ohr. Daraufhin wurde François vom Agenten gebeten, zu gehen. Wenig später verließ auch Vincent wieder den Raum.

»Wie viel?«, fragte François missmutig.

»Tausend Francs«, antwortete Vincent ruhig.

»Sacré![2]«, rief François ungehalten aus.

»Halt die Klappe, das bringt überhaupt nichts. Wäre es dir lieber, sie setzten uns mit den Kisten in St. Louis ab? Hast du vergessen, welche Papiere Duverrier in seinem Besitz hat? Du willst doch wieder nach Paris oder?«

François schwieg. Pfeifend ging der blonde Matrose an ihnen vorüber.

Der Brünette folgte MacLayston bis zu einer Villa, die der Milliardär außerhalb der Stadt gemietet hatte. Ohne das Taxi anzuhalten, fuhr er an der Villa vorbei und kehrte, nach einer Schleife von zehn Lieue, auf Umwegen nach Paris zurück.

Der Milliardär durchquerte das Vestibül, ging zum Telefon und rief in der Detektei an. Es gab keine neuen Ergebnisse. Edith war immer noch nicht gefunden. Dann rief er im Café *Zum Blauen Affen* an.

»Verbinden Sie mich mit Miss Camilla! Gut, sonst nichts ... Miss Camilla?«, sagt Layston. »Morgen werde ich um neun Uhr abends im Café sein. Ich hoffe, Sie dort anzutreffen. Bis bald.«

Layston legte auf.

»Extrabeilage zum *Matin*. Extrabeilage zum *Petit Parisien*! Anschlag auf den Milliardär MacLayston! Attentäter gefasst! Porträt des Attentäters! Porträt von MacLayston!«

Am 15. Mai wurde ein Anschlag auf den Milliardär MacLayston verübt. Als der König der chemischen Fabriken Amerikas vor der

---

2. Zum Teufel!

Tür seiner Villa aus dem Auto stieg, zog sein Chauffeur einen Revolver und versuchte, den amerikanischen Gast zu töten. Miss Camilla aus dem Café *Zum Blauen Affen*, die mit dem Milliardär im Auto gesessen hatte, schlug dem Verbrecher den Revolver aus der Hand. Der Verbrecher wurde gefasst. Es handelte sich um den ehemaligen Mitarbeiter der örtlichen Kriminalpolizei Krėvė. Der Verbrecher ist groß gewachsen, ein schöner Brünetter. Er weigerte sich, ein Motiv für seine Tat zu nennen. Gerüchten zufolge war er der Geliebte von Miss Camilla. Die Vernehmung dauert noch an!

Anschlag auf den Milliardär MACLAYSTON. Extrabeilage zum Petit Parisien.

EINZELHEITEN MORGEN IN DER ZEITUNG!

Der Reporter vom *Petit Parisien* wusste unter anderem auch, dass Krėvė am Vorabend der Ankunft von MacLayston in Paris ein Gespräch mit einem Mann geführt hatte, der Französisch mit leicht englischem Akzent sprach. Er hatte ein Geschwür im Gesicht, das wie die Spur einer Krankheit aussah. Dieser Engländer hatte ihm schon im Voraus das Hotel genannt, in dem MacLayston wohnen sollte, und ihn für eine beträchtliche Summe Geld angeheuert, damit dieser den Milliardär erschoss. Für Krėvė hatte schon ein ausländischer Pass mit allen möglichen Visa bereitgelegen. Darüber hinaus hatte der Unbekannte ihm eine passende Anstellung im Ausland angeboten. Er hatte ihm nicht einen Penny Vorschuss gegeben, sondern stattdessen um sein Vertrauen gebeten, schließlich musste eine Angelegenheit wie die Ermordung von Layston auf einem hinreichend stabilen Fundament stehen und man sich vollkommen auf die Gegenseite verlassen können.

Camillas Eingreifen war für Krėvė insofern ein unverhoffter Vorteil, als er dem Anschlag den Anschein eines Mordes aus Eifersucht verlieh. Er zweifelte nicht eine Sekunde daran, dass der Engländer ihn befreien würde. Er hatte an dessen Tonfall erkennen können, dass dieser sich von keinem Hindernis würde aufhalten lassen. Es lag im Interesse des Engländers, den Auftragsmörder zu befreien, um die Polizei nicht auf seine eigene Spur zu führen, und so lief Krėvė pfeifend durchs Gefängnis.

Am Abend desselben Tages saß MacLayston vor dem Fenster des Schlafzimmers im Café *Zum Blauen Affen* und starrte in den Nebenraum. Heute war sein Gesicht nicht so gleichgültig wie am ersten Tag. Eine lebhafte Begierde rieselte aus seinen feuchten Augen hinunter zu seinen wie bei Hengsten geblähten Nasenlöchern, rann von dort in Richtung Unterlippe und floss anschließend in dünnen Speichelfäden abwärts. Sein zahnloses Maul gierte halb aufgerissen Richtung Fenster. Vor der Tür stand der Agent Wache, den Layston nach dem Attentat vor der Villa zu seinem Schutz engagiert hatte. Erregt bis zum Äußersten läutete er die Glocke. Ins Zimmer trat Camilla, mit der Maske eines Menschenaffen im Gesicht …

Plötzlich zuckte Camilla und begann zu lauschen. Ihr war, als hätte sie etwas gehört. Da war aber nichts. Sie machten weiter. Ein paar Minuten vergingen. Auf einmal sprang Camilla wieder auf. Jetzt hörte sie deutlich ein leises Quietschen. Layston hatte nichts gehört und winkte sie, erzürnt über die Unterbrechung, zu sich. Unschlüssig und am ganzen Körper wie Herbstlaub zitternd ging sie zu ihm.

»Sie neigen offenbar zu Hysterie«, flüsterte Layston boshaft. »Da muss ich mir wohl jemand anderen suchen. Ich werde nicht gern unterbrochen.«

Fügsam legte sich Camilla neben den fetten Wüstling aufs Bett.

Sie dachte zurück: Am Morgen, beim Aufstehen, hatte sie den Gedanken nicht loswerden können, warum Krėvė wohl den

Milliardär hatte erschießen wollen. Als sie ihren schlanken Körper im Spiegel betrachtet hatte, hatte sie an ihren Armen die rötlichen Spuren von Laystons Klauen bemerkt und begonnen, die Haut an diesen Stellen sorgsam glattzustreichen, sie rieb die Druckstellen mit Creme ein, fuhr mit einem Massagegerät darüber, streckte und beugte ihre Arme in rhythmischen Bewegungen. Auf dem Teppich liegend, bei ihrer Morgengymnastik, hatte sie wieder an Krėvė gedacht. Hat er wirklich aus Eifersucht gehandelt, wie die Extrabeilage des *Petit Parisien* behauptete? Nein, das konnte nicht sein. Bei François wäre dies etwas Anderes gewesen. Während sie sich mit kaltem Wasser wusch, betrachtete sie noch einmal ihren wunderbaren Körper und seufzte. Sie hasste ihr Leben, diese Affenmaske, die sabbernden Eber, die sich Abend für Abend ihrer einfach bemächtigten. Aber Duverrier hatte ihre Schuldscheine in seinem Besitz, sie schuldete ihm massenhaft Geld. Noch dazu hatte er den ursprünglichen Betrag schlicht und einfach so gut wie verdreifacht, und sie hatte nichts dagegen tun können – Duverrier hatte Verbindungen zur französischen Regierung. Poincaré selbst verkehrte im Café *Zum Blauen Affen* und plauderte freundschaftlich mit ihm. Sie musste sich ihre Freiheit erkaufen, freiwillig würde er sie nicht ziehen lassen.

François musste auf dieser schrecklichen Expedition Geld verdienen. Abergläubisch wie ein Kind, warf sie sich auf die Knie und begann zu beten. Ihre leicht wahnsinnigen Augen versenkten sich voller Verzweiflung und Glauben im bemalten Kruzifix. Sie flehte Gott an, ihn zu beschützen und zurückzubringen, heil, gesund und mit Geld. Lass ihn gesund und vermögend zurückkehren, flehte sie die hölzerne Figur an. Sie dachte zurück an ihre Kindheit: sie und François – zwei Jugendliche aus der Provence, die sich, angelockt von den Süßigkeiten und Versprechungen des Direktors, einem

Wanderzirkus anschlossen. Sie waren es leid gewesen, Mist zu karren, Kühe zu tränken, Salzkartoffeln zu essen, sich im Schlamm schmutzig zu machen und jeden Abend todmüde einzuschlafen, um für die Arbeit im Morgengrauen aufzustehen. Sie waren kräftig und schön. Wären sie nicht bei Duverrier gelandet, wäre alles in Ordnung gewesen. Duverrier hatte sofort die Figur der Tänzerin taxiert, ihr Berge von Gold versprochen und sie dann mit ins Café genommen. Nun muss sie sich jeden Abend widerlichen Wildschweinen hingeben, etwa jenem, das gerade neben ihr liegt.

Die Erinnerung huschte vor Camillas inneren Auge vorbei wie ein Schatten, für einen Moment vergaß sie ihre Angst und empfand nur noch Ekel. Doch nur wenige Sekunden später quietschte die Tür erneut. Jetzt hörte auch Layston das Geräusch. Hektisch suchte er nach dem Revolver in seinen Klamotten. Sein fetter Körper zitterte vor nervöser Anspannung. Auf einmal, als wäre ihm plötzlich etwas eingefallen, gab er die Suche auf und sank zurück aufs Bett.

»Mein Agent steht ja vor der Tür«, sagte er ruhig. »Ich werde ihn wegen ungebührlichen und unanständigen Verhaltens feuern müssen«, fügte er ernst hinzu.

Die Tür quietschte erneut und begann sich ganz langsam zu öffnen.

Camilla wurde bleich und versteinerte. Layston sprang aus dem Bett und wühlte, versteckt hinter einem Stuhl, erneut in seinen Klamotten.

Es schüttelte ihn, als hätte er Fieber. Und plötzlich war in der vollkommenen Stille des weichen, dumpfen Raumes ein lautes Klackern zu hören: Layston konnte sich nicht beherrschen und klapperte laut mit dem Kiefer.

Die Tür öffnete sich langsam, mit der Geschwindigkeit eines Minutenzeigers. Layston fand schließlich seinen Revolver, richtete ihn auf die Tür und versuchte angestrengt, etwas zu sagen. In einem übermenschlichen Kraftakt überwand er sich schließlich und stammelte heiser: »Schließen Sie die Tür, oder ich schieße.« Die Tür öffnete sich einen weiteren Millimeter und blieb stehen.

Plötzlich stieß Camilla einen wilden, spitzen Schrei aus und sank nach hinten. Durch den Spalt zwischen Türblatt und Rahmen trat eine haarige Affenhand hervor …

Die Banditen wurden aus dem Arrest entlassen. Der Agent hatte von Vincent seine tausend Francs bekommen. Duverrier hatte Paul und Denis eine Menge Geld mitgegeben, da er genau wusste, dass François nicht davonlaufen würde, war er doch an das Café *Zum Blauen Affen* gefesselt.

Einer der Banditen betrat die Kajüte der zwei jungen Männer; Vincent hatte ihn gerufen.

»Haben Sie über die Neun hinaus gezogen?«, fragte Vincent ruhig.

»Woher wissen Sie? … Ja, ich habe über die Neun hinaus gezogen«, antwortete der Halunke.

»Sie haben über die Neun hinaus gezogen, und als Sie gesehen haben, dass der Bärtige nicht gewinnen wollte, haben Sie ihn über Bord geworfen. Denken Sie daran, dass ich Ihnen das nicht einfach durchgehen lassen kann. Wenn Sie das nächste Mal etwas Derartiges veranstalten, werfe ich Sie am nächsten Hafen von Bord. Merken Sie sich das. Raus mit Ihnen.«

Einige Minuten lagen die jungen Leute schweigend da. Schließlich fragte François:

»Was heißt, er hat über Neun hinaus gezogen? Und woher weißt du das?«

»Mein Freund, ich sehe, du verstehst nichts vom Leben. Weißt du was *Chemin de fer* ist?«

»Komische Frage. Natürlich weiß ich das.«

»Aber offenbar weißt du, wenn du so fragst, nicht, warum er über Neun hinaus gezogen hat. Wie stellst du dir das Spiel denn vor?«

»Ich stelle mir vor, dass jeder zwei Karten bekommt, und wer Neun oder Acht hat, deckt auf und nimmt das Geld vom Tisch. Niemand hat jemals über Neun hinaus gezogen.«

»Genau, niemand hat jemals über Neun hinaus gezogen. Hör zu, ich erzähl dir was über dieses Spiel, von dem du nicht mehr weißt als von der Vergleichenden Philologie. *Chemin de fer*, also ›Eisenbahn‹, gibt es überall. Es ist, so scheint mir, das am weitesten verbreitete Glücksspiel überhaupt. Während des Krieges hatte sich das Spiel *Einundzwanzig* beziehungsweise *Siebzehn-und-Vier* in Russland stark verbreitet. Die Prinzipien dieses Spiels sind dieselben wie bei *Chemin de fer*. Der König zählt vier, die Dame drei, der Bube zwei. Das Ass zählt elf und die Zehn zehn. Beim *Chemin de fer* zählt das Ass eins und die Zehn null.«

»Das weiß ich doch alles«, unterbrach ihn François.

»Das weißt du, aber das ist nicht alles. Hör gut zu. Der Banquier gibt jedem eine Karte, und jeder der Spieler spielt allein mit dem Banquier. Du musst auf einundzwanzig Punkte kommen, oder zwanzig, auf jeden Fall mehr als dein Mitspieler. Dazu muss man zumindest noch eine Karte nehmen, es kommt aber auch vor, dass man zwei, drei, vier, fünf oder noch mehr nimmt ... Du siehst, dieses Spiel ist nicht so schnell und so hitzig wie *Chemin de fer*. Wenn du ruhig spielst und deine Mitspieler kennst, dann kannst du allein dadurch gewinnen, dass du dich nicht übernimmst und riskierst, zu viele Karten zu ziehen. Denn wenn du über Einundzwanzig kommst, hast du verloren ... Ich habe gesehen, wie ein Soldat – ich stand hinter ihm, als das gesamte Geld auf dem Tisch lag, eine riesige Summe Geld – wie dieser Soldat bei Fünfzehn aufhörte. Sein Gesicht war ruhig und heiter. Er legte seine Karten auf eine Art und Weise auf den Tisch, dass sein Mitspieler dachte, er hätte mindestens Zwanzig. Der Mitspieler verlor die Nerven und zog einmal zu viel. Der Soldat hat den Einsatz dadurch gewonnen, dass er die Ruhe nicht verlor, sein Mitspieler aber doch. Anders herum, wenn du Neunzehn und damit gute Gewinnchancen hast, gewinnst du noch eine zusätzliche Chance, wenn du, anstatt deine Karten heiter und ruhig wegzulegen, so tust, als wärst du unschlüssig, ob du noch einmal ziehen willst – kurz gesagt, wenn du so tust, als hättest du Vierzehn oder Fünfzehn. Dein Mitspieler hat, sagen wir, Fünfzehn, Sechzehn, lassen wir ihn Siebzehn haben, Achtzehn – er hört auf, weil er denkt, dass du ohnehin weniger hast! Er verliert, weil du ihn durch dein Verhalten hinters Licht geführt hast.

Du siehst, dass bei *Einundzwanzig* viel vom Spielvermögen abhängt, von deiner Selbstbeherrschung und deiner Willenskraft. Jener Soldat war ruhiger, stärker, nüchterner als seine Mitspieler und er gewann, gewann mehr Geld, als er sich jemals hätte erträumen lassen. Er war ein Bauer, der zuhause nicht einmal ein Pferd hatte, und er gewann so viel, dass er sich zweihundert Pferde hätte kaufen können.«

»Also gut«, sagte François, »aber *Chemin de fer*? Warum hat er über Neun hinaus gezogen? Erkläre mir, wieso er über Neun hinaus gezogen hat und woher du es weißt.«

»Warte einen Moment, dann wirst du es erfahren. Beim *Chemin de fer* kannst du nur eine Karte ziehen, du kannst nicht zu viel ziehen, denn, wie du weißt, wird alles, was über Zehn hinausgeht, wieder von Null an gezählt. Das heißt, wenn du eine Karte ziehst, verbesserst du entweder deine Chancen oder du verschlechterst sie, aber du hast noch nicht verloren. Das Spielvermögen deines Mitspielers wird ihm überhaupt nicht helfen – der Spielprozess ist bedeutend einfacher als bei *Einundzwanzig*, der Spielraum viel geringer. Das heißt, beim *Chemin de fer* kannst du nur gewinnen, wenn du viel Glück hast, oder wenn du ...«

»Schummelst, nehme ich an«, unterbrach ihn François.

»Genau, wenn du schummelst, ganz genau. Denn weil der Spielprozess bedeutend einfacher ist als bei *Einundzwanzig*, kannst du leichter betrügen, die Karten im Voraus so ordnen, dass die Neuner bei dir landen: du bereitest einen solchen Satz Karten vor und tauschst ihn gegen jenen aus, mit dem gerade gespielt wird.«

»Trotzdem verstehe ich nicht, was es mit diesem Über-Neun-hinaus-Ziehen auf sich hat, denn es war ja nicht der Bärtige, nicht der Schummler, der gezogen hat, sondern sein Mitspieler.«

»Genau, gezogen hat sein Mitspieler. Als er sah, dass der Bärtige gewann, dass der Bärtige das ganze Geld gewann, und dass dieser Mitspieler, der in solchen Dingen erfahren war, dann Neun landete (denn der Bärtige betrog dergestalt, dass er nicht immer und hintereinander gewann, sondern, sagen wir, so, dass hin und wieder auch seine Mitspieler Neun bekamen – in diesem Fall spielte er um kleinere Summen), als nun der Mitspieler Neun landete, zog er, anstatt den Einsatz sofort vom Tisch zu nehmen, absichtlich über Neun hinaus – er verlor also absichtlich das Spiel, machte aber zugleich alle Berechnungen des Bärtigen damit zunichte. Danach gewann der Bärtige natürlich mehrere Male hintereinander, sie sahen, dass er schummelte, und warfen ihn über Bord.«

»Aber wie konnte der Bärtige den Kartensatz austauschen? Sie hätten ihn ja durchsuchen und finden können.«

»Das weiß ich nicht. Ich glaube allerdings, dass er den Kartensatz nicht ausgetauscht, sondern manipuliert hat, unter Ausnutzung des Umstandes, dass alle betrunken waren. Sie haben nichts mitbekommen! Er war sich seiner Sache sicher. Um seine Schummelei aufzudecken, musste man über Neun hinaus ziehen.«

»Soso«, sagte François interessiert, »und sag mal, was ist aus diesem Soldaten geworden, von dem du erzählt hast? Was hat er mit dem Geld gemacht?«

»Er hat danach nie wieder gespielt. Ein Kamerad hat auf ihn eigewirkt, sodass er das Spielen ganz aufgab. Das Geld wurde für irgendeinen gemeinnützigen Zweck verwendet. Er war ein Mann von kolossaler Energie und großer Prinzipientreue. Vor meinen Augen gab er das Spielen und das Trinken auf. Ich weiß nicht, was aus ihm geworden ist ...«

In diesem Moment hörte Vincent schnelle Schritte auf dem Flur. Von einem undeutlichen Angstgefühl ergriffen, stand er auf und öffnete die Kajütentür. Er sah nur noch den Rücken irgendeiner Gestalt. Für eine Sekunde bedrängte ihn das instinktive Verlangen, hinterherzulaufen und herauszufinden, um wen es sich dabei handeln mochte. Sofort jedoch gewann das logische Denken wieder die Oberhand, die kulturellen Gewohnheiten überwältigten den Jagdinstinkt, und er kehrte zurück in seine Kajüte.

KAPITEL 3

MAKEKEMBE-LA-MOTU-MA-ME

Unterhaltung mit den Banditen. François langweilt sich. Der blonde Matrose taucht auf. Eine Reise durch die Savanne. Die Geschichte von Kelep und dem Hund. Ein Mensch wird an einen Baum gefesselt. Der Blonde verschwindet. Camilla wird an einen Baum gefesselt. Regenwald. Nilpferde. Makekembe-la-motu-ma-me. Die Banditen beschließen, allein zu reisen. Der Tod von François. Baobabs. Ein Mensch, der mit dem Gesicht auf der Erde liegt. Nashörner. Tod des Alten. Wer hat Vincent erschossen? Tod eines französischen Unteroffiziers. Vincents Auferstehung.

François und Vincent richteten sich in Libreville für ein paar Tage in einem Hotelzimmer ein.

François tauschte einfach seine Koje gegen das Bett des Hotelzimmers, lag den ganzen Tag herum, starrte zur Decke und sagte kein Wort. Vincent machte Rundgänge, mietete Karren für die dreizehn Käfige, die sie vom Schiff abgeladen hatten, kaufte Munition für die Gewehre und kam erst am späten Abend wieder ins Hotel.

»Wohin sollen wir zuerst?«, fragte François eines Abends, nachdem sie schon eine halbe Stunde schweigend auf ihren Betten gelegen hatten. Die unerträgliche Schwüle ließ ihn nicht einschlafen, er wälzte sich von einer Seite auf die andere.

»Von Libreville aus nehmen wir die Straße nach Elundo«, antwortete Vincent. »Dann weiter nach Sandjia, Lima, Bikonda am Äquator und von dort direkt zur Äquatorstation am Kongo. Von der Äquatorstation aus wenden wir uns schräg nach Norden und fahren mit einem Schiff den Kongo flussaufwärts. Bei Bakumbi steigen wir aus und laufen dann durch den Regenwald bis …«

»Es reicht«, unterbrach ihn François. »Dieses Bakumbi oder Pikumbi interessiert mich nicht. Sag mir lieber, ob wir nach Paris zurückkommen oder nicht.«

Vincent zuckte mit den Schultern.

»Wenn du weiter so missmutig bist wie bislang, kommen wir vielleicht nicht zurück. Man muss an den Erfolg glauben, dann wird alles gut. Du weißt, ich war schon überall, wo man als Abenteurer nur hinkommen kann. Kein Autor von Abenteuerromanen hat auch nur die geringste Vorstellung davon, was ein Reisender alles aushalten kann. Bei einer Temperatur von 40,2 Grad habe ich mich durch die Wälder des Amazonas gekämpft – dagegen sind die Wälder hier ein Kinderspiel! Wir müssen übrigens noch mehr Chinin kaufen. Wer mag das sein?«

Jemand hatte an die Tür geklopft, und ohne eine Erlaubnis abzuwarten, stürzte der uns bereits bekannte Halunke, der über Neun hinaus gezogen hatte, ins Zimmer. Seinem Gesicht war eine freche Selbstsicherheit eingeschrieben, sein listiges Lächeln schien zu sagen: Mich haust du nicht übers Ohr!

»Was wollen Sie?«, fragte Vincent.

»Meine Kameraden und ich, wir wollen wissen, wo ihr uns hinbringt, wir waren es schon auf dem Schiff leid, uns wie Schafe oder so (an dieser Stelle rülpste er) zu verhalten. Bitte sagt uns deutlich, was ihr vorhabt. Denn wir sind das alles ziemlich leid. Sagt ihr uns nun endlich, wo wir hingehen, oder nicht?«, fragte der Halunke und rülpste erneut.

»Mein lieber Freund«, sagte Vincent ruhig, »belasten Sie sich nicht mit unnötigen Sorgen. Sie werden dorthin gehen, wo Sie hingehen sollen, und das tun, was man Ihnen befiehlt. Oder haben Sie vielleicht den Wunsch, mit dem Militärdienst im Kongo bekannt zu werden? Denken Sie daran, wenn Sie noch einmal mit ähnlichen Äußerungen in einem ähnlichen Tonfall zu mir kommen, dann werden Sie am nächsten Tag auf der Landstraße marschieren und Steine klopfen. Verstanden? Raus!«

Der Halunke funkelte Vincent böse an, erstarrte jedoch, als er dessen kaltem Blick begegnete.

»Geben Sie uns zumindest etwas Geld«, sagte er leise.

»Sie haben Essen bekommen, das reicht. Ob Sie mehr bekommen oder nicht, hängt von Ihrer Arbeit ab. Und jetzt verschwinden Sie, sofort.«

Der Deserteur blieb noch eine Sekunde stehen, dann drehte er sich plötzlich um und eilte davon.

»Also, François, mein Freund. Kopf hoch, alles wird gut. Jetzt nimm erstmal etwas Chinin, mein Lieber, damit dich das Fieber nicht holt! Hier am Äquator liegt das Fieber in der Luft ... Wer ist da? Will dieser Nichtsnutz denn wirklich die Peitsche testen? Kommen Sie rein, hundert Teufel nochmal!«

Aber in diesem Moment sprang Vincent aus dem Bett, als hätte er sich verbrannt. Ins Zimmer trat der blonde Matrose von der *Liberia* und blieb regungslos stehen. Auch François erhob sich und starrte wie vom Donner gerührt auf die kleine, stämmige Gestalt des Matrosen.

»Monsieur Vincent Paul«, begann dieser in einer langsamen, deutlich artikulierten Aussprache, »ich komme mit einer Bitte zu Ihnen: Nehmen Sie mich mit. Ich muss Geld verdienen. Monsieur Duverrier hat Ihnen eine ordentliche Summe anvertraut. Ich kann Ihnen nützlich sein. Auf Ihre Banditen können Sie sich nicht verlassen. Sie brauchen einen Menschen wie mich!«

Vincent konnte sich nicht beherrschen. Der Matrose war ihnen die ganze Zeit auf der *Liberia* gefolgt. In seiner Stimme und seinem Auftreten spürte er etwas fern Vertrautes. Er hatte ihn irgendwann schon einmal gesehen. Eine mystische Angst, ein Fluchtinstinkt, stieß ihn von diesem Menschen ab.

»Sie haben uns schon auf dem Schiff nachgestellt«, sagte er schließlich. »Ich kenne Sie nicht. Wir brauchen Sie nicht ... Was haben Sie übrigens mit unserer Reise zu schaffen? Bitte, kümmern Sie sich um Ihre eigenen Angelegenheiten und lassen Sie uns in Ruhe!«

»Monsieur Vincent Paul! Ich biete Ihnen meine Dienste in vollkommener Ehrlichkeit und Aufrichtigkeit an. Ich bin Ihnen gefolgt, weil ich nach Möglichkeiten suchte, von der *Liberia* zu entkommen. Ich habe diese Möglichkeit gefunden, und nun wende ich mich an Sie. Mein Name ist Duval. Ich habe meine Papiere bei mir. Ich *weiß*«, betonte er, »dass ich Ihnen auf dieser Reise von Nutzen sein kann!«

Zum ersten Mal während der gesamten Reise blickte Vincent fragend François an; sie brauchten zumindest *einen* zuverlässigen Mann, sie konnten sich nicht diesen fünf Banditen ausliefern. Und das da war in jedem Fall ein sehr beherrschter Mensch. Der mit irgendeinem wunderlichen Akzent sprach ...

Vincent blickte wieder auf den Matrosen. Dieser stand seelenruhig da und wartete auf eine Antwort, die Hände in den Taschen seiner Segeltuchhosen. Man konnte ihm ansehen, dass er sich seiner Sache sicher war.

»Sie haben mir nicht alles gesagt, Monsieur Duval«, sagte Vincent. »Sie haben noch ein anderes Ziel. Geld interessiert sie nicht, da ist noch etwas Anderes.«

»Es stimmt, Sie haben mich durchschaut. Geld interessiert mich nicht wirklich. Ich muss nur einfach mit Ihnen kommen. Sie haben von mir nichts zu befürchten. Duverrier braucht keine Angst um Sie zu haben. Sie befinden sich in einer französischen Kolonie, der Name Duverrier öffnet ihnen hier jede Tür. Schon ab morgen können Sie mich zu Ihren Soldaten zählen. Alle Vorteile sind auf Ihrer Seite. Sie haben absolut nichts zu befürchten. Ende! Einverstanden?«

»Sie werden uns nicht sagen, warum Sie mit uns kommen müssen?«

»Ich werde nicht mehr sagen als das, was ich gesagt habe. Nun ist es Ihre Sache, ob Sie mein Angebot annehmen oder irgendwelchen kindischen Gefühlen nachgeben.«

Die Art und Weise, wie der Matrose das Wort ›Angebot‹ aussprach, kam Vincent wiederum bekannt vor. Könnte er es sein, dachte er und antwortete sich auch gleich: Nein, das ist Quatsch, das kann nicht sein.

»Zeigen Sie Ihre Papiere.«

Der Matrose zog die Papiere aus einem Tabaksbeutel, der über seiner Brust hing, und überreichte sie Vincent.

Ein paar Minuten lang sah dieser die Dokumente aufmerksam durch.

»In Ordnung«, sagte Vincent schließlich. »Wir nehmen Sie mit. Sie müssen morgen früh um sieben Uhr hier sein. Morgen brechen wir auf.«

Der Matrose nickte und ging.

»Warum hast du ihm erlaubt, mit uns mitzukommen?«, fragte François, nachdem die Tür ins Schloss gefallen war. »Du hast doch selbst gesagt, dass er uns auf der *Liberia* nachgestellt hat.«

Vincent ging zur Tür, vergewisserte sich, dass niemand lauschte, und flüsterte:

»Wir haben von ihm nichts zu befürchten. Die Regierung kann uns nicht bespitzeln. Denn die Regierung – das sind Duverrier,

Poincaré und Co. Und wenn er doch ein Spitzel von Duverrier wäre, auch dann hätten wir nichts zu befürchten. Wir wollen uns schließlich nicht mit dem Geld davonmachen. Und dieser Mann ist stark und beherrscht. Hast du gesehen, was er für Muskeln hat? Hast du bemerkt, dass er weiß, von wem wir kommen und was wir brauchen? Ich liefere mich lieber so einem Duval aus, als unseren fünf Banditen.«

»Ich würde meinen Kopf darauf verwetten, dass er nicht Duval heißt«, erwiderte François. »Er hat so einen fremden Akzent!«

»Seine Papiere sind in Ordnung!«, antwortete Vincent. Die Bemerkung über seinen Akzent versetzte ihn wieder in Erregung. Er strengte sein Gedächtnis an, aber es wollte ihm einfach nicht einfallen ...

Unter der feurig heißen Sonne Äquatorialafrikas bewegt sich ein Tross auf einer gepflasterten Straße. Der Matrose sitzt mit den Kisten auf einem der Fuhrwerke. Auf weiteren Fuhrwerken schlafen die Banditen. Schwarze Kolonialsoldaten – nackter Oberkörper, sehr kurze Hosen, Sandalen, Bajonett am Gürtel – beaufsichtigen gelbe, gemarterte Menschen, die die Straße ausbessern: Araber, russische Soldaten, französische Sträflinge, schwarze Sudanesen klopfen Steine. Malariageweitete Augen starren auf den Tross. Ab und zu lässt ein Unteroffizier seine Peitsche auf den nackten Rücken eines Arbeiters knallen. Ein kläglicher Aufschrei – dann machen sich die Hände wieder schneller an den Steinen zu schaffen. Der Matrose betrachtet aufmerksam die Gesichter der weißen Sklaven. Plötzlich scheint es, als würde er krampfen, Zuckungen laufen über sein Gesicht, er wendet sich um und ruft den Pferden etwas zu.

Auf dem Bock der Kutsche, in der François und Vincent fahren, sitzt, mit hängendem Kopf, ein alter Schwarzer aus Kamerun.

In gebrochenem, ungelenkem Französisch plaudert er mit den beiden »Miste«, die auf der Kutsche sitzen. Zu beiden Seiten der Straße erstreckt sich die tropische Savanne, die François an die Wiesen im Bois du Boulogne erinnert; Haine und Wäldchen soweit das Auge reicht, runde, kleine Seen wie Bassins, vereinzelte Bäume, die aus der Ferne wie gestutzt aussehen, Wiesen, Haine, Wäldchen, kleine Seen – so weit das Auge reicht. Einst liefen gestreifte Zebras in Herden durch diese Parks. Man hat sie ausgerottet, die Savanne ist an Tieren verarmt. Nur ab und an zeigt sich eine Antilope in einem Hain und verschwindet wieder im Gehölz.

Der schwarze Kutscher drehte sich nun zu François und Vincent um, zeigte auf die Steppe und sagte:

»Kein Zebra, kein Giraffe. Kein Nichts. Dort«, er zeigte mit seiner Peitsche nach Norden, »Giraffe, Franzose kommen und chasser (jagen) Giraffe. Dort Giraffe, aber wenig Giraffe.«

»Woher kommst du, Alter?«, fragte Vincent.

»Aus Kamerun, aus Duala«, erwiderte der Schwarze lebhaft. »Dort German, kein Franzos. Ich aus Duala weg, mein Freund töten Deutschen, und ich aus Duala nach Kongo weg. Du«, er zeigt auf François, »sein Freund. Du weißt, wenn Freund töten, du musst retten. Ich rette, wir weg aus Kamerun.«

»Und wo ist dein Freund jetzt?«

»Freund tot, ich allein. War guter Freund, mich retten, ich ihn retten. Freund muss retten, wie Hund retten Kelep[3]. Stehlen Nüsse, und Hund retten Kelep.«

»Wo haben sie Nüsse gestohlen? Frisst ein Hund denn Nüsse?«

»Warte«, sagte Vincent, »hör zu, Alter, erzähl uns, wie es

---

3. Kelep *bezeichnet in der Sprache der Ngaju, einer indigenen Volksgruppe auf der Insel Borneo, eine Schildkröte. Johansen schafft damit eine versteckte Verbindung zu den Erzählungen des ›Polynesiers‹ Toni.*

gewesen ist. Wem haben sie die Nüsse gestohlen? Doch nicht dir, oder?«

»Nein, mir niemand Nüsse stehlen, Leopard stehlen. Es war einmal ein Leopard. In seinem Garten stand ein sehr großer Nussbaum, und ausgesprochen schmackhafte Nüsse wuchsen daran. Und da der Leopard sehr geizig war, verkündete er allen Tieren unter Androhung der Todesstrafe, dass niemand diese Nüsse nehmen dürfe. Von dieser Ankündigung hörte auch die Kelep, aber da sie ziemlich dickhäutig war, dachte sie sich: ›Was kümmert mich das!‹

Als die Zeit kam, da die Nüsse reif wurden, ging sie zu ihrem guten Freund, dem Hund. Nachdem sie sich eine Weile über ihr Leben und die schlimmen Zeiten unterhalten hatten, sagte die Kelep: ›Lieber Freund, die Nüsse des Leoparden sind reif, hast du nicht Lust, sie einmal zu probieren?‹

›Ich gebe offen zu‹, erwiderte der Hund, ›dass ich dazu schon lange Lust habe, und wenn du mit mir kommst, bin ich sogar auf der Stelle bereit, dorthin zu gehen.‹

›Gut‹, antwortete die Kelep, ›dann gehen wir morgen früh, aber wir müssen sehr zeitig aufbrechen, und da mir das frühe Aufstehen schwerfällt, wird es am besten sein, wenn du kommst und mich weckst.‹

Dann ging sie nach Hause.

Am nächsten Morgen klopfte es zur verabredeten Zeit an ihrer Tür. ›Ich komme!‹, rief die Kelep. Sie klemmte ihren alten Beutel unter den Arm und ging. Eine Zeit lang liefen sie schweigend nebeneinander her.

Dann sagte die Kelep: ›Eines möchte ich noch sagen: Manchmal kommt es vor, dass einem eine Nuss auf den Kopf fällt; und das tut ziemlich weh. Deshalb musst du mir fest versprechen, nicht zu schreien und nicht zu winseln, sondern die Zähne zusammenzubeißen und leise zu sagen: „Hm! Hm! Hm! Makekembe-la-motuma-motu-ma!“‹

›Warum sollte ich winseln! Glaubst du, ich wüsste nicht, dass der Leopard Ohren hat? Er würde nicht eine Sekunde zögern, uns beide zu töten.‹

›Ja‹, sagte die Kelep, ›du könntest vielleicht noch entkommen, weil du ein großartiger Läufer bist, aber ich armer Kerl, mit meinen kurzen Beinen, ich kann nicht schnell laufen, mich wird er ohne Zweifel fangen.‹

›Keine Sorge‹, sagte der Hund. ›Ich werde ganz sicher nicht winseln.‹

Und so kamen sie zum Nussbaum. Dort lag eine Menge wunderbarer Nüsse, und die Kelep begann, sie voller Eifer in ihren Beutel zu stecken. Auch der Hund sammelte sie und sprang gar vor Freude herum, als er ihrer mehr und mehr fand. Er flitzte um den Baum, als wäre er verrückt geworden und die Kelep hatte alle Mühe damit, ihn zu beruhigen.

Er lief gerade wieder zu ihr hin, um ihr einen neuen Haufen Nüsse zu zeigen, den er gesammelt hatte, als es im Geäst raschelte – hotz! fiel eine Nuss auf den Rücken der Kelep, die aber nicht aufhörte, Nüsse zu sammeln, sondern ganz leise sagte: ›Hm! Hm! Hm! Makekembe-la-motu-la-motu-ma!‹

›Siehst du‹, sagte sie zum Hund, ›jetzt hast du gehört, wie man es macht, so erträgt man es ganz leicht.‹

›Alles klar!‹, erwiderte der Hund und sprang weiter herum. Nach einer Weile raschelte es wieder im Geäst und wieder fiel eine Nuss aus dem Baum. Dieses Mal landete sie genau auf dem Kopf des Hundes. ›Au, au, au‹, winselte der Hund und lief davon.«

»Hörst du, wie geschmeidig er jetzt spricht«, bemerkte François.

»Als hätte er sein ganzes Leben lang nur Französisch gesprochen«, fügte er lachend hinzu.

»Schau, diese Geschichte hat er Reisenden schon tausende Male erzählt und dabei einen sicheren Stil entwickelt. Ähm – was ist da denn los?«

Der Matrose war von seinem Fuhrwerk abgestiegen, ließ die Pferde in langsamem Schritt laufen und ging zu einer Gruppe von Arbeitern. Er trat ganz nah an einen der weißen Sklaven heran, sodass er ihn fast mit der Hand berührte. François hörte, dass er etwas sagte, dabei schaute er den Arbeiter aber nicht einmal an, sondern redete wie zu sich selbst. Dann holte er das Fuhrwerk wieder ein und stieg wieder auf. Der Arbeiter, bei dem er gewesen war, stand eine Minute wie versteinert da, bis die Peitsche eines Soldaten mit einem Pfiff auf seinen Rücken knallte und er sich hastig wieder an die Arbeit machte. Dem Matrosen schenkte der Soldat keinerlei Aufmerksamkeit, sondern blickte nur auf die Kutsche, in der François und Vincent saßen.

Als Vincent sah, dass Duval wieder auf das Fuhrwerk gestiegen war, stieß er den Kutscher leicht in die Seite.

»Jetzt erzähl schon weiter, Alter. Der Hund ist davongelaufen, und dann?«

Der Kutscher räusperte sich und redete weiter:

… »›Au! Au! Au!‹, jaulte der Hund, warf seinen Beutel hin und lief weg. ›Ach du meine Güte, was für ein schlechter Zeitpunkt‹, sagte die Kelep erschrocken, denn sie hatte den Leopard schon kommen hören. Sie war zum Glück geistesgegenwärtig genug, sich unter trockenem Laub zu verstecken. Der Leopard kam und bemerkte sofort den Beutel des Hundes. ›Ha – da stiehlt jemand meine Nüsse!‹, sagte er zornig, ›das wird aber nicht gelingen.‹ Er begann also zu suchen, konnte aber nichts finden und wollte schon wieder nach Hause zurückkehren; da kam ein schwarz-weißes Vögelchen angeflogen, setzte sich auf den Nussbaum und sang: ›Unter dem Laub, Leopard, unter dem Laub!‹

Der Schildkröte lief ein kalter Schauer unter den Panzer, sie grub sich tiefer und tiefer ein, aber der Vogel sang immer lauter: ›Unter dem Laub, Leopard, unter dem Laub!‹ Der Leopard war von der vergeblichen Suche sehr gereizt. Er dachte, dass der Vogel ihn zum Narren halten wollte, nahm ein Stück Holz und warf es in dessen Richtung. Der Vogel aber sprang geschwind auf einen anderen Zweig, das Holz schlug lediglich ein paar Nüsse ab und fiel zu Boden, während die Kelep bis zu den Wurzeln kroch und bereits dachte, sie sei in Sicherheit, als der Vogel von neuem anfing zu singen: ›Unter den Wurzeln, Leopard, unter den Wurzeln!‹ Als der Leopard das hörte, lief er schnurstracks zum Nussbaum, schob gründlich das Laub beiseite und blickte auf die nackten Wurzeln und in die Augen der Schildkröte; ›Hab ich dich, Übeltäter!‹, rief der Leopard, nahm einen der zwei Beutel – er hatte ihrer beider über der Schulter hängen – und wollte die Kelep in ihn hineinsteckenecken, als diese sagte: ›Lieber Freund, steck mich nicht in den schönen neuen Beutel, steck mich lieber in den anderen – der ist älter und nicht mehr so schön; schau, wie schmutzig ich bin, ich ruiniere dir bloß den Beutel.‹ – ›Du hast Recht‹, bemerkte der Leopard, steckte die Kelep in den alten Beutel und lief mit ihr davon. Die Kelep aber hatte sich etwas dabei gedacht, als sie dem Leopard diesen Rat gab, sie wusste gut, dass ihr alter Beutel in der Ecke bereits fadenscheinig war und dass sie dort leicht ein Loch in den Stoff beißen konnte.

Sie machte sich sofort an die Arbeit und war sehr froh, als sie auf weichem Gras landete, zuvor allerdings hatte sie noch einen Haufen in den Beutel gesetzt, der in diesem zurückblieb. ›Damit der Leopard nicht sofort merkt, dass der Beutel leichter ist‹, meinte die Kelep lachend und ging nach Hause, wo sie eine Weile blieb, um sich von ihrem Schreck zu erholen, bevor sie sich anschließend auf den Weg zu ihrem Freund machte, um dem ihre Meinung zu seinem Verhalten zu sagen.

Der Leopard ging ebenfalls nach Hause und befahl, dass man sofort Wasser erhitzte.

Einen seiner Söhne schickte er aus, um all seine Freunde und Bekannten zu einem Bankett einzuladen.

›Sag ihnen, dass ich die Kelep beim Nüsseklauen erwischt habe, und dass wir sie jetzt alle zusammen verspeisen werden.‹

Der Sohn ging, und die Gäste kamen …«

In diesem Moment stieß Vincent den Alten in die Seite und hieß ihn schweigen. Aus einem kleinen Wäldchen zur Linken drang ein Stöhnen.

Leise und klagend erklang es in regelmäßigen Abständen, die Kutsche fuhr weiter, das Stöhnen wurde lauter, der Tross bog um ein Straßenknie, und hundert Schritte vom Pflaster entfernt öffnete sich das Wäldchen, aus dem sich die Silhouette eines nackten Mannes schälte, der an einen Baum gefesselt war. Myriaden von Fliegen, Bienen und Wespen kreisten wie Wolken um den Baum, sie saßen auf dem mit blutigen Striemen überzogenen Körper, auf den roten Streifen, die sein Gesicht, seine Arme und seine Brust dicht bedeckten, auf einer großen Wunde an der Hüfte – sie bedeckten den ganzen Mann wie ein schwarzer Schleier. Daneben standen ein Unteroffizier und ein paar Kolonialsoldaten. Der Unteroffizier rauchte eine Pfeife und gab den halbnackten Soldaten Anweisungen.

Als wäre er toll geworden, sprang François von der Kutsche und rannte in Richtung des Baums.

Auch Duval sprang mit einem Satz von seinem Fuhrwerk und lief auf den Baum zu. Sie hatten noch nicht einmal die Hälfte der

Strecke geschafft, da spürte François nahe seinem Ellenbogen einen Griff wie eine Eisenzange.

Hinter ihm stand der keuchende Vincent. Schwer atmend und abgehackt sagte er:

»Zurück, auf der Stelle zurück! Zurück, sage ich dir!«

François war unschlüssig. Neben ihm stand der Matrose; sein gedrungenes, wettergegerbtes Gesicht zuckte plötzlich, sein linkes Auge war zusammengekniffen, er wandte sich scharf um und ging entschlossenen Schrittes wieder zum Fuhrwerk. François stand noch eine halbe Sekunde da, dann machte auch er kehrt. Die Hand von Vincent drückte noch immer seinen Bizeps.

»Bist du verrückt geworden?«, flüsterte Vincent.

Der nackte Mann stöhnte lauter, als er die drei bemerkt hatte. In einer unverständlichen Sprache rief er irgendwelche Wörter, flehte darum, von seiner unermesslichen Pein erlöst zu werden. Erst jetzt sahen die Reisenden, dass er in einem Ameisenhaufen stand. François spürte, wie der Griff an seinem Ellenbogen fester wurde.

Der Matrose eilte zum Fuhrwerk, ohne sich umzuwenden.

»Denk dran, mein Freund«, sagte Vincent bereits ruhiger, »du kannst ein Dutzend Schwarze erschießen, ein Dutzend Frauen vergewaltigen, aber unsere ganze Arbeit war umsonst, wenn du an so etwas auch nur denkst.

Die Kolonialverwaltung ist nicht zu Späßen aufgelegt. Zurück in Paris kannst du, wenn du deine Karriere ruinieren willst, irgendwas in einer Zeitung schreiben, aber wenn du hier auch nur ein Wort sagst – dann ist alles vorbei! Schon allein, dass du dich für die gerichtlichen Strafen der hiesigen Behörden nur interessierst, kann uns den Kopf kosten. Sie erschießen dich auf der Straße und in den Zeitungen steht dann, Deserteure hätte zwei Reisende umgebracht, das war's! … «

Schon seit drei Tagen kämpft sich der Tross durch den Regenwald. Alle gehen zu Fuß, die wenigen Pferde tragen ein paar Käfige. Der Rest ist an der Äquatorstation geblieben. Duval ist nicht da. Er war noch vor Ankunft an der Äquatorstation verschwunden. François ist vollkommen mutlos. Die Hitze ist unerträglich. Sie tragen enganliegende Kleidung, da jede freie Stelle sofort von Moskitos, die keine Minute Ruhe geben, aufgespürt wird. Winzige Blutegel finden rasant schnell ihren Weg durch den Flanellstoff und beißen ebenso heftig wie Moskitos.

Über ihren Köpfen, vor ihnen, hinter ihnen ein undurchdringliches Gewirr aus Ästen, Blättern, Stämmen.

Die Hyde-Parks der Savanne gehören nur noch dem Gedächtnis an, wie ein klarer Traum, eine ferne Erinnerung.

François wird von Fieber geschüttelt. Er kann nicht atmen, muss aber laufen, Äste zur Seite drücken, durch den Sumpf waten, in dem er bis zum Bauch einsinkt, Moskitos verscheuchen, Blutegel abreißen.

Die Luft ist drückend, wie in Frankreich vor einem Gewitter, aber tausend Mal schwerer. In den Stunden vor einem Regenguss erreicht die Schwüle ihren Zenit. Mit jeder Minute wird es grüner vor den Augen, bunte Kreise tanzen, die Knie geben nach. Vincent ergreift die Hand seines Freundes, stellt ihn wieder auf seine Beine, und sie gehen, sie stapfen weiter und weiter. Immer wieder müssen sie anhalten. Der riesige Sumpf funkelt, soweit das Auge reicht, wie ein düsterer Spiegel. Tausendarmig wachsen, hängen die Wurzeln der Bäume darin. Kein Durchkommen, nicht zu Land, nicht zu Wasser. Sie suchen, umgehen, überqueren Flussarme, Kanäle ohne Ende und Ufer, und landen wieder vor einem Mangrovensee. In seiner Mitte taucht etwas Schwarzes auf und wieder ab. Es ist ein Nilpferd – ihm ist nicht bang in diesem furchtbaren

Wald, wo es auf Schritt und Tritt Schlangen gibt, Tsetsefliegen und Malaria.

Vincent sagt kein Wort. Auch er, ein erfahrener, vielgereister Wanderer, leidet unermesslich. Lange schon hat er es aufgegeben, François zu unterhalten, er achtet nur noch darauf, dass dieser nicht stürzt.

Die Banditen gehen schweigend, sie haben keine Waffen. Bewaffnet sind nur Vincent und der kranke François. Die Banditen gehen voraus, und der wilde Hass ihrer Blicke, der die beiden Franzosen nicht treffen kann, versinkt im grünen Dickicht des Regenwaldes.

Zwei grüne Papageien springen daraus hervor und plappern irgendetwas, wie Umaner Narren.[4] François sieht und hört nichts. Er dämmert langsam weg. Immer öfter ist er jetzt in Paris – im Bois de Boulogne – nein, es ist die Savanne, und in ihrer Mitte der nackte Mann, von Fliegen übersät – es ist kein Mann, sondern eine Frau, es ist Camilla – wild kreischend streckt sie ihre Arme nach François aus. »Wo warst du so lange, ich sterbe!« François spürt, wie seine Knie wegsacken, er setzt sich hin, er legt sich schlafen.

Mit einer kräftigen Bewegung zieht Vincent François noch einmal hoch, er benetzt ihm die Stirn mit Wasser, versucht, ihm etwas Cognac durch die zusammengebissenen Zähne einzuflößen. Aber seine Zähne rattern wie ein Maschinengewehr, sein wilder Blick irrt ziellos durch die Gegend.

»Halt«, ruft Vincent. Der Tross bleibt stehen. Sie werfen einen der Käfige weg, der schwer in den Sumpf platscht, und binden

---

4. Umaner Narr *ist eine ukrainische (und ursprünglich russische) Redewendung, die mit einer hypothetischen Etymologie des Ortsnamens* Uman *spielt (das Morphem* {um} *bedeutet so viel wie* Verstand*). Ein* Umaner Narr *bezeichnet also eigentlich eine Person, die sich aus Gerissenheit als Narr ausgibt.*

François auf den Rücken des Pferdes. Vincent zieht die Knoten fest. Der Alte aus Kamerun wuselt um François herum, reibt ihm den Nacken, klopft ihm auf den Rücken. Der letzte Knoten ist gebunden, der Tross setzt sich wieder in Bewegung. Neben dem bewusstlosen François, ihn haltend und seinen Kopf streichelnd, läuft der alte Schwarze und erzählt ihm die Geschichte weiter:

» ... und die Gäste kamen.

Als das Wasser bereits kochte und brodelte, schnürte der Leopard feierlich den Beutel auf. Aber welch Entsetzen, als dort keine Kelep zu sehen war! In heller Aufregung wühlte er hastig in den Nüssen und Blättern. Da fielen auch die Häufchen zu Boden, und ihm wurde klar, wie die Kelep entwischt war. Alle herbeigekommenen Tiere lachten ihn aus, einige meinten gar, der Leopard habe sie einfach hereinlegen wollen. Ihn verspottend und verhöhnend zogen sie von dannen. Der Leopard fühlte sich elend und kletterte auf sein Bett, die Söhne dachten, er wolle seine Wut ausschlafen. Aber sie irrten sich, der Leopard schloss seine Augen nur, um in Ruhe darüber nachzudenken, wie er sich am besten rächen konnte.

Die Zuneigung zwischen Hund und Kelep war nicht schmäler geworden; sie besuchten einander gegenseitig, genau wie zuvor, und plauderten oft über ihr missglücktes Abenteuer. Bei diesen Gelegenheiten führte der Hund lange Reden über seinen ›Schreck‹, und einmal sagte er: ›Wenn mir heute eine Nuss auf den Kopf fallen würde, würde ich keinen Laut von mir geben, sondern einfach nur sagen: „Hm! Hm! Hm! Makekembe-la-motu-la-motu-ma!“

›Wenn du das ernst meinst‹, antwortete die Kelep, ›dann will ich dir sagen, dass ich schon Lust hätte, diese Sache noch einmal zu probieren, wenn ich sicher wüsste, dass du nicht schreien wirst – diesmal wird uns nämlich keine List helfen – der Leopard wird uns beide mit Sicherheit umbringen ...‹

›Es ist so traurig, dass du mir nicht vertraust‹, sagte der Hund und war betrübt. Da tat er der Kelep leid, und so gab sie ihm die Hand und versprach ihm, die Sache am nächsten Morgen noch einmal mit ihm zu probieren. Und tatsächlich sahen schon die ersten Sonnenstrahlen die beiden Freunde nebeneinander zum Nussbaum laufen. Diesmal hatte sich die Kelep von einem Bekannten einen riesigen Beutel geliehen, in dem beide ihre Nüsse sammeln mussten. Sie fanden auch reichlich Nüsse, und die Kelep machte kurz Pause, um sich etwas auszuruhen, da raschelte es plötzlich im Geäst …«

Da raschelte es plötzlich im Geäst, etwas sauste durch die Luft, und drang mit einem Knacken in einen Körper. »Pygmäen!«, schrie Vincent außer sich, »François wurde getroffen.« Er eilte zu seinem Freund und zog ihm den zersplitterten Pfeil heraus. Dann nahm er sein Messer und begann mit zitternden Händen, das Fleisch um die dreieckige Wunde herauszuschneiden.

Wieder raschelte etwas im grünen Dickicht. Vincent wollte schon von François ablassen und seine Waffe ziehen, aber in diesem Moment erschien, zehn Schritte entfernt, Duval.

Duval hob seinen Revolver und feuerte, ohne ein einziges Mal Luft zu holen, alle sechs Kugeln auf die Stelle, wo es im Geäst geraschelt hatte.

Noch ein Rascheln, ein Platschen, dann war es wieder ruhig. Ohne auch nur einen Moment innezuhalten, wie ein Arbeiter an der Werkbank, zog Duval eine neue Packung Patronen hervor und lud den Revolver. Diesmal richtete er ihn auf die Banditen. Es vergingen ein paar Sekunden – ein paar Jahrhunderte. Dann ließ er den Revolver sinken und steckte ihn auf einmal ganz ruhig in den Halfter.

In der Zwischenzeit zog Vincent, der den Kloß in seinem Hals hinunterschluckte, aus seinem Beutel ein Päckchen Watte, riss ein faustgroßes Stück davon ab, rollte es in seinen Händen und stopfte es in das schreckliche Loch in François' Brust.

»Er wird nicht überleben!«, sagte Duval düster und bestimmt, als er neben ihm stand. »Selbst wenn Sie das vergiftete Gewebe herausschneiden, wird er an der Wunde sterben.«

»Vorwärts!«, schrie Vincent voller Verzweiflung, und die sieben stapften weiter.

Am Abend brachten sie François in ein Dorf. Ein paar uralte Baobabs, riesige Bananenstauden über Bambushütten ... Sie erreichten die erste von ihnen und Vincent ging hinein. Die Hütte war leer – wie ausgestorben. Er schickte den alten Kutscher los, damit er nach Menschen suchen sollte. Nach einer Viertelstunde kam er zurück und gestikulierte wild mit seinen Händen.

»Schwarzer will nicht geben Essen. Sagen, gibt nichts Essen«, berichtete er.

Vincent überließ François und den alten Kutscher Duval, und ging allein los. Er lief an ein paar Hütten vorbei und betrat schließlich die letzte auf der anderen Seite des Dorfes. Sie war leer, Bananenreste lagen auf dem Boden. Er lief zur Wand, legte sich auf den Boden, schob die Bambusrohre auseinander und traf mit seinen Augen auf funkelnde schwarze Seifenblasen.

Kurzerhand hatte er seinen Revolver durch die Öffnung gesteckt.

»Komm her, du Hund«, befahl Vincent knapp.

Ein Schwarzer kam unter einem Bananenblatt hervor und erschien in der Hütte. Ohne ein Wort zu sagen, schlug Vincent ihn mit seiner Peitsche, und noch einmal, und noch einmal. Der Schwarze winselte wie ein geprügelter Hund.

»Alle hierher, sofort!« befahl Vincent und ließ zur Verdeutlichung seine Peitsche noch einmal vor der Nase des armen Teufels zu Boden gehen ...

In der ersten Hütte lag François delirierend auf dem verdorrten Gras. Die rot-heißen Flecken auf seinen Wangen hatten sich in furchterregende gelbe Streifen verwandelt.

Er begann zu schreien, wälzte sich auf dem Gras, sprang auf. Er musste gefesselt werden. Sein Körper war heiß und trocken. Vincent lag neben ihm. Der alte Schwarze saß im Schneidersitz auf dem Boden. In der Ecke schlief Duval wie tot. Der Schwarze erzählte leise die Geschichte weiter.

»Da raschelte es plötzlich im Geäst und eine Nuss fiel dem Hund direkt auf seinen Kopf. Der Hund jaulte und lief davon, und im selben Moment packte der Leopard die Kelep. Er war außer sich vor Freude und lief auf direktem Weg, so schnell er konnte, nach Hause, ohne dass die Kelep noch etwas sagen konnte.

Der Hund hatte gesehen, wie der Leopard die Kelep in seinen Beutel steckte.

Sein Gewissen quälte ihn, und er überlegte, wie er die Sache zum Guten wenden konnte. Er musste alles in seiner Macht Stehende tun, um die Kelep zu retten, das war klar, aber wie er das tun sollte, wusste der Hund nicht. ›Ich gehe zum Zauberer‹, dachte er bei sich und ging. Der Zauberer war zuhause und wusste Rat. Er schaffte lange Ketten aus aufgefädelten Schneckenhäusern herbei, eine Menge großer und kleiner Glocken und allerlei klingendes und klimperndes Zeug. Damit behängte er den Hund so, dass man ihn darunter nicht erkennen konnte. Dann band er ihm noch ein Tamburin um und drückte ihm einen Stock in die Hand. Nachdem er ihn so hergerichtet hatte, sagte er: ›Jetzt setz dich hin und hör mir gut zu. Du gehst jetzt, so wie du bist, zum Fluss hinunter und versteckst dich dort. Sie werden bald beim Fluss ankommen, denn, wie ich weiß, hat der Leopard zuhause kein Wasser. Wenn du sie von weitem siehst, machst du dich bereit, und wenn sie näherkommen, dann springst du hervor und fängst an zu bellen, dich zu schütteln und herumzuspringen wie ein Wahnsinniger. Dann wird sich niemand mehr trauen, Wasser zu holen, nicht einmal der Löwe, und dein Freund wird eine Gelegenheit haben zu entkommen.‹

Das gefiel dem Hund gut, er freute sich so sehr, dass er den Zauberer umarmen wollte. Dieser aber schob ihn lachend weg und trieb ihn an, eilig zum Fluss zu laufen.

Inzwischen war der Leopard mit seinem Gefangenen zuhause angekommen. Die arme Kelep versuchte in ihrer Todesangst, den Leopard noch einmal zu überlisten und bat wieder darum, in den alten Beutel gesteckt zu werden, um den guten neuen nicht zu ruinieren. ›Verschnüre das Loch gut‹, sagte die Kelep zum Leoparden, ›ich werde überhaupt nicht daran denken, wegzulaufen, ich bin so niedergeschlagen, dass ich an gar nichts denken kann.‹

›Mach, was du willst‹, antwortete der Leopard, ›ich gehe mit dem neuen Beutel auf Nummer sicher, und dass du nicht weglaufen willst, glaube ich nicht; gestatte mir, dafür Sorge zu tragen, dass du auf keinen Fall weglaufen kannst.‹

Die Lage der Kelep war also sehr schlecht, und mit Schrecken hörte sie, wie der Leopard seinen Laufburschen den Auftrag erteilte, nun all seine Freunde zu holen und auch den Elefanten und den Löwen nicht zu vergessen. Der Leopard selbst bewachte die Kelep so scharf wie möglich und ging nicht einmal zur Tür, um seine Gäste zu empfangen, sondern wartete, bis alle versammelt waren. Da stellte sich heraus, dass in den Krügen kein Wasser war.

›Dann sollen meine Söhne rasch losgehen und Wasser holen‹, sagte der Leopard. Er sorgte auch dafür, dass ein anständiges Feuer gemacht wurde. Die Kelep wanderte von Hand zu Hand, jeder wollte sie sehen. Der Leopard wurde genauestens darüber ausgefragt, wie er sie gefangen habe. Dieser schickte sich gerade an, die Geschichte noch einmal in allen Details zu erzählen, als seine Söhne lärmend in die Hütte stürmten. Sie konnten sich nicht beruhigen, sondern schrien immer lauter, dass im Fluss irgendetwas Furchterregendes sei, dass sie vor Schreck fast gestorben wären.

›Was für ein Unsinn‹, sagte der Leopard, schenkte dem Lärm keine weitere Beachtung und bat ein paar seiner engsten Freunde, loszugehen und Wasser zu holen.

Aber es dauerte nicht lange, bis auch diese zu Tode erschrocken zurückkehrten und bestätigten, was die Söhne des Leoparden erzählt hatten. Da erhob sich der Löwe und sagte hochmütig: ›Dann gehe ich eben Wasser holen.‹ Er nickte dem Hasen zu und bat ihn, die Flaschen und Krüge auf seinen Rücken zu binden. Aber auch er kehrte schnell zurück. Er zitterte am ganzen Leib und seine Mähne stand ihm zu Berge.

Als die anderen ihn aus der Ferne so sahen, bekamen sie einen ordentlichen Schreck, der noch größer wurde, als sie seinen Bericht hörten. ›In meinem ganzen Leben habe ich so etwas noch nicht gesehen‹, erzählte der Löwe. ›Es muss irgendeine böse Macht im Spiel sein, denn das, was ich dort sah und hörte, das war kein Tier, und seine Stimme war nicht die eines Tieres, es war etwas Schreckliches – es kam auf mich zu, und ich fiel hin, sprang aber sofort wieder auf und konnte mit Glück entkommen, obwohl dieses Gespenst mich lange verfolgte.‹

›Aber ich bitte dich‹, sagte der Elefant, ›was soll das denn sein? Ich habe mich noch nie vor etwas gefürchtet und ich fürchte mich auch jetzt nicht, und niemand könnte mich davon abhalten, zum Fluss zu gehen.‹

›Dann geh‹, sagte der Löwe zornig, und der Hase sprang auf, um dem Elefanten die Krüge anzubinden. Als er sie dem Löwen allerdings abnehmen wollte, knurrte dieser und wandte ihm den

Rücken zu, denn er hatte sie alle auf seiner Flucht zerbrochen. Der Elefant aber sagte lachend zum Hasen: ›Zum Teufel mit den Krügen, ich habe doch meinen Rüssel.‹ Und er stapfte gemächlich zum Fluss.

Die Zurückgebliebenen warteten gespannt auf seine Rückkehr. Und ja, er kehrte zurück, aber schon von Weitem verriet sein Tröten, dass er äußerst aufgebracht war, und als er vor ihnen stand, war sein Anblick fürchterlich, und alle waren sich endgültig sicher, dass ihnen am Fluss Tod und Verderben drohten, sollten sie es noch einmal wagen, dorthin zu gehen.

Der Leopard aber war sehr aufgewühlt. Alle redeten untereinander über die schreckliche Erscheinung, alle erzählten von ihr, jeder und jede hatte sie gesehen – nur der Leopard nicht. Er beschloss, komme was da wolle, selbst zum Fluss zu gehen. Wenn er sich nur nicht so gefürchtet hätte! Da fiel ihm etwas ein. Er ging zu seinen Gästen und sagte ihnen: ›Liebe Freunde, ich danke euch, dass ihr gekommen seid und auch für eure Bereitschaft, mir zu helfen; ich glaube euch auch, dass sich dort unten am Fluss ein unbekanntes Tier aufhält, dessen Anblick allein ein Grauen ist, ich glaube, dass es euch einen ganz schönen Schrecken eingejagt hat, aber ich denke auch, dass ihr, da ihr es jetzt alle kennt, darauf vorbereitet seid, es zu sehen, weshalb ich euch vorschlagen möchte, dass wir alle zusammen zum Fluss gehen und versuchen, das Tier mit vereinten Kräften zu fangen und zu töten.‹ Nach dieser langen Rede begannen die Tiere zu tuscheln; sie überlegten, ob man es noch einmal wagen könnte, zum Fluss hinunterzugehen; schließlich beschlossen einige, zu gehen, die anderen folgten ihnen zögerlich, und bald bewegte sich die ganze Gesellschaft zum Fluss; vornweg der Elefant, dahinter der Löwe, und hinter den beiden trottete gut versteckt der Leopard. Sie vergaßen die Kelep und den neuen Beutel. Ihr einziger Gedanke war: ›Was erwartet uns am Fluss?‹ Als das letzte Tier die

Hütte verlassen hatte, machte sich auch die Kelep auf den Weg, aber in die entgegengesetzte Richtung – die Angelegenheit war ihr egal, sie vermutete schon lange, dass der Hund eine List ersonnen hatte, um sie zu retten. Während sie so gemächlich vor sich hin trottete, dachte sie voller Sorge an ihren Freund, denn zurecht überlegte sie sich, dass es dem Hund wohl leicht gelingen konnte, alle einzeln zu erschrecken und in die Flucht zu schlagen, dass es ihm aber nicht so leicht gelingen würde, die ganze Gruppe zum Narren zu halten – und wehe ihm, wenn sie ihn erkannten. Aber alle diese Sorgen waren unnötig, denn als die Kelep auf den Waldweg einbog, der zu ihrer Hütte führte, kam der Hund ihr bereits entgegengelaufen. Er hatte sich, kaum dass er gesehen hatte, wie alle zusammen auf ihn zukamen, aus dem Staub gemacht und sich gedacht, die Kelep habe damit eine gute Gelegenheit zur Flucht gehabt. Als die beiden sich nun trafen, freuten sie sich sehr. Der Hund sagte leise: ›Entschuldigung, Onkelchen!‹ Die Kelep aber sagte: ›Hör schon auf, du hast gezeigt, dass du ein guter Kamerad bist, aber Nüsse klauen werde ich mit dir keine mehr.‹

Der Leopard und seine Gesellschaft waren äußerst verwundert, als am Fluss alles ruhig und friedlich war; äußerst verwirrt gingen sie zurück, und der Leopard lachte die anderen aus. Das Lachen allerdings verging ihm, als er zuhause den leeren Beutel vorfand. So ging die Gesellschaft äußerst übellaunig auseinander, und jeder ließ jeden wissen, dass er von nun an die Einladungen des Leoparden ausschlagen würde …«

… Mitten in der Nacht wachte Vincent auf. Die Hand des Schwarzen lag auf ihm … Mit einer scharfen Bewegung stieß Vincent den Alten weg, sodass dieser auf Duval rollte. Duval sprang auf.

»Was willst du, du Hund?«, schrie Vincent.

»Miste, Miste Fransua …«, stammelte der Schwarze.

Vincent stürzte zu François. Dieser lag bewegungslos da. Seine Brust hob sich weit nach oben, er atmete pfeifend durch die Nase.

»Er stirbt«, sagte Duval.

Vincent sagte kein Wort. Er kannte dieses Pfeifen gut. Es gab nichts mehr zu hoffen. In einer Viertelstunde würde François tot sein. Vincent nahm seine Hand und setzte sich.

Zehn Minuten vergingen. Das Pfeifen wurde allmählich leiser, die Brust hob sich nicht mehr so stark. Noch fünf Minuten, und François würde nicht mehr sein. Vincent senkte seinen Kopf in seine Hände. Über die Zeit war ihm der stürmische, aufrichtige François so sehr ans Herz gewachsen. Er hatte sich so auf sein Glück mit Camilla in Paris gefreut.

Die Minuten zogen sich hin wie Jahre. Immer leiser, immer dumpfer wurde das Pfeifen, immer schwächer hob sich die Brust. Es blieben drei, zweieinhalb, zwei, anderthalb Minuten ...

Plötzlich hob Duval, der bis dahin reglos neben Vincent gestanden hatte, den Kopf und lauschte. Ein paar Sekunden vergingen. Duval stürzte los und stürmte aus der Hütte. Vincent hörte seine schnellen Schritte aus der Richtung nachhallen, aus der sie in das Dorf gekommen waren. Es war ihm nicht in den Sinn gekommen, dass Duval hätte flüchten wollen, so sicher war er sich seiner Kameradschaft gewesen.

Seit er aus dem Schlaf gerissen worden war, fühlte Vincent gegenüber allem eine seltsame Trägheit und Gleichgültigkeit. Seine Beine waren kraftlos; er erhob sich und blickte François an ...

Eine Minute später trat Duval nervös wieder in die Hütte.

»Unsere Banditen haben sich mit den Pferden und dem Gepäck davongemacht. Ich habe gehört, wie ein Pferd in 200 Metern Entfernung wieherte. Wir haben keine Chance, sie einzuholen. Wir müssen zurück zur Äquatorstation.«

Vincent antwortete nicht. Er lehnte sich an die Wand und blieb reglos stehen. Duval ging zu ihm und zündete ein Streichholz an. Vincents Augen waren geweitet und wanderten ziellos umher. Er wurde vom Fieber geschüttelt. Auf einem Haufen verdorrtem Gras lag der tote François, in der Ecke rutschte der Schwarze herum und stammelte irgendeinen Unsinn. Duval blieb regungslos stehen ...

»Makekembe-la-motu-ma-me«, rief der Schwarze wild.

Drei Menschen gingen einen Weg entlang. Auf den alten Schwarzen gestützt der noch nicht ganz gesunde Vincent, Duval mit entschlossenen Schritten voran. An die Erfüllung des Auftrags von Monsieur Duverrier war jetzt nicht mehr zu denken. Es galt nur noch, so schnell wie möglich die Äquatorstation zu erreichen.

Die Reisenden liefen bereits seit drei Tagen durch den Regenwald. Die vollkommene Stille des Waldes wurde nur vom Geschnatter der grünen Papageien und dem Rascheln und Knacken der Äste und Pflanzen unter den Füßen durchbrochen. Die Bananen, die sie aus dem Dorf mitgenommen hatten, waren bereits verzehrt.

Duval hoffte, irgendwo einen Baobab zu finden, um sich an dessen Blättern zu stärken. Er brach grüne Zweige ab, kaute und spuckte sie wieder aus, von Hunger und Durst gequält. Er hatte fast nichts gegessen, die Bananen hatte er Vincent und dem Schwarzen überlassen.

Sie wollten kurz rasten und suchten auf trockenerem Gelände nach einem Baobab. Auf einer Anhöhe fanden sie einen Koloss, dessen Äste schwer mit Früchten behangen waren. Duval beschleunigte seinen Schritt; er hatte furchtbaren Hunger. Die Blätter des Baobab, wie alles Essbare überhaupt, erschienen ihm nun verlockender als ein üppiges Mahl in einem Restaurant. Nach ein paar Schritten aber blieb er stehen. Neben dem Baum lag ein Mann auf dem Bauch. Duval zog seinen Revolver und näherte sich ihm vorsichtig. »Hey, Kumpel«, rief er. Der Mann wandte sich ihm nicht zu. Duval feuerte. Mit einem saftigen Knall drang die Kugel in den Baum. Der Mann rührte sich nicht. Duval eilte zu ihm, stieß ihn mit dem Fuß an, der Mann rollte auf die Seite. Sein angefressenes Gesicht war mit Insekten übersät; hunderte krabbelten ihm aus den Augen, der Nase, den Ohren.

»Der Bärtige«, schrie Vincent, als er zu Duval stieß.

»Sie haben ihn umgebracht«, sagte Duval. »Sie werden alle sterben in diesem Wald, ohne Kompass und mit Cognac«, fügte er ruhig hinzu. Unter der Kleidung, auf dem Bauch des Toten bewegte sich etwas. Duval schnitt die Jacke mit seinem Messer auf, aus dem Bauch krabbelte eine ganze Legion bunter Käfer.

»Essen wir«, sagte Vincent. Duval kletterte auf den Baum, brach Zweige mit Blättern ab, warf sie Vincent und dem Schwarzen zu, die sie gierig verschlangen.

Als der Schwarze satt war, riss er die Blätter von den Zweigen ab, knüllte sie zusammen und stopfte sie in seinen Beutel. Sie liefen weiter. Wieder blieb Duval stehen und lauschte. Von Süden her drang ein dumpfes Dröhnen zu ihnen; es hörte sich an wie das Meer, hin und wieder brachen die Wellen mit Getöse an den Klippen. Sie marschierten noch ein paar Schritte, das Dröhnen wurde stärker und klang näher. »Zurück zum Baum«, rief Duval plötzlich, und ergriff die Hand von Vincent und rannte zurück zum Baobab. Wie eine Katze kletterte er auf einen Ast, zog Vincent hoch und half danach dem Schwarzen. »Sind das nicht Elefanten?«, sagte Vincent. »Ein paar scheint es hier also doch noch zu geben.«

»Nein, Miste, das keine Elefanten«, bemerkte der Schwarze erschrocken. Das Dröhnen kam näher und war nun ein einziges Knistern, Knacken und Krachen. Als ob ein Unwetter durch den

Regenwald fegte. Man konnte hören, wie Äste brachen und Bäume fielen. In heller Aufregung flitzten Hasen zusammen mit Schakalen am Baobab vorbei. Sie liefen weiter, ohne anzuhalten, ohne aufeinander zu achten und offenbar, ohne die Leiche zu bemerken. Das Dröhnen wuchs zu einem Sturm. Duval kletterte weiter nach oben und zog den Schwarzen und Vincent hinter sich mit. Plötzlich wälzte sich ein dunkler Brocken aus dem Gebüsch und jagte am Baum vorbei, hinter ihm ein zweiter, ein dritter, Dutzende, Hunderte. Nach ein paar Sekunden war aus dem Gebüsch, den kleinen Bäumen und den großen Bäumen eine Ebene geworden. Auf ihr jagten, sich gegenseitig überholend und alles auf ihrem Weg plattmachend, riesige dunkle Brocken dahin.

»Nashörner!«, stammelte der Schwarze. Er zitterte am ganzen Körper. Eine Minute später war die Herde vorbeigezogen. Anstelle des Dickichts aus Ästen, Lianen, Büschen und Gräsern erstreckte sich vor ihnen und hinter ihnen eine breite Schneise, aus der hier und da einsam die ewigen Baobabs ragten, die den schrecklichen Angriff überlebt hatten. Über mehrere Kilometer zog sich die furchterregende Schneise. Auf dem Weg waren neben einem umgestürzten Baum in die Erde getrampelte Fetzen von Kleidung zu erkennen, abgerissene Arme, die Zehen eines Fußes schauten aus dem Boden heraus, es handelte sich um vollkommen zerquetschte und zerfetzte Leichen. Die Banditen waren unter die Walze der tollwütigen Tiere geraten. Vergeblich suchten Duval und der Schwarze nach Essbarem, alles war in die Erde getrampelt, zerquetscht, zerstört.

Am nächsten Tag starb der Schwarze im Busch. Und zwar folgendermaßen: Etwas Langes, Dunkles schnellte aus dem Geäst hervor, packte den Alten und saugte ihn ins Dickicht.

»Eine Boa«, schrie Vincent, aber im gleichen Moment flog ein dunkles, haariges Ungetüm von einem Baum zum nächsten, direkt neben ihm. Duval war ein paar Schritte entfernt. Er zog seinen Revolver, ließ ihn aber wieder sinken und stürzte auf Vincent zu. Der Gorilla, unschlüssig zwischen zwei Feinden, hielt eine Sekunde inne. In diesem Moment schoss Vincent. Das verletzte Tier stürzte sich laut brüllend auf ihn. Duval aber war wie eine Katze mit einem Satz zur Stelle und jagte ihm alle fünf Kugeln aus seinem Revolver in den Kopf. Das Tier schlug mit den Armen um sich und fiel schwer zu Boden. Vincent, von den Schlägen des Tiers getroffen, blieb bewusstlos liegen. Eine Minute später kam er wieder zu sich und stand auf. Das riesige Tier lag im Sterben, Zuckungen liefen durch seinen Körper. Ein paar Meter entfernt lag mit zerdrückter Kehle der Schwarze.

Der hungrige, erschöpfte Vincent konnte seine Neugier nicht bezwingen und ging zu dem Tier. Dieses war jetzt ruhig und lag da wie ein prähistorischer Mensch, die Arme ausgestreckt, das Gesicht nach oben. Irgendetwas funkelte an seiner nackten Hand. Vincent trat noch ein Stück näher heran. An einem der Finger des Waldriesen steckte ein goldener Ring. Eine Zeitlang sahen sich Vincent und der Matrose äußerst verwundert an. Schließlich ging der Matrose zum Gorilla, trennte mit seinem Messer den Finger ab und zog den Ring herunter. Es war ein alter goldener Siegelring, in den der Buchstabe »L« eingraviert war …

Die Äquatorstation lag noch eine Woche Fußweg entfernt. Vincent und Duval waren am Ende ihrer Kräfte, sie konnten sich kaum auf den Beinen halten, fielen bei jedem Schritt hin und schliefen im Morast ein. Vincent wurde wieder von Fieber geschüttelt. Eines Abends, als sie Arm in Arm im Morast lagen, begann Duval unerwartet zu sprechen. Bis dahin hatten sie geschwiegen. »Wir werden es vielleicht nicht bis zur Äquatorstation schaffen, Vincent«, sagte Duval, und seine raue Stimme klang weich und sanft. »Ich bin gar nicht Duval! Ich bin kein Franzose. Mein Name ist Andrij Wowk.«

Vincent klapperte laut mit den Zähnen. Nur mit Mühe konnte er verstehen, was Duval sagte, und bedeutete ihm mit einem Kopfnicken, dass er zuhörte.

»Ich bin im Auftrag meiner Organisation mit Ihnen mitgekommen. Dieser Mann am Pfahl auf dem Weg war mein Landsmann!« Vincent wandte sich Duval zu, er erinnerte sich jetzt wieder, wer dieser Mann war. Ja, er war es, er war jener Soldat, von dem er François erzählt hatte.

»Wie sind Sie hier gelandet?«, stammelte er, gegen seine Schwäche ankämpfend.

»Ich bin im Auftrag meiner Genossen hergekommen, um der Unglücklichen willen, die hier am Wegesrand arbeiten, der weißen Sklaven aus der Ukraine, die hier im Kongo Steine klopfen. Matrose Duval, dessen Dokumente ich bei mir habe, ist mein Parteigenosse aus Frankreich. Ich bin Ihnen die ganze Zeit gefolgt, während Sie auf der *Liberia* waren. Sie erinnern sich, dass jemand Ihr Gespräch mit dem Banditen in der Kajüte belauscht hat. Das war ich.

Sie hatten ganz Recht. Nach jenem Gewinn habe ich mein gesamtes Geld der Organisation gespendet, ich habe aufgehört zu spielen und zu trinken.

Jetzt verstehen Sie auch, weshalb ich kurz vor der Äquatorstation verschwunden war. Ich habe ein paar Kleinigkeiten für die weißen Sklaven getan – ihnen Adressen gegeben, ein paar Flugblätter verteilt. Ich hatte gehofft, die Arbeit nach unserer Rückkehr nach Libreville so richtig beginnen zu können. Aber es soll nicht sein, wir werden hier nicht mehr wegkommen. Sie sind ein Offizier der französischen Armee. Sie haben der Gegenseite gedient. Wäre ich

Ihnen unter anderen Umständen begegnet, hätte ich Sie, ohne mit der Wimper zu zucken, wie einen Hund erschossen.

Jetzt aber werden wir hier beide sterben. Wir schaffen keine zehn Kilometer mehr. Und bis zur Äquatorstation sind es mehr als hundert. Morgen oder übermorgen werden wir hier sterben. Alles ist aus. Vor dem Tod sind wir Kameraden. Also, nehmen wir Abschied, Kamerad!«

Und Duval küsste Vincent fest auf den Mund. Dann zog er seinen Revolver aus dem Halfter …

Ein Schuss ertönte. Die Kugel traf Vincent in den Kopf. Aber es war nicht Duval, der geschossen hatte. Der besann sich binnen einer Sekunde, warf sich auf den Boden, krallte die Hände ins Gras und schob sich ins Gebüsch. Wie eine Katze lag er dort auf dem Bauch und wartete. Ein zweiter Schuss ertönte – die Kugel zischte über seinen Kopf hinweg. Duval wimmerte laut und klagend. Zwischen den Büschen tauchten zwei Köpfe auf, zwei schwarze Kolonialsoldaten traten hervor – hinter ihnen lief vorsichtig ein weißer französischer Unteroffizier. Die Schwarzen packten Vincent an den Beinen und schleiften ihn zum Unteroffizier. Der begann eilig, Vincents Jacke aufzuknöpfen.

In diesem Moment streckte Duval den Unteroffizier mit einem Schuss nieder. Mit dem zweiten Schuss tötete er einen der beiden Schwarzen, dann sprang er aus dem Gebüsch und setzte dem anderen den Revolver auf die Brust. »Waffen fallen lassen«, befahl er. »Auf den Boden«, lautete sein zweiter Befehl. Daraufhin ging er zum Unteroffizier, nahm ein Päckchen Chinin aus dessen Hosentasche und schluckte es gierig, einmal, zweimal, dreimal. »Vorwärts, marsch!«, lautete Duvals dritter Befehl …

Zwei Wochen später war ein blonder Mann mit einer Kutsche auf dem Weg in Richtung Libreville. Bei Kontrollen legte er Papiere auf den Namen des Offiziers der Reserve Vincent Paul vor. Während er nach rechts und links Geld aus den Fenstern warf, plauderte er mit den Unteroffizieren und erkundigte sich nach der Lage der Arbeiter, die den Weg pflasterten.

KAPITEL 4

DER RITTMEISTER DER CHEVALIER-GARDE

Pendelgespräche. Der Ameisenbär. Der Siegelring, von dem der Leser in Kapitel 3 gehört hat. Angriff der Bolschewiken. Der Rittmeister der Garde Ihrer Majestät. Ein Tanz zwischen sechs Kerzen. Duverriers Laune verschlechtert sich weiter. Blut auf Lackschuhen. Edith stimmt dem Vorschlag von Dr. Reeps schließlich zu.

Leise öffnete sich die Tür, und eine lange, neugierige Nase lugte ins Zimmer.

Alles ist still. Ein gleichmäßiger Atem dringt unter dem zerschlissenen Bettvorhang hervor. Der Vogel im Käfig in der Ecke putzt seinen Schnabel. Die Minze in den winzigen Töpfchen am Fenster erfüllt den Raum mit einer sumpfigen Frische.

Alles ist in Ordnung, also zieht sich die Nase mit schnuppernden Nasenlöchern wieder zurück. Ein Pendel schwingt mit seinem kupfernen Bauch, ein Tisch, beinamputierte, invalide Stühle und ein schmutziges Schachbrett spitzen die Ohren und lauschen.

Plötzlich seufzt die Uhr, ächzt und macht sich bereit zu läuten. Da bewegt sich etwas unter dem Vorhang. Die Uhr schlägt, erschrickt und verstummt. Auch die anderen Dinge erstarrten und lauschten nicht länger – sie waren nicht länger lebendig. Dem Ticken der Uhr lauschte nun wiederum Edith.

Sie wollte aufstehen und konnte es nicht. Ihr Rücken fühlte sich an, als wäre er aus Bast, anstelle ihres Arms lag da ein riesiges

Stoffbündel. Edith ließ ihren Blick neugierig durchs Zimmer schweifen. Sie erinnerte sich: Im Beiboot war es kalt und nass gewesen. Ihre Zähne hatten geklungen wie diese Uhr – nur schneller. Noch ein Bewusstseinsschimmer – das Gesicht von Reeps – ein stechender Schmerz im Arm, jemand beugt sich nieder und verbindet ihn. Davor wird der Arm angewinkelt – ein Geriesel aus grünen Blitzen und – graue Stille.

Daraufhin waren sie lange unterwegs gewesen, der Schmerz in ihrem Arm hatte keine Sekunde aufgehört, auszustrahlen. Jetzt war der Arm in diesem Zimmer gelandet, auf dem Bett neben Edith.

Noch nie hatte dieser Arm, als er noch schlank und rein war und kein unförmiger Ballen aus Mull und Leinen, in einem solch armseligen Zimmer aufwachen müssen. In den Romanen, deren Seiten Edith beiläufig durchzublättern pflegte, haben die Heldinnen die Angewohnheit, in Boudoirs aufzuwachen, die Ediths Boudoir in New York ähneln. Und auch wenn eine Heldin unter einer verrußten Kellerdecke geboren war, so änderte sich ihr trauriges Schicksal innerhalb von 200-300 Seiten derart, dass sie mit nackten Füßen auf Teppichen und Tigerfellen wandelte und sich in Seide und Spitze kleidete. Edith war hungrig, die Atmosphäre war feucht und unangenehm …

Die Tür knarrte, wieder lugte die neugierige Nase herein. Sie schien zu spüren, dass diesmal nicht alles in Ordnung war, denn auf sie folgte nun ein längliches Gesicht, ähnlich dem eines Ameisenbären – zwei graue Knopfaugen funkelten darin.

»Wer sind Sie?«, fragte Edith.

Anstelle einer Antwort knarrte die Tür erneut und die Nase des Ameisenbären verschwand.

Edith hörte, wie man sich im Nebenzimmer flüsternd beratschlagte. Eine der Stimmen klang männlich.

Als der Ameisenbär – es handelte sich um die Hausherrin – nun tatsächlich ins Zimmer trat, wurde Edith darüber unterrichtet, dass der Name der Hausherrin Miss Wood lautete. Sie nannte Edith Martha. Edith verriet ihr vorsichtshalber nicht ihren richtigen Namen.

»Sie werden bei mir bleiben, bis Sie wieder gesund sind. Ein guter Freund von Ihnen hat Sie gestern hergebracht und gebeten, dass ich mich um Sie kümmere.«

»Wer denn?«

»Jim Reeps!«

Dann redete Miss Wood über das Wetter, über die Wohnungsmiete und die Feuchtigkeit, über den Fleischpreis und ihren Rheumatismus, darüber, wo sich die Toilette befindet und noch viele andere interessante Dinge ...

Der riesige Platz war von Menschen überschwemmt. Ein Lichtstrahl, der den Untergang der *Victoria* in allen Einzelheiten auf die Leinwand malte, huschte über den dumpfen Lärm der Masse hinweg.

Porträts des Kapitäns, des Ersten Offiziers, des wachhabenden Matrosen, des Milliardärs MacLayston, dem der Dampfer gehörte, und des jüngsten Schiffsjungen, eines Burschen von zehn Jahren.

Eine Explosion. Große Rauchwolken – sonst nichts. Das Heck des Schiffes: Menschen und Ratten springen ins Wasser, drängen in die Beiboote. Um alles herum ein Krater aus schäumenden Wassern, die den Bug des Schiffs bereits verschlungen haben. Menschen in Beibooten. Der Rumpf der *Victoria* ragt in die Luft ...

Dann lange Spalten mit den Namen derer, die umgekommen sind, und derer, die überlebt haben. Bei manchen von ihnen sogar mit Porträt.

Harry drängte sich näher an die Leinwand, er war kurzsichtig – er wollte wissen, ob nicht einer seiner amerikanischen Kameraden in diese Geschichte verwickelt war. Müden Blicks ging er die Namen von Menschen durch, die er nie gekannt hatte und niemals kennenlernen würde.

Plötzlich zuckte er zusammen. Seinen Augen nicht trauend, ergriff er die Schulter seines Nebenmannes. Dieser schaute den jungen Arbeiter verständnislos an und fluchte freundlich.

»Martha Loran!«, sprach Harry einen Namen aus der Liste der Schwerverletzten aus. Morgen würde er beginnen, nach ihr zu suchen.

Am zweiten Tag ihres Aufenthalts in jener Straße schickte Edith ein Telegramm an ihren Vater. Dann noch eins und noch eins. Antwort bekam sie keine.

Miss Wood zuckte mit den Schultern, ihre Nasenflügel blähten sich. Sie war ehrlich überrascht.

Edith musste ihr zwei ihrer Ringe aushändigen: Miss Wood war, ach, ja so arm, und irgendwann musste Edith schließlich doch Antwort erhalten.

Einen ihrer Ringe aber gab sie nicht weg. Es war ein alter Siegelring mit einem eingravierten L. Layston hatte ihr diesen Ring am Tag ihrer Konfirmation geschenkt. Es war ein breiter Männerring, und Edith trug ihn am Daumen. Eine Art Souvenir aus Laystons Jugend. Seine Geschichte kannte sie allerdings nicht.

Ediths Unruhe wuchs mit jedem Tag.

Miss Wood sprach über den Fleischpreis, über ihren Rheumatismus, über die Feuchtigkeit in den Zimmern, die besten Methoden, um Bettwanzen loszuwerden, und über den Hunger in Russland und in der Ukraine.

Die Hungersnot war von den Bolschewiken absichtlich herbeigeführt worden. Edith erinnerte sich, wie Layston ihr erklärt hatte, dass die Bolschewiken das Land mit ihrer ökonomischen Unfähigkeit ruiniert hätten. Miss Wood aber bestand darauf, die Bolschewiken würden den Hunger vorsätzlich inszenieren.

Jeden Morgen, wenn sie vom Gehupe der Straße geweckt wurde, blickte Edith aus dem Fenster und sah, wie die Arbeiter zur Arbeit gingen. In Amerika hatte sie solche Menschen sehr selten gesehen – sie galten als unkultiviert, also ließ man sie nicht ein in die anständigen Häuser.

Sie sah in fahlgelbe Gesichter mit glänzenden Augen, sah Hände voller Schwielen, sah dürre Körper in billigen Stoffen und fühlte sich wie eine Dickens'sche Heldin, die den armen Menschen gerne geholfen hätte, aber selbst kein Geld besaß.

Im Zimmer nebenan wohnten zwei Textilarbeiterinnen. Das heißt, eine von ihnen war arbeitslos: sie war entlassen worden, weil ihr Bruder in Arbeiteraufstände verwickelt war.

Nun putzte sie die Zimmer von Miss Wood. Wortlos wischte sie den Boden, staubte ab, trug Abwässer und Abfälle weg …

Eines Abends betrat Miss Wood Ediths Zimmer. In ihren Händen hielt sie ein versiegeltes Telegramm. Edith stürzte ihr entgegen und öffnete das Telegramm mit ihrer gesunden Hand: »NEW-YORK 20/5 – 22, LONDON-STREET, MacLayston hat von nun an KEINE TOCHTER MEHR. MacLayston.«

Die Arbeiterin wischte gerade den Fußboden. Als sie sah, dass Edith, bleich wie der Tod, rückwärts taumelte, ging sie zu ihr und stützte ihr den Kopf. Miss Wood war gerade aus dem Zimmer, irgendeiner der Untermieter hatte sie gerufen.

»Was ist mit Ihnen, Miss?«, fragte Kat.

Edith erzählte von ihrem Unglück. Wie sie den Hungernden

helfen wollte und wie sie – Gott! – selbst vielleicht bald hungern würde. Was war mit ihrem Vater los? Er versorgte doch sogar die ARA mit Lebensmitteln, wie konnte er sie hungern lassen!

Kat hörte zu – ihr Gesicht verhärtete sich immer deutlicher.

»Was ist mit Ihnen, Kat?«, fragte Edith. Sie sah sie jetzt zum ersten Mal an. Zuvor hatte da nur ein mechanisches Wesen gewirkt, das ihr Zimmer aufräumte und putzte. Jetzt war da eine Frau mit rotem Haar, mager, aber hübsch. Zarte, fest zusammengepresste Lippen. Funkelnde Augen, wie die jener Menschen, die vor einem Jahrhundert die Bastille gestürmt und vor fünf Jahren Russland und die Ukraine auf den Kopf gestellt, eine furchterregende Armee geschaffen, viele schöne Gedichte geschrieben und untereinander das Allerbeste verwirklicht haben, mit ihren sehnigen Händen, in ihrem eigenen Land ...

»Was ist mit Ihnen, was haben Sie?«, fragte Edith.

»Ich bin arbeitslos!«, antwortete Kat. »Nur weil ich fremde Zimmer putze, hat Ihre Bekannte Miss Wood mich noch nicht aus meinem geworfen.«

»Aber womit verdienen Sie denn Ihr Geld?«

»Ich bin arbeitslos! Und weil mein Bruder sich gegen die Gewerkschaften gestellt hat, bekomme ich aus deren Kasse auch keine Unterstützung.«

»Gegen die Gewerkschaften? Also ist er ein Streikbrecher! Einer von jenen tapferen Menschen, die von den Arbeitern so gehasst werden, weil sie sich mehr um den Staat als Ganzes sorgen als um die Arbeiter.«

»Nein, er ist kein Streikbrecher. Und Streikbrecher sind auch keine tapferen Menschen, sondern Abschaum! Mein Bruder ist Bolschewik!«

Edith machte eine verzweifelte Geste. Sie wollte irgendetwas sagen, doch die Arbeiterin sprach weiter, mit harter Stimme. Das jetzt war nicht mehr jene Edith MacLayston, deren Finger man mehr fürchtete als den Blitz. Keine stolze Halbgöttin, sondern ein schwaches, nichtsnutziges Mädchen. Ohne Schecks und ohne Papiere erinnerte sie an einen Fisch, den man auf die Erde geworfen hatte.

»Wir werden keinen Frieden haben, bis solche wie dein Vater erschossen werden«, sagte Kat. »Und wir *werden* sie erschießen!«

»Aber …«

»Sie wollen sagen, dass sie uns Arbeit geben und den Hungernden helfen. Sicher! Morgen oder übermorgen werde ich mich auf der Straße verkaufen müssen. Wissen Sie, warum sie Arbeiter entlassen? Um weniger Waren zu produzieren, damit sie teurer werden! Verstehen Sie das? Weniger Waren produzieren, damit sie teurer werden – Sie wissen es, aber Sie verstehen es nicht. Sie werden verstehen, was es bedeutet, wenn Sie selbst auf die Straße gehen, um sich zu verdingen.«

»Ich wollte den Hungernden helfen«, sagte Edith leise. »Warum greifen Sie mich so an?«

»Ja, Sie wollten den Hungernden helfen. Sehen Sie, Sie verstehen immer noch nicht, worum es geht … Nun setzen Sie sich!« Kat strich Edith über den Kopf. »Gleich kommt das Woodchen zurück; übrigens, hüten Sie sich vor ihr, Sie haben nicht viel Gutes von ihr zu erwarten, vielleicht finden wir ja irgendwann Arbeit.«

Und Kat ging …

… Die Dinge wurden immer schlimmer. Es gab keine frische Wäsche und Edith wunderte sich gar nicht mehr über die schmutzigen Arbeiterkinder. Sie begann, Arbeit zu suchen. Man sah sie an, als käme sie vom Mond. Keine Ahnung hat die und will Arbeit, während alte, erfahrene Arbeiter hungern!

Ein Herr aus der Mittelbourgeoisie bot ihr an, seine Kinder

zu erziehen; und als sie ging, umarmte er sie. Es schnürte ihr das Herz zusammen. Sie fühlte, dass sie von der Straße nur noch einen Schritt entfernt war.

Sie lief die Vortreppe hinunter und stieß mit einer Gestalt zusammen. Reeps.

»Wohin des Weges?«, fragte er freundlich.

»Ich ... ich gehe nach Hause!«, sagte Edith.

»Erlauben Sie mir, Sie zu begleiten!« Ohne eine Antwort abzuwarten, hakte er sich bei ihr unter und ging an ihrer Seite weiter.

»Wie gefällt es Ihnen bei Miss Wood?«

»Sehr gut, ich danke Ihnen!«

»Wann werden Sie denn wieder nach New York fahren?«

Ediths Herz wurde schwer.

»Gar nicht!«, entgegnete sie.

»Sie wollen also trotz allem nach Russland gehen!«

»Ja!«, antwortete sie mechanisch.

»Ja! ...«, wiederholte Reeps. Dann blieb er stehen, gab Ediths Arm frei und sagte:

»Hören Sie, meine Liebe! Ich weiß alles. Miss Wood hat mir von dem Telegramm erzählt, dass Sie von Mister MacLayston erhalten haben. Sie brauchen nicht zu verzweifeln. Ich biete Ihnen an, mich zu heiraten.«

Edith betrachtete die Spuren der Krankheit in seinem Gesicht. Kat hatte ihr erzählt, dass Kavaliere Frauen versprachen, sie zu heiraten, um sie zu verführen.

Sie sah noch einmal auf die Spuren der furchtbaren Krankheit und stellte sich diese auf ihrem eigenen Körper vor.

»Machen Sie sich keine Sorgen, Dr. Reeps«, sagte sie, »und lassen Sie mir etwas Zeit.« Reeps wollte etwas sagen. »Machen Sie sich keine Sorgen, Dr. Reeps, und lassen Sie mir etwas Zeit – ich bin einverstanden! Und nun gehen Sie, und kommen Sie heute nicht zu mir.«

Nachdem er viel Zeit mit der Suche in Krankenhäusern und Hotels verbracht hatte, ging Harry zu einem Detektivbüro – im Meldeamt konnte er nichts erreichen, also musste er zu den Spürhunden gehen.

Eigentlich hatte Harry keine allzu große Hoffnung, für zwei Schilling einen Hund zu finden, der ihm helfen würde, Martha Loran zu finden, aber im Vorzimmer der Detektei trat einer der Hunde von selbst auf ihn zu und einigte sich mit ihm auf einen Schilling und zwei Pence ...

Es war ein Samstag. Die Kneipe war voller Menschen, Matrosen, Hafengesindel, ein paar Arbeiter. Harry war in der Hoffnung dorthin gegangen, irgendeinen Amerikaner zu treffen.

In der Tür erschien ein athletisch gebauter Mann mit wild funkelnden, kleinen schwarzen Augen. Er ging zu einem Tisch; an diesem saßen vier Männer, eigentlich lagen sie schon halb unter ihm. Er stellte sich neben den Tisch, und plötzlich verstummte das Schwatzen, die vier sprangen wie auf Kommando auf und suchten sich einen anderen Platz. Der Athlet setzte sich, fegte die Reste ihres Essens mitsamt den Tellern auf den Boden und schlug mit der Faust auf den Tisch.

Ein Mädchen, gepudert und geschminkt, stöckelte auf hohen Absätzen auf ihn zu. Er brummte irgendetwas. Sie stand eine Sekunde lang da und hob ihren Rock. Er beachtete dieses Manöver allerdings gar nicht, sondern schlug erneut mit der Faust auf den Tisch und verlangte etwas zu trinken.

Die vier, die den Athleten zunächst ängstlich und hasserfüllt beäugt hatten, fanden sich nun wieder ins Trinken. Einer von ihnen schien bis zum äußersten Rand abgefüllt zu sein. Er redete von den Deutschen, von den Franzosen, von Militärstiefeln und von irgendeiner Erfindung, die er gemacht haben wollte. Ein elektrisches Netz zur Beseitigung von Minen im Ozean. Er fuchtelte mit den Händen in der Luft herum und schlug sich mit der Faust auf die Brust.

»Milords und Miladies, Gentlemen und hochverehrtes Gesindel, hören Sie gut zu – hier sitzt ein Mann, der die gesamte Unterwasserpolitik der Feindstaaten auf den Kopf stellen könnte!«

Mit Schluckauf und obszönen Ausdrücken begann er, Beweise für die Bedeutung und Notwendigkeit seiner Erfindung darzulegen, ließ aber abrupt seinen Kopf sinken und verstummte.

»Anscheinend ist er noch leichter mit einer Flasche Whiskey zu fangen, als eine Mine mit seinem Netz«, sagte Harry zu seinen Nachbarn.

Der Mann wachte auf, hob den Kopf und blickte Harry eindringlich an. Dann verzog sich sein Mund zu einem breiten Grinsen, er fischte irgendeinen Zettel aus seiner Tasche und reichte ihn Harry. Harry steckte den Zettel ein und ging. »London Street, 31, Wood. Miss Martha Loran.« Dort also war sie. Der Hund hatte das Wild aufgespürt. Blieb nur noch eines zu tun. Oder steckte vielleicht doch etwas anderes dahinter? Harry vertraute Detektiven normalerweise nicht besonders. Aber er musste Martha finden, komme, was da wolle. Harry lief schnell; er überquerte einen Square und bog nach rechts in eine kleine Straße in Whitechapel ab. 71 – 69 – 67 – 65 - 53 – 51 – 49 – 37 – 35 – 33.

Am Tag nach dem Treffen mit Reeps stand Edith sehr früh auf. Jim Reeps sollte sie auf ihren Wunsch hin um acht Uhr abends von diesem Ort wegbringen, wo sie so viele schwere Stunden verbracht hatte. Nachdem sie Miss Wood darüber informiert hatte, dass sie bald zurück sein würde, ging Edith auf die Straße. Ihre Augen suchten drei goldene Kugeln über einer Tür. Und schlussendlich fand sie, was sie brauchte.

Sie ging durch die Tür unter den drei goldenen Kugeln. Die Armen konnten hier ihre Lumpen verpfänden und dafür einen Halfpenny bekommen, um sich Brot zu kaufen. Ein junger Mann, dick wie ein Eber, mit Schmuck an Fingern und Ohren, nahm Edith in einer geübten Bewegung den Ring aus der Hand und warf ihn auf die Theke.

»Verkaufen, verpfänden?«, fragte er mit gleichgültiger Stimme.

»Wie viel bekomme ich dafür?«, fragte Edith. »Es ist ein antiker Siegelring ...«

»Das brauchen Sie mir nicht zu erzählen, Miss! Wir rechnen nach Gewicht ab. Zwei Schillinge kann ich Ihnen geben. Verpfänden?«

Edith nahm den Ring und ging. Vor der Tür blieb sie stehen. Sie wusste nicht, was sie tun sollte.

»Sie haben Ihr Taschentuch verloren, Miss!«, sagte jemand. Sie sah einen Mann, der mit ihrem Taschentuch herumwedelte wie ein Ober im Restaurant mit einer Serviette.

In seinen Augen las Edith aufrichtiges Mitgefühl. Sie fragte:

»Entschuldigen Sie, würden Sie mir bitte sagen, wo ich diesen Ring verkaufen kann?«

»Den Ring?«, erwiderte der Mann erstaunt. »Lassen Sie mal sehen.«

Lange betrachtete er den Siegelring, wobei er immer wieder mal zu Edith hinsah.

Wäre Edith nicht so hungrig gewesen, sie hätte ihre Lage vielleicht deutlicher gespürt. Alles, was ihr zum Leben geblieben war, trug sie in ihren Händen, abgesehen von ihrem neunzehnjährigen

Körper, der, von Dollars genährt, seinen Wert auch jetzt noch nicht verloren hatte.

Nun aber war sie in erster Linie hungrig.

»Kommen Sie!«, sagte der Mann schließlich freundlich. »Ich helfe Ihnen.«

So liefen sie die Straße entlang.

Es handelte sich um einen Krämerladen, der alles Mögliche verkaufte – aber alles war auch von Staub bedeckt; als hätte dort seit zwei Wochen niemand mehr eingekauft. Hinter der Theke stand eine dicke Frau.

»Die Miss möchte ihren Ring verkaufen!«, sagte der Mann. Die Dicke nahm den Siegelring und betrachtete ihn. Der Mann beugte sich vor und flüsterte ihr, auf den Stein deutend, etwas zu.

»Sie werden mir wieder zwei Schillinge geben«, dachte Edith verbittert. »Und der da, der ist wie alle anderen.«

»Wie viel wollen Sie für den Ring?«, fragte die Dicke.

»Ein Pfund!«, antwortete Edith verzweifelt.

»Ich kaufe ihn«, sagte die Dicke. Edith nahm das Geld und ging. Sie lief direkt nach Hause. Nicht weit von Miss Woods Haustür bemerkte sie, dass ein betrunkener Mann ihr folgte. Sie beschleunigte ihre Schritte und sprang keuchend die Vortreppe hinauf.

Vor der Haustür stand eine Frau mit einem riesigen Hut, teuer und geschmacklos gekleidet. Als sie Edith erblickte, fragte sie:

»Entschuldigung, ist das die Nummer 31?«

»Ja«, antwortete Edith.

»Wohnt hier eine Miss, die Kindern Unterricht erteilt?«

In Ediths Kopf begannen die Gedanken zu rasen: Sie sucht eine Erzieherin für ihre Kinder. Ich muss mich entscheiden.

»Das bin ich!«, sagte sie. Ihre Stimme klang heiser.

Die Dame stapfte vor ihr die Flurtreppe hinauf, oben angekommen, stießen die beiden auf Miss Wood, zu dritt betraten sie Ediths Zimmer.

Edith bat Miss Wood, sie für einen Moment mit der Dame allein zu lassen. Miss Wood verzog das Gesicht und ging; sie hatte Instruktionen von Doktor Reeps.

Ihre Nase entfernte sich indes nicht weit; die Füße trampelten auf der Stelle, die Nase zwängte sich durch den Spalt der nicht ganz verschlossenen Tür.

»Sprechen Sie leiser«, sagte Edith, »da liegt ein krankes Kind im Bett!«

»Ist es Ihres?«, fragte die Dame. In ihrem Tonfall lag keinerlei Erstaunen. Das überraschte Edith auf eine angenehme Weise.

»Nein, ist es nicht«, stellte sie zur Sicherheit klar (Erzieherinnen mit Kindern stellt man nur sehr ungern ein!).

»Also«, sagte die Dame, »ich brauche eine Erzieherin für zwei Mädchen, acht und zehn Jahre alt. Können Sie hier weg?«

»Sehr gern«, antwortete Edith.

Die Nasenflügel in der Tür blähten sich auf. Sie konnten nichts verstehen.

»Sie werden ein Pfund pro Monat bekommen. Essen, Wäsche und Unterkunft werden gestellt.«

»Ich bin einverstanden«, sagte Edith und konnte ihre Freude kaum verbergen. »Ich würde gerne heute noch bei Ihnen einziehen.«

Die Dame stimmte mit einem Kopfnicken zu.

Edith verwunderte es ein wenig, dass die Dame so schnell mit allem einverstanden war. Außerdem kam ihr das Gesicht der Frau irgendwie bekannt vor. Vielleicht war sie ihr auf der Straße begegnet. Womöglich war sie eine jener aufgeblasenen Städterinnen, die aufgetakelt herumlaufen und voller Verachtung auf ärmlich gekleidete Menschen herabblicken. Wo nur war sie ihr aufgefallen?

Ihr war jedoch alles recht, um den Händen des geschätzten Doktors zu entkommen.

Der Chauffeur vernahm mit einiger Verwunderung, dass es nach Whitechapel gehen sollte. Was für Geschäfte konnten einen solch eleganten Herren nach Whitechapel führen? …

Der Herr sog an seiner Pfeife und lächelte. Er war glücklich. Er stellte sich vor, wie er Hand in Hand mit der geretteten Edith vor MacLayston erscheinen würde.

»Guten Abend, Miss Wood!«, sagte der Doktor, während er das Zimmer betrat.

»Mister Reeps, ich habe nichts damit zu tun!«, plapperte die verehrte Dame los. »Ja, was hätte ich auch für einen Grund?! Ich habe absolut nichts damit zu tun!«

»Beruhigen Sie sich bitte und reden Sie einfach. Was ist denn los? Brauchen Sie Geld oder was?«

»Oh, Mister Reeps, Edith ist weg!«

»Wie?« Der Doktor schluckte schwer. »Wozu waren Sie denn überhaupt hier? Wohin ist sie? Wohin? Nun reden Sie schon, *goddam*!«

»Vor etwa drei Stunden. Sie hat ihre Sachen mitgenommen. Irgendeine Dame war hier!«

»Eine Dame?«, fragte Reeps und verließ das Zimmer, womit er Miss Wood jegliche Hoffnung nahm, ihren Rheumatismus jemals heilen zu können. Als er aus der Haustür trat, sah er einen jungen Mann, der mit einer rothaarigen Frau redete. Plötzlich rannte der Mann los, in Richtung des Doktors, der daraufhin in den Wagen sprang und die Tür zuschlug. Der Fahrer schubste den Mann vom Trittbrett, der Mann fiel zu Boden, das Auto fuhr davon.

Eine Viertelstunde später durchschnüffelten mehrere Spürhunde jeden Winkel von Whitechapel.

Aber Edith blieb verschwunden, als hätte eine Kuh sie sich mit ihrer Zunge einverleibt, als hätten irgendwelche Geister sie in den Himmel getragen. Auf jeden Fall hatten die Engel, die diese Sache erledigt haben mussten, gründlich gearbeitet, nicht schlechter als die Spürhunde. Die Wette auf Edith war geplatzt. Nun mussten andere Wege gefunden werden.

In diesem Moment fiel dem Doktor ein Zeitungsbericht über die Sitzung einer Kommission der *Royal Institution of Great Britain* ins Auge.

Gegen fünf Uhr abends geriet das Volk auf den Pariser Plätzen, Straßen und Boulevards in Aufregung. Zehntausend Exemplare einer Sonderausgabe des *Petit Parisien* überfluteten Fiaker und Omnibusse, Trambahnen, Autos und Fußgänger.

Man riss sich die Zeitung gegenseitig aus den Händen. Die Nachfrage überstieg die Auflage. Die Leute staunten, gestikulierten, schrien.

Vor der Leinwand der Redaktion des *Petit Parisien* strömte eine Menschenmenge zusammen, die auf Einzelheiten wartete.

Und eigentlich war alles ganz einfach. Alle: Kutscher, Dandys, Marktschreierinnen, Meister, Arbeiter, Krämer, Prostituierte, Bourgeoise, Burschen und Professoren waren in Aufregung, schwirrten herum wie ein Bienenschwarm, und überall hörte man dasselbe: »Bolschewiken! Angriff! Angriff! Angriff! Auf die Polizei! Gas! Gift! Gift!«

Auf der örtlichen Polizeiwache war alles ruhig und still. Die Hitze drückte derart auf die Straßen, dass sogar die Fliegen verstummten. Die diensthabenden Beamten dösten. Um drei Uhr wurden die Verhafteten gebracht. Sie wurden bis zum Verhör auf die Zellen verteilt. Es war ruhig. Dann kamen zwei Agenten aus einem weit entfernten Bezirk. Sie übergaben irgendwelche Papiere und gingen wieder. Alles war ruhig. Durch die Fenster lugten Kastanienbäume ins Innere der Wache.

Plötzlich wurden die Gesichter der Beamten bleich. Der eine wollte den anderen um Hilfe anrufen, der andere rief den ersten. Die Augen traten ihnen aus den Höhlen. Sie stürzten Richtung Ausgang. Einige fielen zu Boden, andere stolperten über erstere, krochen auf allen Vieren weiter, hielten kurz inne, um sich auszuruhen und brachen mit dem Gesicht voraus zusammen. Die Wärter liefen von den noch eben erst geöffneten Zellen weg, und mit ihnen die Häftlinge. Am Boden, auf den Treppen, überall lagen Menschen mit blau angelaufenen Gesichtern, regungslos – nur die Beine wurden ab und zu von Krämpfen durchzuckt. Irgendein Polizeioffizier mit blauem Gesicht lag quer über der Treppe. Plötzlich fing er an zu keuchen und mit den Armen zu fuchteln, mehrere Menschen stiegen, krochen, rollten über ihn hinweg ...

Neben 4 Leichen hielt der Beamte, der das Protokoll verfasste, auch den Fund einiger kleiner Kapseln fest: »Kapseln – 6, Leichen – 4, Schwervergiftete – 12, goldenes Damenmedaillon – 1.«

»Was hat es mit diesem Medaillon auf sich?«, überlegte einer der Agenten. Im Medaillon befand sich das Bild einer Frau mit nacktem Oberkörper. Das Bild wurde unverzüglich fotografiert und an alle Fahndungsbüros verschickt. Einige der Zellen waren leer. In den anderen lagen vergiftete Häftlinge ...

Mit geübten Bewegungen ihrer Finger verteilte Camilla einen ›Universalton‹ auf Gesicht und Hals. Die elektrische Lampe, hell wie 100 Kerzen, warf einen scharfen, grellen Kreis auf den Stuhl, auf dem sie saß.

Der Geruch von *Coty* lag in der Luft. Camilla sollte auf den Händen zwischen echten Kerzen tanzen. »François«, seufzte sie. Sie war nicht ganz bei Kräften, und das machte sie sentimental. Sie stand auf und begann, über die Waden ihrer kräftigen Beine zu streichen. Bilder der Erinnerung zogen vorbei – das Dorf, in dem sie als Kind mit François in einem Häuschen gelebt hatte. Der Zirkusdirektor. Der erste Kunde mit dem quadratischen Zwicker auf der dicken Nase und den kurzen, glitschigen Fingern. Die kurzen glitschigen Finger testeten ihre Beine und wanderten nach oben. Sie hatte schreien wollen – aber das ging nicht. Dann Duverrier und die widerliche Rolle im Café *Zum Blauen Affen*. Sie hatte gehofft, Geld zu verdienen. Aber Duverrier hatte ihr die Wechsel abgenommen, und François musste nach Afrika, um dort Affen zu fangen. Er hatte bei ihr im Zimmer geweint, irgendetwas hatte er geahnt – aber er musste fahren müssen, um sie beide aus Duverriers Fängen zu befreien. Diesen verklagen zu wollen, wäre sinnlos gewesen: Er war ein Kumpel von Poincaré und unterhielt die Herren von der *Action française*, die ganz Frankreich regiert.

Duverrier!, dachte Camilla. Er ist mittlerweile selbst wie ein Tier.

Krėvė, Camillas Partner in ihrer widerlichen Rolle, ist verschwunden, und von der Expedition gibt es keine Nachricht.

Im Saal ertönte ein Gong. Camilla richtete sich auf und ging. Heute muss sie zwischen sechs Kerzen auf den Händen tanzen.

An der Tür stand Duverrier – wie immer in einem Samtjackett, mit Spitzenkragen und lockigem grauem Haar – ein Künstler seines Fachs.

»In einer halben Stunde muss ich mit Ihnen sprechen. Jetzt gehen Sie!«

In einer halben Stunde! Das heißt, er hat ein Telegramm bekommen und will es ihr aus irgendeinem Grund nicht zeigen. O Gott, was ist geschehen? Camilla wankte, hielt einen Moment inne und ging hinaus in den Saal. Sabbernde alte Männer mit hängenden Lippen und Adamsäpfeln rutschten unruhig auf ihren Stühlen herum – das waren die Herren Frankreichs, seine ungekrönten Könige, die Mitglieder der *Action française*. Jeden von ihnen kannte sie, kannte jeden Fleck auf ihren prallen Bäuchen, die jetzt schneeweiße Plastrons bedeckten.

Wie der Tanz endete, hatte sie gar nicht mitbekommen, sondern sich plötzlich in ihrem Zimmer wiedergefunden. An ihrem Bein brannte etwas, sie hatte sich an der Flamme einer Kerze verletzt. Da muss man was tun, es einreiben – doch die Hände bewegen sich nicht.

François! Sie fühlte sich schlecht und wurde immer sentimentaler.

Leise zitterte die Tür. Camilla stand auf, stützte sich ab und wartete angespannt. Was soll der Quatsch. Warum kommt Duverrier nicht herein? Die Tür quietschte erst leise, dann öffnete sie sich langsam. Camilla stand kalter Schweiß auf der Stirn. Sie erinnerte sich an die Geschichte mit dem Affen, der in das Zimmer, in dem sie sich mit Layston befunden hatte, eingedrungen war.

»Wer ist da?«, rief sie mit unnatürlich klingender, angespannter Stimme.

Die Tür öffnete sich weiter und ein schwarzer Brünetter, eine Frisierpuppe mit prallen, vollen Lippen schaute herein.

»Krėvė«, schrie Camilla. »Du hast mich zu Tode erschreckt, du Hund! Wo warst du? Duverrier sucht dich, er kocht vor Wut.«

»Sei still, Weib! Ich spucke auf deinen Duverrier.«

Krėvė zog eine Browning, ging zu Camilla, küsste ihr Bein und setzte sich auf ein kleines Bänkchen, das Gesicht der Tür zugewandt.

»Hast du gehört, dass die Bolschewiken Polizisten vergiftet haben sollen? Nun, das waren nicht die Bolschewiken, sondern mein Patron. Morgen fahren wir nach Russland. Er hat mehr Geld als Duverrier. Wenn du willst, kannst du mitkommen.«

»Geh weg!«, sagte Camilla.

Krėvė kniff sie ins Bein – und sie schlug ihm ins Gesicht.

»Geh weg!«, flüsterte sie. »Sonst schreie ich und sie nehmen dich wieder fest.«

Krėvė funkelte sie zornig an und schlich leise davon.

Camilla warf sich auf das Kanapee – sie fühlte sich halb tot. François! Wie lange sie schon nicht mehr zusammen im Bois de Boulogne waren – dort, am Wäldchen, dämmerte es nun – aber woher dieser Nebel. François war immer noch nicht da. Leere.

Ein Pferd lief vorbei, ohne Reiter. Aber warum war es so gestreift, als hätte man es angemalt? Sie hatte solche Pferde schon einmal in irgendeinem Buch gesehen. Schwüle. Nebel.

Da ist François: er geht schwer, als würden seine Beine in der Erde versinken. Er hält an, sie will zu ihm eilen und kann es nicht – sie ist an einen Baum gefesselt. Ein Brennen auf ihrer Nase – sie sieht, wie eine riesige, unsichtbare Mücke ihr ins Bein sticht, noch eine, Dutzende, Hunderte. Sie bedecken ihre Arme, ihre Brust, ihr Gesicht …

Wo ist François? – Er streckt seine Hände aus, geht immer langsamer, seine Beine versinken immer tiefer in der Erde. Er ist nah, auf seinem Gesicht der furchtbare Ausdruck der Lethargie des

Todes, er streckt seine Hand aus, sinkt immer tiefer in den Sumpf, bis zum Knie, bis zu den Schultern. Ein wilder Aufschrei, und alles verschwindet im Sumpf ...

Duverrier betrat das Zimmer. Camilla warf sich im Fieber auf dem Kanapee herum. Ihre Zähne ratterten unaufhörlich, wie ein Maschinengewehr.

»Hören Sie!«, sagte Duverrier. »Hören Sie«, wiederholte er. »Ich habe ein Telegramm aus Libreville erhalten!«

»Was ist passiert?«, kreischte Camilla. »Wo ist François?« ...

Krėvė lief in einen weiten Mantel gehüllt die Straße entlang. Wenn diese Hure nicht mit ihm fahren will, dann eben nicht. Es werden sich bessere finden.

Er fährt nach Sowjetrussland, mit einem Pass auf einen fremden Namen und einem Herren, der unermesslich viel Geld hat und darüber hinaus noch mehr Geld.

Er war seiner Rolle bei Duverrier so überdrüssig. Am Anfang hatte er nichts gehabt. Er erinnert sich, wie er, der Offizier der Chevalier-Garde, des Regiments Ihrer Majestät, der Kaiserin Maria Fjodorowna, Rittmeister, durch Paris irrte, ohne ein Stück Brot, ohne einen Sous für eine Frau.

Duverrier hatte ihm gute Konditionen geboten. Er musste eine Nummer mit einem Affen machen, nackt, die Herren der *Action* schauten durchs Fenster dabei zu, erregten sich bis aufs Äußerste und nahmen sich dann Camilla. Die Arbeit war für einen Offizier der Chevalier-Garde nicht schwer und sogar angenehm.

»Darin liegt eine solche Exotik!«, prahlte er in den Restaurants.

Er wurde gut bezahlt. Die Bedürfnisse eines Offiziers wurden erfüllt. Alles war in Ordnung.

Nun aber war alles noch besser. Er hatte einfach Glück. Zum

Teufel mit diesen Affen, wenn er nach Herzenslust Frauen haben konnte.

Außerdem wird er jetzt nach Russland fahren. Er wird sich die Gauner ansehen, die ihm sein Gut genommen und ihn ins Café *Zum Blauen Affen* getrieben haben. Er wird sich ansehen, wie sie vor Hunger verrecken. »Was man auch sagt, es ist Gott, der sie straft«, philosophierte Krėvė, während er zu Doktor Reeps ging. Die Frauen auf der Straße blickten mit Neugier auf den schönen Brünetten mit den vollen Lippen.

Duverrier schäumte vor Wut. Krėvė war verschwunden, die Expedition hatte ihm keinen einzigen Affen eingebracht. Die, die da waren, hatte Krėvė mit Syphillis angesteckt; der neue, anstelle von Krėvė angeheuerte Chevalier-Gardist wollte seine Arbeit nicht aufnehmen. Duverrier hegte Verdächtigungen gegen Vincent Paul. Er hatte, mit freundlicher Unterstützung der Polizei, bereits die Order erteilt, ihn im erstbesten Hafen festzunehmen. Und nun auch noch diese Geschichte mit Camilla. Die Hysterikerin, zu der sie geworden war, hatte sicher auch noch ein paar Tricks auf Lager. Er sagte sanft:

»So beruhigen Sie sich doch, mein Kleines!«

»Beruhigen Sie sich selbst, Sie mieses Schwein!«, schrie Camilla. »Was haben Sie mit François gemacht?«

»François wird nicht wiederkommen«, sagte Duverrier mit Bedacht. »François, der Träumer, ist aus eigener Unvorsichtigkeit im Wald umgekommen!«

Camilla begriff zunächst nicht. Dann sausten grüne Kreise vor ihren Augen vorbei, und sie fiel zu Boden. Aus ihrem geschminkten Mund rann blutiger Speichel auf Duverriers glänzenden Lackschuh. Er zuckte zusammen: Vom unteren Stockwerk drang das heisere Stöhnen eines Menschenaffen zu ihm herauf.

KAPITEL 5
DAS PROBLEM MIT DEN PROTEINEN

Professor Dwell und das Problem mit den Proteinen. Harry in der Chemiefabrik. Sitzung einer Kommission der Royal Institution. Rettet die englische Industrie! Der Menschenfreund Professor Masseby. Die letzte Rose des Sommers. Kat in der Apotheke. Auszeichnung der menschenfreundlichen Regierung Englands für die Erfindung eines Proteins. Der Polynesier Toni. Lianen und Pfeilspitzen. Versammlung der Stammesgruppen unter einem Bananenblatt. Masseby beweist ein weiteres Mal seine Menschenliebe. Die Schwefelsäurefabrik – eine rote Schuppe. Toni niest. Ein Donner aus heiterem Himmel. Der erste Vater lässt Rauch aus einer schwarzen Schachtel. Mörder mit Wassermelonen auf den Köpfen. Layston in London. Masseby hinter Schloss und Riegel. Harry ist brünett geworden.

Nachdem er vergeblich nach Martha Loran gesucht hatte, fand Harry eine Anstellung in einer Schwefelsäurefabrik in der Nähe von London. Schon in New York hatte er drei Jahre lang im Laboratorium von Professor Dwell gearbeitet, der in seinen Experimenten versuchte, künstliches Eiweiß zu erschaffen. Dwell hatte für seine Zeit großartige Ergebnisse erzielt; es war ihm gelungen, jene Teile von Proteinen zu produzieren, in die Eiweiß bei der Verdauung zersetzt wird; und vor allem waren diese Proteine nicht unfassbar bitter, wie bei anderen Forschern, sondern schmackhaft, sodass man sie ohne Kapseln konsumieren konnte. Dafür war die Fabrikation von Proteinen nach Dwells Methode noch teurer als mit den anderen Mitteln, und so war sein gigantisches Ziel, die Menschheit mithilfe künstlicher Proteine zu ernähren, noch immer meilenweit von einer möglichen Verwirklichung entfernt. Ein Gramm Proteine kostete Dwell ungefähr einen halben Dollar, so dass natürliches Eiweiß immer noch hundertmal billiger war. Indes schützte Dwell seine Arbeit sorgfältig vor fremden Blicken, er hatte keinen einzigen ausgebildeten Laboranten und ließ auch keinen Studenten in sein Laboratorium – seine Assistenten waren einfache Jungs, geschickte Arbeiter, denen er die Techniken seines Verfahrens beibrachte, ohne dabei auf die wissenschaftlichen Grundlagen und die globale Bedeutung seiner Arbeit einzugehen.

Der von Hämorrhoiden geplagte Alte wusste zudem auch nicht, dass Harry Rupert einst in seiner Heimat organische Chemie studiert hatte und auf dem neuesten Stand der Dinge war; Dwell wäre es im Traum nicht eingefallen, dass sein ungebildeter Gehilfe in dieser Hinsicht seinem Lehrer einiges voraushaben könnte.

Mit Hilfe seiner deutschen und französischen Genossen studierte Harry in den Nächten Fachaufsätze über Proteine, verglich die darin erwähnten Methoden mit derjenigen von Dwell und gelangte so peu à peu zu der Überzeugung, dass weder Dwell noch die anderen Forscher auf dem richtigen Weg waren. Er selbst musste noch ein wenig Arbeit leisten, um schließlich auf jene Methoden zu stoßen, die billige und essbare Proteine liefern konnten.

Harry betrat das Kontor der Säurefabrik. Ein ältlicher Angestellter sah sich die Empfehlungen und Zeugnisse an, die Harry von Dwells Laboratorium mitgebracht hatte, und begann zu grübeln.

»In der Schwefelsäurefabrik haben wir keine Stelle frei«, sagte er endlich. »Ich werde versuchen, dem Chefchemiker von Ihnen zu berichten – er interessiert sich für organische Chemie. Laut Zeugnis haben Sie für Dwell gearbeitet. Naja, wir werden sehen. Kommen Sie morgen nach der Arbeit vorbei.«

Das ist Harry, der gerade über den Square nach Hause geht und gut gelaunt *The last rose of summer* (Die letzte Rose des Sommers) vor sich hin pfeift. Nach den ersten Takten hört er hinter sich eine Stimme:

Die Stimme klingt ein wenig heiser, aber angenehm. Es ist ein Mädchen, das da singt. Harry bleibt stehen und wartet.

»Good evening!«, sagt sie, als sie bei ihm angelangt ist. »Good evening!«, antwortet Harry.

Sie hakt sich bei ihm unter und die beiden laufen zusammen über den Square, gehen die Straße entlang, überqueren eine Kreuzung. Sie schweigen, das Mädchen schmiegt sich eng an Harry an und betrachtet sein Gesicht. Harry mustert sie aus den Augenwinkeln. Sie ist schmächtig, hat schöne Augen, rote Lippen, ein weißes Gesicht. Schade nur, dass sie so abgemagert ist. Stumm laufen die beiden weiter.

»Wie heißt du?«, fragt Harry schließlich, um ein Gespräch in Gang zu bringen.

»Kat! Auf der Straße heiße ich Gladys, aber nenn mich bitte Kat, so haben sie mich zuhause genannt.«

»Warum bist du auf der Straße?«, fragte Harry träge und setzte damit, ohne es zu wissen, eine jahrhundertealte Tradition im Gespräch mit Prostituierten fort.

»Es gibt keine Arbeit!«, antwortet Kat. »Ich war in der Textilfabrik, dort haben sie mich entlassen. Hör zu, mein Liebling, kauf mir was zu essen.«

Harry hält das für einen berechtigten Wunsch und kauft in einem Krämerladen Brot und Wurst für sechs Pence. Kat isst es gierig. Die beiden gehen schweigend weiter: Das Brot und die Wurst hindern Kat daran, zu sprechen. Harry steckt sich erst einmal eine billige Zigarre an. Kat pellt die Haut von der Wurst und beißt ein ordentliches Stück ab.

»Warum bist du so abgemagert?«, fragt Harry, als er bemerkt, dass sie die Wurst aufgegessen hat und sich den letzten Bissen Brot in den Mund schiebt.

»Ich habe dir doch schon gesagt, dass es keine Arbeit gibt. Und auf der Straße verdient eine wie ich nicht viel.«

»Das will auch gelernt sein«, stimmt Harry zu. »Bist du satt?«

Das Mädchen schluckte den letzten Bissen Brot hinunter und schmiegte sich enger an ihn. Er konnte ihren ganzen elenden Körper spüren. Und wieder schweigend gingen die beiden Seite an Seite weiter.

Drei Tage zuvor hatte bei der Royal Institution eine Sondersitzung stattgefunden. Professor Masseby erstattete im Beisein des Regierungsvertreters Lord Hacksley, der dem Trust der britischen Chemiefabriken vorstand, Bericht. Dieser Bericht wurde mit gespannter Neugier verfolgt. In den Apotheken Londons war ein Präparat namens ›Albo‹ aufgetaucht, das laut Empfehlung auf seiner Verpackung Kindern und Erwachsenen verabreicht werden sollte, die sich von einer Krankheit erholten. Die von Professor Masseby durchgeführte Analyse hatte bewiesen, dass es sich bei Albo um nichts anderes als ein künstliches Protein handelte, das einen sehr angenehmen Geschmack aufwies – ähnlich wie Walnüsse – und, noch viel wichtiger, sehr billig war, so billig, dass es die gesamte Lebensmittelindustrie auf den Kopf zu stellen drohte.

»Dieses Präparat«, schloss der Professor, »könnte in etwa einem halben Jahr die Hälfte aller Lebensmittel ersetzen, die heute von den Armen gekauft werden. Es wird ihm nicht gelingen, die Konsumgüter der Reichen zu verdrängen, aber wenn (und es ist wohlgemerkt noch zu früh, um das sagen zu können), wenn es sich um ein künstliches Protein handelt, und wenn es gelingt, dieses mit verschiedenen Geschmacksrichtungen zu versehen – wer weiß, was dann aus der Lebensmittelindustrie wird.«

Am Ende des Berichts herrschte Schweigen in dem kleinen Raum, wo man sich unter ausgewählten Fachleuten versammelt hatte. Die Repräsentanten der Zivilisation dachten mit außerordentlicher Ernsthaftigkeit über die Angelegenheit nach. Schließlich richtete der jüngste der Teilnehmer, ein sehr bedeutender Dozent, eine Frage an den Redner:

»Es wäre interessant zu erfahren, wie *sicher* sich der geschätzte Mister Masseby dessen ist, dass seine Schlussfolgerungen zutreffen. Schließlich hat Professor Dwell …«

Der Dozent verstummte und blickte prüfend auf seine Kollegen.

»Sind Sie fertig?«, fragte Masseby. »Darf ich? Ja, Professor Dwell argumentiert in seiner neuesten Arbeit, dass die Fabrikation von essbaren Proteinen noch dermaßen teuer sei, dass sie keinerlei Störung des Konsumsystems verursachen kann. Aber wir stehen hier vor einem augenfälligen, unleugbaren *Fakt*.«

»Erlauben Sie mir eine Frage«, sagte Lord Hacksley, »sagen Sie mir, verehrter Professor, wie hoch ist der Preis dieses künstlichen Proteins?«

»Im Verkauf kostet es gerade halb so viel wie Fleisch. Es gibt aber keinerlei Garantie, dass es in Wirklichkeit nicht ein Fünftel davon kostet. Der Verkäufer steht unter den gegebenen Umständen schließlich in keinerlei Wettbewerb, und nichts deutet darauf hin, dass der Preis, zu dem das Präparat verkauft wird, den tatsächlichen Produktionskosten entspricht.«

»Noch eine Frage«, sagte der Dozent. »Sie haben angedeutet, dass es möglicherweise – Sie meinten, es sei noch zu früh, um das sagen zu können – Sie haben angedeutet, dass es, möglicherweise, Wege geben könnte, um dieses Präparat mit verschiedenen Geschmacksrichtungen zu versehen. Ich würde Sie bitten, uns, wenn das möglich ist, zu erhellen, was denn nun die tatsächlichen Gründe für eine solche Annahme sind.«

»Wie ich schon sagte«, antwortete Masseby, »ist es noch zu früh, um das beurteilen zu können, und ich bin sehr froh, dass mein *junger* Kollege« – Masseby betonte das Wort – »darauf hingewiesen hat. Dennoch will ich Ihnen sagen, was mich dazu veranlasste, mich so auszudrücken, wie ich mich ausgedrückt habe. In einem der Päckchen habe ich ein Protein gefunden, dass sich im Geschmack ein wenig von dem Präparat in den anderen Päckchen unterschied. Das Präparat in jenem Päckchen erinnerte geschmacklich nicht an eine Walnuss, sondern eher an eine gewöhnliche englische Haselnuss.«

Bei diesen Worten wurden die Anwesenden unruhig. Lord Hacksley rutschte nervös auf seinem Stuhl hin und her, als hätte ihn etwas gestochen. Der Dozent lächelte ironisch.

»Völlig klar«, fuhr Masseby fort, »dass wir es hier mit einer von zwei Möglichkeiten zu tun haben: Entweder hat der Erfinder bereits einen Weg gefunden, um das Präparat mit einer beliebigen Geschmacksrichtung zu versehen (das halte ich für unmöglich), oder eine versehentliche Beimischung, irgendwelche Zufälle im

Fabrikationsprozess haben den Geschmack des Präparats verändert. Unter Berücksichtigung der Tatsache, dass ich unter Hunderten dieser Präparate in einer Packung nur ein einziges gefunden habe, dass sich im Geschmack ein wenig von den anderen unterschied, würde ich, denke ich, sagen, ich bin davon überzeugt, dass dieses Phänomen ein zufälliges ist.«

»Wir müssen uns bei Professor Masseby bedanken«, ergriff Professor Lewis das Wort, der wie ein schimmliger Pilz gealterte Vorsitzende der Versammlung. »Ich denke, die Sache ist unter praktischen Gesichtspunkten klar. Die Einzelheiten chemischer Prozesse sind für einen Regierungsvertreter uninteressant«, Lewis machte eine Geste in Richtung Lord Hacksleys. »Ich denke, wir sollten Seine Durchlaucht bitten, eine Einschätzung zum Bericht des verehrten Professor Masseby abzugeben.« (Wieder eine Geste in Richtung Lord Hacksleys).

»Mein Beitrag wird kurz ausfallen«, sagte dieser. »Das Präparat muss unverzüglich und ausnahmslos verboten werden. Die Kommission beschließt, es aufgrund seiner gesundheitsschädlichen Wirkung zu verbieten. Verkäufer müssen eine Strafe für den Verkauf giftiger Präparate zahlen. Der Chemiker, der das Präparat im Patentamt durchgewunken hat, wird vor Gericht gestellt. Die Kommission muss Sorge dafür tragen, dass das Präparat unter keinen Umständen in den Verkauf gelangen kann. Aufgabe der Regierung wird es sein, den Erfinder und den Fabrikanten ausfindig zu machen und ihre Tätigkeit zu stoppen. Ich bin fertig.«

Einer der Professoren hatte bei diesen Worten aufgeregt gestikuliert. Als er sich allerdings unter seinen Kollegen umsah und keinerlei Unterstützung entdecken konnte, hielt er abrupt inne und schwieg. Eine Weile lang schwieg der ganze Saal. Schließlich sagte Lewis:

»Wer möchte das Wort haben?«

Alle schwiegen.

Dann sagte der Dozent:

»Ich denke, dass die Sicherheit der englischen wie der globalen Industrie ohne jeden Zweifel Maßnahmen erfordert, wie sie Seine Durchlaucht Lord Hacksley eben vorgeschlagen hat. In unserer aufgewühlten Zeit würden wir Unruhen riskieren, wenn wir ein solches Präparat erlaubten. Seine Fabrikation muss unverzüglich gestoppt werden.«

»Wer möchte das Wort haben?«, sagte Lewis noch einmal. »In dem Fall glaube ich, die Gedanken von uns allen zum Ausdruck zu bringen, wenn ich sage, dass wir keine Einwände gegen den Vorschlag Seiner Durchlaucht vorbringen können. Wer für den Vorschlag ist, hebe die Hand! Einstimmig angenommen. Ich erkläre die Sitzung für beendet.«

»Weißt du was«, sagte Harry, »hier hast du zwei Pence: Geh in die Drogerie und frag nach einer Schachtel Albo. Und frag auch gleich, ob es viele Leute kaufen. Geh, ich warte hier draußen.«

Kat nahm das Geld und verschwand in der Tür; und Harry begann, pfeifend auf dem Trottoir auf- und abzugehen.

Er lief einmal, zweimal an der Tür vorbei, dann blieb er vor ihr stehen. Kat stand an der Verkaufstheke und sagte irgendwas. Plötzlich wurde die Tür aufgestoßen und ein kleiner Junge stürmte aus dem Geschäft und an Harry vorbei. Harry schaute ihm träge hinterher.

Der Junge rannte zu einem Polizisten, der an der Ecke stand, und sagte irgendwas zu ihm. Der Polizist hörte zu, fragte etwas und lief dann mit dem Jungen zurück zur Drogerie.

›Sie haben mein Mädchen erwischt‹, dachte Harry. ›Anscheinend ist sie wirklich arbeitslos.‹ Und er blickte durch die Glastür ins Innere der Drogerie. In diesem Moment machte Kat ein Zeichen mit ihrer Hand. Erst dachte Harry, sie würde ihn um Hilfe bitten.

»Die Sache ist hoffnungslos«, bedeutete ihr Harry mit einer Geste. Aber Kat fuchtelte wieder mit ihrer Hand herum – und diesmal verstand Harry. Er sollte so schnell wie möglich verschwinden. Der Polizist und der Junge waren nur noch zehn Schritte von der Tür entfernt.

Pfiff Harry und schlenderte davon. Als er sah, dass der Polizist die Drogerie betrat, beschleunigte er seine Schritte, überquerte die Straße, bog in eine schmale Seitengasse ein und machte sich davon …

Als Harry zu Hause ankam, stand eine dunkle Gestalt am Fuß seiner Vortreppe. Er tat so, als hätte er mit seiner eigenen Wohnung nichts zu tun und ging pfeifend weiter. Die Sache missfiel ihm so langsam. Noch mehr missfiel ihm, dass die dunkle Gestalt ihm folgte und ihn offenbar einholen wollte. Es war Nacht, Harry sah sich um und überlegte schon, wie er den Spitzel loswerden konnte, als dieser zu sprechen begann.

»Genosse Rupert«, sagte der Mann, »laufen Sie nicht davon, ich bin kein Spitzel. Ich arbeite in derselben Fabrik wie Sie; allerdings in der Fertigung.«

Harry erkannte die Stimme des Mannes. Er war ein älterer Arbeiter, ein Amerikaner, der kurz nach ihm in der Fabrik angefangen hatte. Harry blieb stehen.

»Wir gehen zu Ihnen«, sagte der Arbeiter, »auf der Straße zu plaudern ist eher ungünstig.«

Harry nahm seinen Arm, und sie stiegen die Treppe zu seinem Zimmer hinauf.

Harry machte Licht und betrachtete den Arbeiter. Er war ein kräftiger Mann mit einem wettergegerbten Gesicht. Seine Haut hatte noch nicht die totengelbe Farbe des Schwefels angenommen, aber unter seinen Augen waren bereits rötliche Streifen zu sehen. Eine Narbe zog sich quer über sein Gesicht.

»Was ist los?«, fragte Harry.

»Ich sollte *Sie* fragen, was los ist!«, gab der Arbeiter mit leiser Stimme zurück. »Masseby hat in seinem Laboratorium etwas gefunden, das in ein Tuch eingewickelt war. Dieses Tuch steckte in der Arbeitskleidung von irgendjemandem. Ich habe gesehen, wie er die Kleidung einem Wachmann gezeigt und dieser daraufhin gesagt hat, es wäre die Kleidung von Harry Rupert. Schließlich hat Masseby ihn nach Ihrer Adresse gefragt. Wenn er Sie nur rügen wollte, könnte er das morgen im Laboratorium machen, aber offenbar will er Sie wegen irgendetwas zu fassen bekommen.«

»Wann war das?«, fragte Harry nervös.

»Vor einer Stunde – ich habe Überstunden gemacht. Sie müssen von hier verschwinden, Genosse. Passen Sie auf sich auf!«

Harry leerte die Retorten, die auf dem Tisch standen, in das Spülbecken, nahm sich ein paar Päckchen und lief dem Arbeiter nach. Auf der Straße holte er ihn ein.

»Hören Sie«, begann Harry, »ich erzähle Ihnen, was in dem Tuch war. Helfen Sie mir. Wo soll ich mich verstecken?«

»Wir gehen zu mir«, sagte der Arbeiter knapp. Sie liefen zurück nach Whitechapel.

Pfiff Harry, brach aber plötzlich ab. Er fühlte sich äußerst unwohl.

Der Polynesier Toni war drei Tage zuvor in der Schwefelsäurefabrik gelandet. Toni war nicht sein richtiger Name, er hieß irgendwie anders. Aber in der Fabrik war er als Toni registriert worden, und alle nannten ihn jetzt so.

Auf dem großartigen Dampfer hatten hohe, tote Baumstämme in den Himmel geragt, von denen Lianen herabhingen, und am Boden hatten riesige Rollen dieser trockenen, toten Lianen gelegen, die nicht grün waren. Dort hatte Toni Essen bekommen, und er konnte ganze Tage lang in der Sonne liegen. Von Zeit zu Zeit tastete er dabei an seinen Hosenbeinen nach der Pfeilspitze, die er auf dem Dampfer gefunden hatte – diese Pfeilspitze hatte einfach so dagelegen, ohne dass sie jemand aufgehoben hätte. Die Hosenbeine waren das einzige, das ihn beim Sonnenbad störte. Sie kitzelten und klebten an seinen Schenkeln – aber ausziehen konnte er sie nicht. Als Toni es einmal versucht hatte, schlug man ihm mit einem gebogenen Zweig schmerzhaft auf den Rücken. Also legte er sich in die Sonne und betrachtete, wenn er wach war, die Pfeilspitze, die ihm ein solch glücklicher Zufall beschert hatte. Sie hatte diese Form:

und war etwa einen und noch einen halben Finger lang, nicht weniger wert als vier Hühner und sehr viele Bananen.

In der Fabrik nun musste Toni Tag für Tag glänzende graue

Steine in große glänzende Kästen schaufeln. Die Steine wurden hier ›Pyrit‹ genannt. Es herrschte eine große Hitze, und das war gut, aber es stank, als ob alle Schakale der Welt auf einmal ausatmen würden, und das war schlecht. Toni nieste und hustete pausenlos. Man durfte nicht nach draußen, und ohnehin war es draußen auch nicht besser.

Dort steht ein toter Wald, die Lianen, die die Stämme hinabklettern, sind schnurgerade, es stinkt noch schlimmer und man muss genauso niesen und husten. Über den Boden fließt überall feuriges Wasser und verbrennt, was mit ihm in Berührung kommt. Die Menschen sind grimmig und finster. Sie sind weder schwarz noch weiß, sondern gelb wie Chinesen, sogar noch gelber. Ihre Fingernägel sind schwarz und wund, aus ihren Augen fließen Tränen.

Für Toni sprach keiner von ihnen auch nur ein Wort der menschlichen Sprache; alle redeten Englisch, nur ein starker Onkel war da, der die menschliche Sprache beherrschte. Toni nannte ihn ›Vater‹, wollte vor ihm niederknien und ihn küssen, doch der schob ihn sanft von sich, wuschelte durch seine dichten Locken und sagte, er solle weiterarbeiten. Nach der Arbeit nahm er ihn mit, tauschte Münzen gegen Essen, und sie aßen gemeinsam. Toni hatte dann auch bis jetzt bei ihm geschlafen, nun aber rief der starke Onkel nach Toni und sagte zu ihm, dass er von nun an bei James schlafen sollte – James würde ihm ab jetzt ein Vater sein. James nickte freundlich lächelnd und klopfte Toni auf den Rücken. Toni begann wieder, Pyrit in Kästen zu schaufeln.

Plötzlich hörten alle auf zu reden, wuselten geschäftig herum und arbeiteten zügiger. Toni blickte sich um: neben dem obersten Aufseher stand ein Weißer – es war Masseby selbst, der Professor, der oberste Chemiker der Fabrik. Er sagte irgendwas zum Aufseher, der wie ein Soldat in aufrechter Haltung vor ihm stand und nickte.

Toni bückte sich, lud so viel Pyrit auf seine Schaufel, wie er konnte, und warf es in einen Kasten. Er sah und hörte nicht, wie Masseby wieder ging, er arbeitete stillschweigend.

»Wer von euch kennt Harry Rupert aus dem organisch-chemischen Laboratorium?«, fragte der Aufseher. Die Arbeiter sahen sich an – die suchen wieder nach Bolschewiken!, dachten sie sich.

Ein paar sagten, sie würden ihn kennen – hätten ihn ab und an in der Kneipe gesehen.

»Wo ist er zu finden?«

Wieder sahen sich die Arbeiter an. »Ist denn Rupert auch ein Bolschewik?« Die Loren voller Pyrit fuhren durch die Halle. Niemand antwortete. Die Loren kippten den Pyrit ab. Der Aufseher wiederholte seine Frage. Schließlich ging er davon.

Er ging über den Hof und klopfte an der Tür des Laboratoriums. Masseby war nicht da, sondern saß in seinem Büro. Der Professor wollte Ruperts Adresse nicht der Polizei geben, er wollte sich erst selbst mit ihm unterhalten und herausfinden, wie dieser das Protein hergestellt hat. So sehr der geschätzte Professor die englische Industrie auch liebte, den eigenen Ruhm und Reichtum liebte er mehr als alles in der Welt. Er konnte die Rezeptur an die Sowjetunion verkaufen; beim Gedanken an die Millionen schlug das edle Herz des Professors schneller. Dort herrschte Hunger! Er würde Millionen bekommen und als Retter der Menschheit gerühmt werden. Dort, in der Sowjetunion, würde er dann auch leben. Er musste lediglich Rupert ausfindig machen und ihm die Rezeptur entlocken. Im Moment wollte er ihn ganz und gar nicht der Polizei übergeben: der edle Lord Hacksley würde die Rezeptur nur selbst für sich nutzen ...

Der Aufseher trat ein.

»Und?«, sagte Masseby ungeduldig. »Kennt ihn denn niemand?«

»Niemand redet«, antwortete der Aufseher. »Aber immerhin haben wir seine Adresse …«

»Das weiß ich«, sagte Masseby ärgerlich. »Finden Sie mir doch bitte irgendeinen seiner Kumpanen. Und zwar so schnell wie möglich, hören Sie!«

Der Aufseher zuckte mit den Schultern und ging.

Masseby stand auf, durchquerte schnellen Schrittes das Büro, drehte sich um, durchquerte den Raum noch ein paar Mal und setzte sich wieder. Er würde selbst zu Rupert gehen, heute noch! Er würde ihm vom Beschluss der Kommission erzählen, von der Anordnung, ihn zu verhaften, er würde ihm versprechen, ihn zu retten und die Rezeptur von ihm bekommen. Im Notfall würde er ihn in seinem Zimmer festhalten und die Materialien und Reagenzien untersuchen.

Tags darauf geschahen merkwürdige Dinge um Toni herum. Die Arbeiter unterhielten sich angeregt, blickten auf das große Blatt, von dem jeden Morgen ein Junge einen ganzen Stapel brachte, gestikulierten mit ihren Händen, schrien und stritten miteinander. Einer von Tonis Vätern stand in der Ecke und redete mit ruhiger Stimme. Aber je länger er redete, desto unruhiger wurden die Arbeiter. Der Aufseher sprang herum und trieb die Arbeiter an, die ihm jedoch an diesem Tag keinerlei Aufmerksamkeit schenkten. Schließlich war Tonis Vater fertig und die Arbeiter gingen wieder auseinander, aber anstatt Pyrit zu schaufeln oder die Treppen nach oben zu steigen, gingen sie durch die Tür nach draußen. Die Fabrik war in einer Sekunde leer. Tonis zweiter Vater James ging zu ihm hin, klopfte ihm auf die Schulter und forderte ihn auf, ihm zu folgen. Toni blickte ihn erschrocken an und zeigte auf seine Schaufel. James aber spuckte verächtlich auf den Haufen Pyrit, legte Toni seine Hand auf die Schulter und führte ihn zur Tür. Sie zogen sich um und gingen, obwohl es für das Mittagessen noch sehr früh war. Das war gut: Toni war stets ausgesprochen hungrig und konnte kaum erwarten, bis es Mittag war. Sie gingen auf die Straße, holten den ersten Vater ein und gingen zu diesem nach Hause. In der Hütte des ersten Vaters war noch ein junger Mann. Toni fiel auf, dass dessen Gesicht ebenfalls weiß war, wie das von Masseby oder seinem Herrn. Sein Vater holte ein Stück Brot hervor und reichte es Toni. Toni setzte sich neben der Tür auf den Boden und begann, genussvoll das Brot zu verspeisen.

»Ein Streik«, sagte der alte Arbeiter an Rupert gewandt und zeigte ihm die Zeitung. »Die Eisenbahner legen die Arbeit nieder, und wir schließen uns ihnen an«, erklärte James. Harry nickte.

»Masseby hat es mal wieder auf dich abgesehen«, sagte Martin. »Aber offensichtlich will er nicht die Polizei einschalten«, fügte er nach einer Weile hinzu, »warum, kannst du dir denken. Wir gehen jetzt zum Streikkomitee.«

Martin vertraute Toni seinem Nachbarn an, steckte eine Browning in seine Tasche und machte sich mit James auf den Weg.

Auch Harry machte sich auf den Weg. Er musste unbedingt nach seinem Zimmer sehen – er hatte die Reagenzien aus den Retorten zwar weggeschüttet, aber Masseby konnte die Reste analysieren und mit Leichtigkeit ihre Zusammensetzung herausfinden. Er musste die Spuren um jeden Preis vernichten. Er beeilte sich, zu seinem Wohnhaus zu gelangen …

Vor ihm stieg wer die Treppe hoch. Kein Zweifel – es war Masseby. Als der Schritte hinter sich hörte, wandte er sich um und blickte in Harrys Augen …

»Ich grüße Sie, Rupert!«, sagte Masseby freundlich. »Warum waren Sie heute nicht bei der Arbeit? Ich muss Sie dringend sprechen.«

Harry beherrschte sich und lächelte. »Kommen Sie«, sagte er freundlich. Er schloss das Zimmer auf, und die beiden traten ein. Masseby blickte mit Habichtsaugen auf die leeren Retorten und setzte sich. Harry stand ihm am Tisch gegenüber.

»Ich will offen mit Ihnen sprechen, Rupert«, begann Masseby. »Sind Sie es, der Albo herstellt?«

Harry nickte.

»Wissen Sie, dass eine Kommission der Royal Institution Albo als giftiges Präparat klassifiziert und seinen Verkauf unter Androhung harter Strafen strengstens verboten hat? Das wissen Sie nicht! Sie wissen auch nicht, dass der Befehl ergangen ist, Sie unverzüglich zu verhaften, und Sie wissen ebenso wenig, dass der Chemiker, der das Präparat zugelassen hat, bereits vor Gericht steht.«

Der Professor machte eine Pause.

Harry schwieg.

»Ich meine es gut mit Ihnen, Rupert«, fuhr Masseby mit sanfter Stimme fort. »Wir können uns gegenseitig helfen! Ich werde versuchen, Sie vor Gericht und Gefängnis zu bewahren. Außerdem wissen Sie ja, was einem so alles zustoßen kann. Sie könnten bei der Verhaftung auf der Straße totgeschlagen werden. Oder im Gefängnis vergiftet. Die Regierung schreckt in solch wichtigen Angelegenheiten vor keinem Mittel zurück.«

Ach was!, dachte Harry. Die Rezeptur willst du mir abschwatzen, sonst nichts! – »Ich danke ihnen vielmals, Herr Professor! Ich weiß gar nicht, wie ich Ihnen danken soll. Aber auf welche Weise werden Sie mich denn retten? Schließlich schreckt die Regierung, wie Sie richtig gesagt haben, in solch wichtigen Angelegenheiten ja vor keinem Mittel zurück.«

Masseby blickte Harry forschend an. Auf dessen Gesicht las er eine naive Ängstlichkeit (und fühlte sich dabei wirklich schlecht).

»Wie naiv Sie sind!«, sagte Masseby. »Ich habe doch selbst Verbindungen zur Kommission. Ich könnte zum Beispiel sagen, mir sei bei der Analyse ein Fehler unterlaufen und das Protein sei natürlichen Ursprungs. Sie verstehen sicher, dass mir das nicht leichtfallen würde. Ich riskiere damit meine wissenschaftliche Reputation. Um das zu kompensieren, nehmen Sie mich als Teilhaber in das Albo-Geschäft auf …«

Pause.

Harry zögerte und blickte sich im Zimmer um; es lag im vierten Stock – aus dem Fenster zu springen fiel schon einmal flach. Schließlich sagte er:

»Wenn Sie mir versprechen, dass mir nichts passieren wird, bin ich einverstanden.«

»Ich schwöre es bei allem, was Sie wollen!«

»Dann warten Sie zwei Sekunden, Herr Professor. Ich hole die Reagenzien aus der Abstellkammer.«

Harry nahm die Retorten und ging aus dem Zimmer. Als sich die Tür schloss, sprang der Professor von seinem Stuhl auf und rieb sich die Hände. Er konnte sich gerade so verkneifen, durchs Zimmer zu tanzen.

»Geschafft! Geschafft!«, plapperte er aufgeregt vor sich hin, wobei er durchs Zimmer lief, irgendwelche herumliegenden Bücher aus irgendeinem Grund in die Hand nahm und wieder zurückwarf, sich auf den Stuhl setzte und wieder aufstand.

Plötzlich klapperte ein Schlüssel in der Tür, es klackte einmal, zweimal, und Masseby hörte, wie jemand die Treppe hinunterlief …

Toni war es leid, auf dem Boden zu sitzen und nichts zu tun. Er streckte sich aus, um zu schlafen, da vernahm er von draußen plötzlich Geräusche. Er lief zu dem großen Loch in der Wand, durch das man hinausschauen, aber nicht hinausgehen, nicht einmal hinausspucken konnte, und sah in den Wald. Es schien, als hätten sich alle Stammesgruppen des gesamten Ozeans versammelt. Sie zerstreuten sich, liefen dann wieder zusammen und bildeten Grüppchen, gestikulierten viel, zerstreuten sich erneut und liefen wieder zusammen. Einer der großen, toten Kürbisse, in denen sie Wasser oder jenen gelben Palmensaft aufbewahrten, den sie zum Essen tranken, wurde unter das Loch in der Wand gerollt, ein Priester, der sehr aufgeregt zu sein schien, stellte sich darauf. Plötzlich sprang er auf den Boden, die einzelnen Grüppchen verschmolzen zu einer großen Masse, über ihre Köpfe hinweg entrollten sich rote Banner, die wie Bananenblätter aussahen, und alle zusammen zogen in den Krieg.

In diesem Moment öffnete sich die Tür und der Nachbar von Tonis Vätern kam herein.

»Auf! Zu ihnen!«, drängte er mit schnellen Gesten, und schon liefen sie zu zweit hinaus auf die Straße. Sie sputeten sich und schlossen bald zum vordersten roten Bananenblatt auf. Unter diesem liefen Tonis erster und zweiter Vater.

Auf der Fahne stand: »ES LEBE DIE MACHT DER RÄTE!«

James trug sie, Martin lief neben ihm her, die Hand in der Tasche mit der Browning. Sein Hemd war aufgeknöpft, darunter konnte man ein Tattoo erkennen. Der Nachbar und Toni reihten sich hinter ihnen ein und marschierten mit den anderen mit.

An einer Kreuzung lief eine dunkelhaarige Gestalt vom Bürgersteig auf die Straße und eilte auf die Fahne zu. James sah Martin an – der lächelte.

»Das ist Harry«, sagte Martin ruhig. »Komm her, Genosse! Ein schöner Brünetter bist du«, fügte er hinzu. »Wie läuft es mit Masseby?«

»Ich habe ihn in meinem Zimmer eingesperrt«, sagte Harry. »Die Retorten habe ich alle vernichtet. Er wird wahrscheinlich zunächst nicht um Hilfe rufen, sondern versuchen, die Reagenzien zu finden. Soll er ein wenig suchen.«

»Hat er dir vorgeschlagen, das Geheimnis der Proteine mit ihm zu teilen?«, fragte Martin.

»Ja«, antwortete Harry. »Richtig geraten. Ich will mit solchen Räubern aber nichts zu tun haben. Ich werde Albo der sowjetischen Regierung übergeben – und bis dahin werde ich mit dir unter dieser Fahne stehen.«

Martin drückte ihm fest die Hand.

»Wir werden über das, was wir gestern Nacht besprochen haben, noch einmal in Ruhe reden. Jetzt halt dich aber besser irgendwo in der Menge auf. Schließlich solltest du dich im Moment nicht mehr zeigen als nötig.«

Harry blieb stehen und ließ ein paar Reihen an sich vorbeiziehen. Und genau da kreuzte ein Automobil den Weg der Prozession. Ein Mann, fett wie ein Berkshire-Eber warf einen flüchtigen Blick auf die Prozession, und schon verschwand das Automobil in einer Gasse. Die Narbe in Martins Gesicht färbte sich blutrot. Er hatte der dicken Figur in die Augen gesehen und war auf der Stelle erstarrt. Ein Mann aus der nächsten Reihe stieß mit ihm zusammen. Martin schüttelte sich, als wäre er gerade aus dem Wasser gestiegen, und lief weiter.

In dem Automobil hatte Layston gesessen. Ein junger Dozent der Royal Institution hatte ihm die Erfindung des Proteins in einem verschlüsselten Telegramm mitgeteilt. Layston hatte daraufhin beschlossen, den Erfinder mitsamt seines Präparats höchstpersönlich zu kaufen. Außerdem hatte er Paris satt. Der Mann, der die Nummern hinter dem Fenster aufgeführt hatte, war verschwunden und

Duverrier hatte noch keinen Ersatz. Layston wäre niemals auf die Idee gekommen, der Erfinder des künstlichen Proteins könnte sich inmitten dieser Prozession unter lauter Wildgewordenen befinden; er selbst war gerade auf dem Weg zu Masseby …

Der Zug näherte sich der Schwefelsäurefabrik. Im Umkreis einer Viertelmeile war das gesamte Eisen und sämtliche Pfeilspitzen mit bräunlichen Schuppen bedeckt. Wenn er auch nur an die Fabrik dachte, wollte er sofort niesen. Er machte sich einen Spaß daraus, auf die Pfeilspitzen zu treten, die unter seinen Füßen brachen wie trockenes Gras. Hinter den Hütten der Arbeiter ragten bereits riesige nackte Bäume empor, aus deren abgehackten Wipfeln weiße Wolken aufstiegen.

Jetzt musste Toni tatsächlich niesen. Aus einer Gasse strömten weitere Stammesgruppen hervor und vereinten sich mit dem Zug. Über ihren Köpfen wehten die gleichen roten Bananenblätter im Wind. Toni nieste wieder und wieder, er zerrte an der Kleidung seines ersten Vaters, weil er nicht zu der verdammten Fabrik wollte, der aber sah ihn streng an und bedeutete ihm gestisch, dass sie dorthin mussten. Tonis Augen füllten sich mit Wasser, als stünde er nahe an einem starken Feuer. Aber er war sich ganz sicher, dass sein Vater wusste, was zu tun war, und so lief er tapfer weiter, auch wenn er wieder und wieder niesen musste … Plötzlich fing es an zu donnern, obwohl der Himmel klar war. Der Donner kam aus einer Richtung, mit Feuer und weißem Rauch. Menschen fielen schreiend zu Boden, vom Blitz getroffen. Einige rannten davon, der erste Vater holte ein schwarzes Kästchen aus seinem Hosenbund, aus dem er ebenso Rauch verströmte. Hinter dem Feuer kamen Weiße hervor, mit Wassermelonen auf dem Kopf, die gleichen schrecklichen Weißen, die Tonis Hütte auf seiner Insel angezündet und seine Verwandten getötet hatten. Toni schrie fürchterlich und wollte weglaufen. Dann erinnerte er sich an seinen Vater, griff nach dessen Ärmelsaum und hielt sich an ihm fest, um nicht wegzulaufen. Die weißen Mörder aber packten ihn, rissen ihn von seinem Vater los und führten ihn ab, wobei sie ihn mit Knüppeln in den Rücken stießen. Toni blickte sich um. Das rote Blatt lag am Boden, hinter ihm wurden noch viele andere Menschen abgeführt, ihre Gesichter waren blutig und zerkratzt.

»Toni, mein Sohn, hab keine Angst«, sagte sein Vater nur mit den Lippen, denn seine Händen beteten zum Himmel. Toni schrie noch einmal kläglich auf und fügte sich in sein Schicksal.

KAPITEL 6
DER KÖNIG IM BLOCK

Die Streikenden und Toni im Gefängnis. Gefängniskost. Runde Moskitos. Der Geruch von Palmensaft. Was mit Harry passiert. Malaiischer Eulenspiegel. Die Trommel der Burschen. Höschen mit Knöpfen in der Mitte. Der König im Block. Die Aktien des American Chemical Trust fallen. Der Lakai von Professor Masseby. Ein blonder Mann. Der irische Constable. Der Sergeant flucht auf alles. Wer ist der Mächtigste? Eine unmenschliche Sprache.

Von der Polizeiwache wurden sie ins Gefängnis gebracht und zusammen in eine Zelle gesteckt. Toni hatte sich die ganze Zeit an Martins Arm festgeklammert, um in dessen Nähe zu bleiben, die Soldaten hatten sie nicht getrennt. Schweißtropfen liefen über Tonis dunkles Gesicht. Er verstand noch immer kein Wort, und als das Protokoll erstellt wurde, musste Martin für ihn antworten.

Im Gefängnis war es gar nicht so schlimm. Es gab zwar wenig zu essen, und immer ein und dasselbe; eine heiße Brühe mit ein wenig Salz und ein wenig Fett. Wie Toni bemerkte, nannten sie es morgens Kaffee, mittags Suppe und abends Tee. Geschmacklich gab es keinen Unterschied zwischen den drei Gerichten, außer dass die Brühe morgens und abends zu seinem großen Bedauern nicht gesalzen war. Zu dieser Brühe wurde ein Stück Brot serviert, das man erst essen konnte, wenn man es in der Suppe beziehungsweise im Tee eingeweicht hatte. Im Brot war Stroh und sogar ein paar kleine Holzspäne – das erinnerte Toni an zuhause.

Allerdings mussten sie anfangs kaum arbeiten, und es stank auch nicht nach toten Schakalen. Es roch bloß nach Mist, aber an diesen Geruch war Toni gewöhnt. Es gab jedoch keine Sonne, und das war schlimm.

Allerdings gab es auch etwas, das Toni unmittelbar an seine Heimat erinnerte. Die Moskitos – wenn auch andere als zuhause: Sie flogen nicht herum und schwirrten einem um die Ohren, sondern versteckten sich in den Ritzen im Holz. Stechen taten sie allerdings nach bester Manier. Toni konnte zwar lange schlafen, irgendwann aber wachte er doch davon auf.

Er jagte die Moskitos – sie waren rund und rot – und wenn er sie zerquetschte, nahm Toni den Geruch von Palmensaft war, nicht von dem, den man in London zum Essen trank, sondern von dem, den Matrosen auf Schiffen tranken.

Der erste Vater sah, wie Toni die Moskitos jagte und sagte: »Gut so, Toni«, woraufhin Toni sie noch eifriger vernichtete. Er zerquetschte so viele von ihnen, dass der Geruch nach Palmensaft den Geruch nach Mist übertönte und Toni große Lust auf Palmensaft bekam. Aber der erste Vater sagte, dass sie nicht raus konnten, und Toni begann wieder, Moskitos zu töten. Der erste Vater unterhielt sich mit dem zweiten Vater und mit einem schwarzhaarigen anderen Mann, der von einem Blitz in den Arm getroffen worden war und jeden Tag irgendwohin gebracht wurde. Zurück kam er mit einem weißen Band um den Arm.

»Harry, mein Freund«, sagte Martin. »Es war gut, dass du deine Papiere vernichtet hast, aber früher oder später werden sie dich finden. Erstens wird ihnen irgendwann auffallen, dass du deine Haare gefärbt hast. Und zweitens werden sie dein Gesicht mit allen Fotos in ihrer Verbrecherkartei abgleichen, auch mit dem Foto des Verbrechers Harry Rupert, der Albo erfunden hat. Auf dem Foto macht es keinen großen Unterschied, ob man dunkle oder blonde Haare hat, und da deine leicht rötlich sind, wird man gar keinen Unterschied feststellen.«

»Das weiß ich«, erwiderte Harry, »aber ich bin noch unschlüssig, was ich jetzt tun soll. Die Rezepturen habe ich vernichtet.«

»Sie können dir die Rezepturen aus dem Mund ziehen. Du bist aus Amerika, du weißt, dass sie dazu Mittel und Wege haben.«

»Die Regierung schreckt in solch wichtigen Angelegenheiten vor keinem Mittel zurück, hat mir Professor Masseby gesagt«, antwortete Harry. »Mit anderen Worten: Sie werden mich entweder töten oder alles aus mir herausholen, was sie brauchen.«

»Du irrst dich«, sagte Martin finster. »Sie werden erst die Rezeptur aus dir herausholen, und dann, dann werden sie dich töten. Es gibt hier kein entweder – oder. Das ist ganz klar!«

»Wie auch immer, er muss fliehen«, sagte James.

»Das stimmt, er muss fliehen. Wenn sie uns wieder zur Arbeit abführen, muss er es versuchen. Er wird davonlaufen und sie werden auf ihn schießen; entweder entkommt er oder sie erwischen ihn. In beiden Fällen wird die Rezeptur diesen Räubern nicht in die Hände fallen. Harry, mein Sohn, Genosse …«

Martin brach auf einmal ab.

»Ich weiß, was ich tun muss!«, sagte Harry schlicht.

»Ach, wenn ich doch nur etwas von Chemie verstünde!«, sagte James. »Dann könnte ich die Rezeptur einfach in meinem Kopf behalten.«

In diesem Moment öffnete sich die Tür und ein weiterer Häftling wurde hereingeführt. Ein kleiner, blonder Mann mit stechendem Blick. Seine gebräunte, fast schon braune Gesichtshaut stand in einen merkwürdigen Kontrast zu seinem blonden Haar, das ihm in geraden Strähnen in die Stirn fiel. Man zeigte ihm sein Bett, woraufhin er sich, ohne ein Wort zu sagen, neben Martin auf die Bretter legte.

James verstummte. Die drei Genossen sahen den Neuankömmling schweigend an. Das konnte ein Spion sein! Toni schlug unbeirrt weiter auf die Wanzen ein, die aus den Brettritzen von Martins Bett krabbelten.

»Es reicht, mein Sohn!«, wandte sich Martin an ihn. »Komm mal her.«

Toni sprang wie ein Kätzchen vom Bett auf, setzte sich zu Martins Füßen und legte den Kopf an dessen Knie.

»Erzähl mir von ›Towo‹«, sagte Martin. »Hört zu, Genossen, malaiische Legenden. Toni kennt einige malaiische Märchen.«

Der blonde Mann auf dem Bett bewegte sich kaum merklich und warf Martin einen flüchtigen Blick zu. Dann wandte er diesen wieder zur Decke.

»Hört euch den Beginn der Legende an«, fuhr Martin fort. »James, du kennst die Bibel gut, pass gut auf, was er gleich erzählt.«

Toni senkte seinen Kopf, verschränkte seine Arme und begann zu erzählen:

»In der Stadt Rinondoran lebten einst zwei Eheleute. Der Mann hieß Londa und seine Frau Paut.

Sie waren schon lange verheiratet, hatten aber noch keine Kinder. Eines Tages überlegten sie bei sich: »Wie sollen wir es anstellen, dass wir ein Kind bekommen, das sich um uns kümmert und uns nachfolgt, wenn wir alt werden?«

Londa sagte: ›Oh, meine liebe Paut, wenn du einverstanden bist, so habe ich folgendes überlegt: Mein jüngerer Bruder Lonto kann, wenn du das willst, die Nacht bei dir verbringen. Mit deinem Einverständnis werde ich bei euch bleiben und beten. Und wenn der mächtige Gott dann Erbarmen mit uns hat und uns ein Kind schenkt, dann werden wir sagen, dass es unser Kind ist. Wenn uns also durch die Gnade Gottes ein Kind geschenkt wird, das durch euch geboren wird, dann werden wir es ›Towo‹ nennen (einer, der betrügt).‹ Paut antwortete: ›Ach du, mein guter Londa! Wenn du entschlossen bist, das zu tun, was du dir ersonnen hast, dann soll dein Wunsch in Erfüllung gehen.‹ Londa sagte: ›Ach du, meine Teure, Gott, der Himmel und Erde geschaffen hat, pflanzte diesen Gedanken in mein Herz. Er hat mein Herz geöffnet, meine Lippen getrennt und meine Zunge bewegt, damit sie das sagt, was du gehört und gebilligt hast.‹

Sie erzählten Lonto von diesem Plan. Lonto antwortete: ›In Ordnung! Es soll allerdings für meinen älteren Bruder Londa nicht als Grund herhalten, mich zu töten.‹ Darauf erwiderte Londa: ›Muntuuntu, der an der Seite des mächtigen Gottes sitzt, soll Zeuge sein für das, was ich gesagt habe; beschäme uns nicht und bringe keine Schande über uns. Tue, was ich von dir erbitte, auf dass Gott uns segne.‹

Also tat Lonto seinem Bruder diesen Gefallen. Tagelang betete Londa unablässig zu Gott. Er betete auch dafür, dass Paut, wenn möglich, einen Sohn zur Welt bringen solle. So kam schließlich der Tag, an dem Paut einen Sohn gebar ...«

»Es erinnert mich an irgendwas«, sagte James, »aber ich komme nicht darauf, woran genau.«

»Ich helfe dir«, sagte Martin. »Vielleicht hat es dich daran erinnert, wie die Jungfrau Maria einen Sohn mithilfe einer Taube – des Heiligen Geistes – gebar. Ich kenne keine malaiischen Sprachen und ich weiß nicht, was ›Lonto‹ bedeutet – aber hängen sollen sie mich, wenn es nicht irgendein Vogel ist.«

»Ist denn der christliche Glaube so früh zu den Malaien gelangt?«, fragte James.

»Nein, unser Christentum ist erst sehr spät zu den Malaien gelangt«, antwortete Martin. »Und zwar nicht als christliche Legenden, sondern als edle christliche Sklavenhändler, als Rum, Unzucht und blutige Ausbeutung!«

Da wurde nun auch Toni an etwas erinnert. Beim Wort »Rum« schnalzte er begierig mit der Zunge: so hieß jener Palmensaft, nach dem die Moskitos rochen. Um seinen Gedanken zu erläutern, fing er eine fette Wanze, zerquetschte sie mit seinem Finger und hielt Martin diesen unter die Nase. Martin schnupperte höflich an Tonis Finger und sprach weiter.

»Diese Legenden sind aus der gleichen Quelle zu den Christen gelangt, aus der sie auch zu den Malaien gelangt sind. Diese Quelle sind die hinduistischen Legenden. Ich weiß nicht, wie sie bei den Christen gelandet sind, aber würdet ihr die hinduistischen Legenden hören, dann würdet ihr sofort sehen, woher dieses ganze Zeug stammt!«

Bei diesen Worten hob der blonde Mann den Kopf und blickte Martin ein paar Sekunden lang aufmerksam an. Er sagte allerdings nichts, sondern drehte sich wieder auf den Rücken und untersuchte von neuem die Zimmerdecke.

»Erzähl weiter, mein Sohn!«, sagte Martin.

Toni schnupperte noch einmal an der zerquetschten Wanze und fuhr fort:

»Londa war sehr glücklich – schließlich hatte Gott seine Gebete erhört, und Paut hatte einen Sohn geboren! Als die Nabelschnur des Jungen durchtrennt wurde, sagte Londa: ›Wir werden dich Towo nennen, mein Sohn.‹ Towo wurde groß und stark und begann zu sprechen. Schon nach kurzer Zeit musste man ihm keine neuen Worte mehr beibringen. Nun begann Towo, unartig zu werden und allerlei Streiche auszuhecken. Er wollte nie zuhause bleiben oder draußen mit seinen Altersgenossen spielen.

Eines Tages spielte Towo dann doch mit seinen Altersgenossen. Da nahm er einem von ihnen die Trommel weg und lief mit ihr davon. Der Junge, dem die Trommel gehörte, fing an zu weinen und lief zu seinen Eltern. Seine Eltern fragten: »Warum weinst du?« Der Junge antwortete: ›Towo hat mir meine Trommel weggenommen.‹ Als der Vater das hörte, wurde er sehr zornig; er nahm einen Stock und sagte: ›Diesen Towo werde ich gehörig verprügeln.‹ Nachdem er das gesagt hatte, machte er sich auf zur Hütte von Londa und Paut. Als er dort ankam, sah er, dass Towo tatsächlich auf der Trommel spielte. Er wandte sich an Towo und sagte: ›Jetzt schlage ich dich tot! Warum hast du meinem Jungen die Trommel gestohlen?‹ Towo schaute sich ängstlich um und dachte, dass er nun sterben müsse – aber in diesem Moment sah er den König, der gerade an der Hütte vorbeilief. Da bat er ihn um Hilfe und sprach: ›Oh, Herr König, man will mich totschlagen!‹ Der König ging zu ihm. Unterdessen holte der Vater des Jungen, dem Towo die Trommel weggenommen hatte, zum Schlag aus. Als der König das sah, sagte er zu der Wache, die bei ihm war: ›Nehmt diesen Verbrecher und bringt ihn zu mir nach Hause.‹ Und diese ergriffen ihn auf der Stelle. Dann wandte sich der König an Towo, beruhigte ihn und sagte: ›Mein Freund, weine nicht, komm mit mir in meinen Palast, ich schenke dir Fleisch, Reis und Kleidung, und außerdem eine wunderbare Trommel.‹ Towo beruhigte sich sofort und ging mit dem König mit. Als sie im Palast waren, sagte der König zu einer der Prinzessinnen: ›Geh und kümmere dich darum, dass dieser Junge etwas zu essen bekommt.‹ Während Towo aß, schenkte ihm der König schöne Kleider. Und während er diese anzog, sagte der König zu ihm: ›Nun lass uns gehen, zu dem Haus dort drüben!‹ Und das war das Gericht. Der Vater des Jungen, dem die Trommel weggenommen worden war, wurde ebenfalls dorthin gebracht.

Als Towo mit dem König im Gericht saß, fragte der König den Vater des bestohlenen Jungen: ›Was hast du zu Towo gesagt, das ihn so erschreckt hat?‹

Dieser antwortete: ›Es war wegen der Trommel, die er meinem Jungen weggenommen hat.‹ Der König erwiderte: ›Da siehst du, was für ein schlechter Mensch du bist. Darf man denn jemanden wegen einer Trommel totschlagen? Und außerdem ist Towo noch ein Junge, und du bereits ein erwachsener Mann. Muss ein Erwachsener einem Kind nicht Vorbild sein? Dich, Bruder, soll man neun Tage lang in den Block schließen.‹

Unterdessen war Towos Vater gekommen, der seinen Sohn suchte. Der König fragte ihn: ›Wo willst du hin?‹ Der Vater erwiderte: ›Ich suche meinen Jungen.‹ Der König sagte: ›Hier ist er!‹ Dann erzählte der König ihm, was mit seinem Jungen passiert war, und gab ihm als Rat mit auf den Weg: ›Pass auf deinen Jungen auf und sei nicht zu nachsichtig mit ihm, denn der Junge taugt nicht viel.‹ Und sein Vater nahm Towo mit nach Hause. Towo wuchs heran und mit ihm seine Streiche, die immer schlimmer wurden; seine Eltern konnten ihn nicht mäßigen. Er wurde hochmütig, weil der König ihm Reis, Fleisch, Kleider und eine Trommel geschenkt hatte. Immer öfter trieb er sich nun im Palast herum, was dem König und seinen Höflingen sehr gefiel. Sie liebten Towo, weil er nie verlegen, sondern immer gesprächig war und nach allem fragte, was er nicht wusste. Er wurde Teil des königlichen Gefolges, man lehrte ihn, sich gut zu benehmen und zu sprechen, wie es sich gehörte. Am Ende hatte er vor gar nichts mehr Angst. Eines Tages unterhielt sich Towo mit den Prinzessinnen, und die Prinzessinnen sagten: ›Hör zu, Towo, wenn der König dich wirklich liebt, dann zieh seine Kleider an und geh dort im Hof herum.‹ Towo antwortete: ›In Ordnung, aber sagt, worum wollen wir wetten?‹ Die

Prinzessinnen erwiderten: ›Du bekommst Prinzessin Wulangkau zur Frau, wenn der König dir nicht zürnt, weil du seine Kleider trägst.‹ Towo erwiderte: ›Nun gut, wenn die Sache mit Wulangkau aber nicht klappt, dann breche ich euch die Rippen.‹ Die Prinzessinnen antworteten: ›Gut.‹ Dann schlich Towo ganz leise zum Palast und die Treppe hinauf, wo er sich die Kleider nahm, die der König dort aufhängte, wenn er sich schlafen legte. Er zog sie an und ging die Straßen auf und ab; bald hatte sich eine Menschenmenge um ihn versammelt. Die Leute machten ordentlich Lärm; einige schrien, einige lachten und sagten: ›Seht euch nur diesen Towo an, er trägt die Kleider des Königs.‹ Und weil der Tumult so groß war, wachte der König auf und sagte: ›Warum machen die Leute so einen Lärm?‹ Er ging hinaus, stand oben auf der Vortreppe und sah, dass Towo seine Kleider angezogen hatte und in aller Seelenruhe darin umherspazierte. Der König rief: ›Komm zu mir, Towo!‹ Towo ging zu ihm. Der König sagte: ›Sag, Junge, wie kannst du Schweinskopf es wagen, meine Kleider anzuziehen und damit auf der Straße umherzuspazieren?‹ Towo erwiderte: ›Es stimmt, es war ungehörig von mir, das zu tun, aber die Prinzessinnen haben mich dazu überredet.‹ Der König fragte: ›Wie haben Sie das denn angestellt?‹ Da erzählte Towo, wie sich das Ganze zugetragen und warum er es getan hatte. Darauf sagte der König: ›Und wenn sie dich zum Stehlen oder Morden angestiftet hätten, wäre das dann auch recht gewesen? Du wirst in den Block geschlossen.‹ Towo antwortete: ›In Ordnung, Herr König, aber wie soll ich meine Füße durch die winzigen Löcher bekommen?‹ Der König sagte: ›Das werde ich dir schon zeigen.‹ Towo erwiderte: ›Gut, Herr König, Sie werden es mir also beibringen? Und wie viele Tage muss ich im Block bleiben?‹ Der König antwortete: ›Neun Tage.‹ Er nahm seinen Stab und sein Schwert und sagte: ›Los, Towo, denn ich werde dich nun in den Block schließen.‹ Sie gingen also zum Block, und als sie dort waren, sagte Towo: ›Wie geht es denn vor sich, wenn man in den Block geschlossen wird? Der Herr König sagte, er wolle es mir beibringen.‹ Der König erwiderte: ›Dann schau einmal her, wie man den Block öffnet und wie man ihn wieder schließt, wenn die Füße darin stecken.‹ Towo sagte: ›Bitte, Herr König, zeigen Sie mir einmal, wie man das macht?‹ Der König legte seine Füße in den Block und sagte: ›Jetzt kannst du sehen, wie man es macht.‹ Towo schloss den Block fest zu und sagte: ›So macht man es also, Herr König?‹ ›Ganz genau‹, sagte dieser. Da log Towo ihn an und sprach: ›Herr König, entschuldigen Sie mich einen Moment, ich verschwinde nur ganz kurz und komme dann sofort zurück.‹ Der König sagte: ›Lass mich erst aus dem Block heraus, dann kannst du für einen Moment verschwinden.‹ Das tat Towo allerdings nicht; und je lauter der König schrie, desto schneller lief Towo. Er nahm den Stab des Königs und sein Schwert, zog wieder seine Kleider an und stand so an der Tür des Gefängnisses. Der König schrie weiter: ›Towo, wo steckst du denn? Komm her und lass mich heraus!‹ Da antwortete Towo: ›Herr König, ich bin hier. Warum wollen Sie denn aus dem Block heraus? Der Herr König wollte es mir doch beibringen, dann muss der Herr König doch auch selbst spüren, wie angenehm es ist, im Block zu sitzen.‹ Inzwischen war es dunkel geworden und die Königin ging los, um den König zu suchen. Die Leute, die am Gefängnis vorbeigekommen waren, sagten: ›Der König ist dort, er lehnt an der Gefängnistür.‹ Die Königin begab sich dorthin. Sie war noch weit vom Gefängnis entfernt, als sie den König schreien hörte: ›Zu Hilfe! So helft mir doch!‹ Sie erschrak und dachte bei sich: ›Was hat das zu bedeuten, dass der König so schreit?‹ Als sie ihn an der Tür sah, war sie sehr froh und sprach: ›Ach, der König schreit überhaupt nicht, er steht dort bei der Tür.‹ Als sie näherkam, sagten die Leute: ›Die

Kleidung ist wirklich die des Königs, der, der sie trägt, sieht aber aus wie Towo.‹ Als sie sah, dass es Towo war, fragte die Königin: ›Towo, wo ist der König?‹ Towo antwortete: ›Ach, der Herr König bringt mir gerade bei, wie es ist, wenn man im Block sitzt.‹ Da sah die Königin den König. Seine Füße waren stark angeschwollen. Die Königin fing an zu weinen und sagte: ›Wenn du einverstanden bist, dann spreche ich mit Towo, damit er dich herauslässt.‹ Der König rief Towo und sagte: ›Towo, wo bist du?‹ Towo erwiderte: ›Hier bin ich, Herr König!‹ Der König sagte: ›Towo, ich schenke dir alles, was du dir wünschst, wenn du mich freilässt!‹ Towo erwiderte: ›Ich wünsche nichts, außer dass die Prinzessinnen, die mich dazu verführt haben, deine Kleider anzuziehen, für neun Tage in den Block geschlossen werden. Und außerdem möchte ich noch den Gewinn meiner Wette haben; Prinzessin Wulangkau soll meine Frau werden.‹ Der König antwortete: ›In Ordnung, die Prinzessinnen sollen neun Tage lang in den Block geschlossen werden, und du sollst Wulangkau zur Frau haben.‹ Towo sagte: ›Dazu müsst ihr mir noch alles beibringen, was ein König wissen muss.‹ Der König antwortete: ›Gut, nachdem du mich befreit hast.‹

Da befreite Towo den König, und die Prinzessinnen wurden für neun Tage in den Block geschlossen.«

»Der Block ist ein Bestandteil der europäischen Kultur«, bemerkte Martin. »Es ist, könnte man sagen, ein christliches Mittel zur Überzeugung sturköpfiger Menschen.«

Toni hörte sich an, was Martin zu sagen hatte, streichelte dessen Knie und fuhr fort:

»Einmal trieb sich Towo mit seinen Kameraden herum, und sie sagten zu ihm: ›Hör zu, Towo, wir wollen mit dir wetten! Geh und zeig dem König dein Hinterteil. Wenn er darauf nicht zornig wird, dann geben wir dir jeder tausend Taler.‹ Towo erwiderte: ›Gut, einverstanden.‹ Er ging nach Hause, um sich von seiner Mutter ein Hemd und eine Hose nähen zu lassen. Zuhause angekommen sagte er zu seiner Mutter: ›Mutter, bitte, nähe mir ein Hemd und eine Hose, aber in einem Stück, längs des Rückens soll eine Reihe von Knöpfen sein und dazu auf jeder Hinterbacke ein großer schwarzer Knopf.‹ Die Mutter antwortete: ›In Ordnung, aber wozu brauchst du denn so schöne Kleider?‹

Da sagte er: ›Tu es, Mutter, es wird dir von Nutzen sein.‹ Und die Mutter antwortete: ›Wenn es von Nutzen ist, dann soll es so sein, mein Junge!‹

Da nähte die Mutter ihm Hemd und Hose, so, wie er es gesagt hatte. Und als es fertig war, zog Towo es an und spazierte damit vor dem königlichen Palast herum. Wie er dort so herumspazierte, sah ihn der König und rief ihn zu sich. Als Towo vor ihm stand, sagte der König:

›Sag, Towo, warum hast du dir ein Kleidungsstück mit so vielen schönen Köpfen gemacht?‹

Dieser antwortete:

›Sehen Sie, Herr König, da sind noch viel schönere dran, aber ich schäme mich, sie Euch zu zeigen.‹

Der König sagte: ›Hab keine Angst und geniere dich nicht, ich werde nicht zornig werden.‹ Da bückte sich Towo, streckte seine Hinterbacken vor dem König in die Höhe und sagte: ›Hier, Herr König, da könnt Ihr sie sehen.‹ Seine Kameraden, mit denen er gewettet hatte, standen in der Nähe und sahen das Ganze mit an. Als er dem König alles gezeigt hatte, schickte dieser ihn nach Hause. Da ging er zu seinen Kameraden, mit denen er gewettet hatte, und sie mussten ihm das Geld geben.«

»Seht nur, was er mit dem König anstellt«, lachte James. »Wenn wir das mit unserem nur auch so machen könnten …«

Da aber stockte James, warf dem Blonden einen besorgten Blick zu und verstummte.

»Hab keine Angst, Junge«, sagte Martin laut. »Wer auch immer dieser Mann sein mag, es wird uns nicht weiter schaden, wenn er weiß, dass wir Kommunisten sind. Das weiß inzwischen ohnehin jeder!«

Der blonde Mann hob erneut seinen Kopf. Dann richtete er in einer plötzlichen Bewegung seinen Körper auf und saß auf dem Bett. Die drei Genossen schwiegen und sahen ihm direkt in die Augen. Plötzlich zuckte etwas im Gesicht des Blonden, das Wort erstarb auf seinen Lippen und er ließ sich wieder zurück aufs Bett sinken.

Die Tür öffnete sich und ein Gefängniswärter trat ein. Hinter ihm an der Tür stand ein Constable.

»Nummer siebzehn«, rief der Wärter.

»Nummer siebzehn« – das war Harry. Ihm stockte das Herz. Bis zum Verbandswechsel waren noch ein paar Stunden Zeit. Das hier war etwas anderes.

»Nummer siebzehn, goddamn!«, wiederholte der Wärter. »Seid ihr taub, oder was?«

»Ich komme«, sagte Harry. »Lebt wohl, Genossen.«

Er drückte Martin und James fest die Hand, strich Toni über den Kopf und erhob sich.

»Leb wohl, Harry«, sagte Martin. Seine Stimme brach. Es gab keinen Zweifel. Der Junge war verloren. Die Chancen, dass er weglaufen konnte, standen eins zu tausend. Ein guter Genosse und – noch viel schlimmer! – das Rezept waren verloren. Martin ballte seine schwieligen Hände zu Fäusten. Harry ging hinaus.

In diesem Moment erhob sich der Blonde schwerfällig aus seinem Bett und ging zu Martin, blieb aber auf halbem Weg stehen.

Aus Martins Mund drang ein Pfeifen und Quietschen. Ein halbtierisches Gemurmel …

Wir haben Layston vor seinem Gespräch mit dem Menschenfreund Professor Masseby verlassen. Die Stimmung des Milliardärs verschlechterte sich zusehends. Das Geschäft mit dem künstlichen Protein wollte nicht gelingen; Masseby wusste nichts außer dem Namen des Erfinders. Wo dieser sich befand, konnte oder wollte er nicht sagen. Edith war wie vom Erdboden verschluckt; seitdem seine geliebte Tochter verschwunden war, folgte ein Misserfolg auf den nächsten. Reeps war immer noch nicht gefunden; Layston spürte die ganze Zeit, dass er verfolgt wurde; das Subjekt, das ihm vor der Villa bei Paris zu töten versucht hatte, war spurlos verschwunden. Es war, als hätte sich vor Layston ein Abgrund aufgetan, in dem alles, was ihm teuer war, verschwand.

Unterdessen wurde er permanent von den misstrauischen Gesichtern der Lakaien des Menschenfreundes Professor Masseby verfolgt – und auch Masseby selbst, so schien es Layston, beobachtete ihn ein wenig zu aufmerksam. Sicherlich war auch denkbar, dass er es einfach nicht fassen konnte, den »König der amerikanischen Chemiefabriken« mit eigenen Augen zu sehen! … Am allerschlimmsten aber war, dass, so hatte Layston es der Zeitung vom Vortag entnommen, die Aktien des Chemical Trusts um drei Prozent gefallen waren. Es war auch vollkommen unverständlich; es war sogar lächerlich – und doch war es, als würde ihm jemand direkt aus seiner eigenen Tasche Geld klauen. Es gab nur einen Mann in ganz Amerika, der Layston sabotieren konnte, und das war Morgan – der aber war sein Freund und Kumpane. Und dessen Interessen deckten sich vollständig mit seinen eigenen. Es war einfach lächerlich – und noch dazu waren die Aktien gefallen, obwohl er tags zuvor die Anweisung gegeben hatte, dass sie steigen sollten.

Ein Lakai geleitete den Milliardär zu seinem Auto. Layston setzte sich neben den Agenten der Geheimpolizei, den er zu seinem Schutz angeheuert hatte.

»Wir müssen los«, entschied Layston. Der Motor des Wagens heulte auf und setzte sich in Bewegung. Vier Minuten später war Layston in der Nähe seines Hotels. Er war noch drei Gebäude von dessen Tür entfernt, als ein kleines Automobil an ihm vorbeisauste und hinter der Ecke verschwand, um die der Milliardär gerade eben gekommen war. Es war dunkel. In dem Automobil hatte Jim Reeps gesessen.

Als sie sich in jenem Viertel, in dem sich die Wohnung des Menschenfreundes Professor Masseby befand, einer Kneipe näherten, tippte Jim Reeps dem Chauffeur auf die Schulter und stieg aus. Am zweiten Tisch in der Kneipe saß ein Lakai von Mister Masseby. Als dieser Reeps erblickte, stand er auf und ging mit ihm hinaus. Die beiden setzten sich in das Auto.

»Warum war Layston beim Professor?«, fragte Reeps knapp.

»Sie haben sich über irgendein Präparat unterhalten, ich erinnere mich nicht mehr an den Namen – Elbin oder so …«

»Albo!«, unterbrach ihn Reeps. »Worüber haben sie gesprochen?«

»Über den, der dieses Albo hergestellt hat. Masseby hat seinen Namen genannt, daran erinnere ich mich gut – Harry Rupert. Layston wollte wissen, wo dieser Rupert wohnt, aber Masseby sagte, dass er verschwunden sei.«

Reeps tippte den Chauffeur an.

»Steigen Sie aus«, sagte er zu dem Lakai. »Ihre Instruktionen erhalten Sie auf die gleiche Weise wie beim letzten Mal.«

Und das Auto verschwand in der Dunkelheit …

Als er Schritte hörte, hob Martin seinen Kopf und blickte dem Blonden einen Moment lang in die Augen. Der Blonde begegnete seinem Blick ganz ruhig und sagte:

»Ich, Vincent Paul, wurde in London verhaftet, weil ich der Firma Duverrier in Paris weder Bericht noch Geld erstattet habe. Zudem wurde festgestellt, dass ich nicht Vincent Paul bin, sondern ein Matrose von der *Liberia* mit dem Namen Duval. Ich bin aber nicht Duval.«

James hörte mit unaussprechlichem Erstaunen von Vincent Paul, von Duval, von Duverrier und von der *Liberia*.

»Er ist vollkommen verrückt!« James blickte Martin an. Martin aber ließ sich nicht ablenken und hörte Duval aufmerksam zu.

»Ich bin nicht Duval«, fuhr der Blonde fort, »mein Name ist Andrij Wowk«, fügte er flüsternd hinzu. James machte eine erschrockene Handbewegung – Spion! fuhr es ihm ins Hirn – und sah wieder zu Martin. Der aber hörte weiterhin aufmerksam zu und wandte seinen Blick nicht von Duval ab. »In einer halben Stunde werden sie mich von hier fortbringen, und ich werde nach Frankreich gehen. Zehn Schritte vom Gefängnis entfernt werden sie mich freilassen. Vincent Paul hatte eine Menge Geld bei sich. Wir haben keine Minute zu vergeuden – sagen Sie, was ist denn mit ihrem Genossen los?«

»Wie wollen Sie mir beweisen, dass Sie kein Spion sind?«, sagte Martin streng.

»Ich habe weder Beweise noch habe ich Zeit für Beweise«, entgegnete Duval. »Ihr Genosse ist davon überzeugt, dass ich ein Spion bin. Das kommt daher, dass er keine Menschenkenntnis hat. Wenn Sie Menschenkenntnis haben, werden Sie erkennen, dass ich kein Spion bin. Vergeuden Sie keine Zeit.«

»In Ordnung«, sagte Martin ernst. »In einer halben Stunde wird Harry ohnehin entweder fliehen oder sterben. Und Sie werden ja erst in einer halben Stunde von hier fortgehen.«

»In dreiundzwanzig Minuten!«

»Einerlei! Hören Sie: …«

»Schreiben Sie eine Nachricht an Harry: es bleiben noch drei Minuten«, sagte Duval.

»Wo bringen Sie mich hin?«, fragte Harry einen der Constables. Er wandte sich auf Irisch an ihn – der Constable sah aus wie ein Ire.

Es verging ein Augenblick, der Harry wie hundert Jahre vorkam. Er hatte Glück – der Constable war tatsächlich Ire.

»Zum Verhör«, sagte er freundlich. Sofort wies der Sergeant den Constable rüde zurecht. Aber Harry genügte, was er gehört hatte.

»Das heißt, sie wissen noch nicht, wer ich bin«, dachte er ruhig. »Sie werden meine Identität aber bald herausfinden. Wenn Sie mich zum Verhör bringen, dann werden Sie mich wohl auch wieder zurückbringen. Die Sache wird sich also ein wenig hinziehen.«

An der Ecke bat Harry den Iren um eine Zigarette. In diesem Moment kam ihnen auf dem Bürgersteig ein Mann mit Hut entgegen, den dieser tief in die Stirn gezogen hatte. Der Mann knurrte etwas in Richtung des Sergeants und erstarrte plötzlich, als er in Harrys vom Streichholz erleuchtetes Gesicht blickte. Er blieb aber nur kurz stehen und lief dann weiter. Als die Soldaten mit dem Gefangenen um die Ecke gebogen waren, blieb er wieder stehen und heftete sich ihnen unauffällig an die Fersen. Er begleitete sie in sicherer Entfernung zum Ort des Verhörs und ging in eine Kneipe; vor deren Fenster mussten sie mit dem Gefangenen nachher vorbeikommen.

Als Harry nach dem Verhör wieder abgeführt wurde, kam ein zweiter Sergeant dazu und übergab dem ersten einen Zettel. Der erste Sergeant ließ Harry anhalten, las den Zettel noch einmal durch und lief, nachdem er den Gefangenen dem zweiten Sergeant anvertraut hatte, ohne Zeit zu verlieren zur Kneipe. In der Tür stieß er erneut auf den Unbekannten mit dem Hut. Auf dem Gesicht des Sergeants zeichnete sich eine unaussprechliche Verwunderung ab. Der Mann, der Spuren irgendeiner Krankheit im Gesicht hatte, schob den Sergeant beiseite, ging aus der Taverne hinaus und lief Harry hinterher: jetzt war er an der Reihe, sich zu wundern. Der Sergeant ging mit Harry Hand in Hand, und dahinter liefen die zwei Constables, die sich fröhlich unterhielten.

»Sag, Johnny«, meinte der Ire, »was hat es mit diesen Mädchen auf sich, die ihren Namen ändern, sobald sie auf der Straße landen? Ich kannte eine, die hieß Kat. Als sie anfing, sich auf der Straße herumzutreiben, da hieß sie auf einmal Gladys. Was hat das zu bedeuten?«

»Schau mal«, sagte Johnny, »sie denkt eben, das macht mehr her. Auch dir würde es wahrscheinlich besser gefallen, so eine Gladys für einen Schilling zu kaufen, als eine Kat.«

Nun klinkte sich der Sergeant in das Gespräch ein.

»Jungs«, sagte er, »ich war in Russland. Dort haben alle Huren französische Namen. Wirkt schöner so. Aber ihr könnt euch freuen – in den teuersten Etablissements greifen sie mittlerweile zu englischen Namen. Wir sind in den Bordellen gerade in Mode.«

»Wann werden denn die Russen dort einmal in Mode kommen?«, fragte Johnny und brüllte vor Lachen.

»Das wird nicht passieren, schau, bis dahin wird es gar keine Bordelle mehr geben. In Russland gibt es schon jetzt keine mehr.«

Als er das gesagt hatte, wandte sich der Sergeant wieder an den Gefangenen. Das folgende Gespräch führten sie im Flüsterton.

»An der nächsten Ecke rennst du weg!«, flüsterte der Sergeant

– es war Duval. »Ich werde auf dich schießen, aber leider nicht treffen. Steck das in deine Tasche. Das sind Pass und Papiere.«

Dem Unbekannten bot sich, als er an die Ecke gelangte, folgendes Bild.

Der Gefangene jagte so schnell er konnte an den Häusern vorbei, hinter ihm lief der Sergeant, feuerte aus seinem Revolver, obszöne Flüche erfüllten die Straße. Die Constables schossen nicht, da der Sergeant den Gefangenen immer wieder verdeckte. Der Sergeant war offenbar betrunken, er stolperte herum und konnte den Gefangenen nicht einholen. Unerhörte Verwünschungen rufend, wandte er sich zu den Constables um. Diese blieben verdutzt stehen und ließen einen Schwall blasphemischer Beschimpfungen über sich ergehen. Schließlich schlug der Sergeant dem Iren mit der Faust auf die Brust und sagte:

»Du hast irgendwas mit ihm geredet, du Hund, vorhin auf dem Weg zum Verhör. So leicht kommst du mir nicht davon. Links, marsch!«

In diesem Moment bemerkte der Sergeant eine dunkle Gestalt, die in jene Richtung davonlief, in der Harry verschwunden war. Ohne lange zu überlegen, schoss er, traf aber nicht; die Gestalt tauchte in die Dunkelheit der Straße ein.

Nachdem Duval aus der Zelle geholt worden war, saßen James und Martin eine Zeitlang schweigend da.

»Wie konntest du ihm nur vertrauen?«, fragte James vorwurfsvoll.

»Mein Freund, wenn man am Ertrinken ist, klammert man sich auch an einen Strohhalm«, antwortete Martin. »In diesem Fall ist Duval ein solcher Strohhalm. Als er sprach, hatte ich das Gefühl, dass er nicht lügt. Doch ...«

Martin dachte angestrengt nach.

»Ich übernehme die volle Verantwortung«, sagte er schließlich. »Ich weiß, ich hatte nicht das Recht, das zu tun, aber manchmal muss man sich einfach auf seinen Instinkt verlassen. Toni!«

Toni wachte auf und blickte Martin an.

»Erzähl etwas, mein Sohn!«, sagte Martin wehmütig.

»Rabotity«, begann Toni. »Rabotity war eines Tages im Wald auf der Jagd. Er kletterte auf einen hohen Baum. Und weil ein starker Wind wehte, knickte ein Ast ab, und Rabotity fiel hin und brach sich das Bein. Da sagte er: ›Der Baum ist der Mächtigste auf Erden, er hat mir das Bein gebrochen.‹ Der Baum aber antwortete: ›Wenn ich der Mächtigste wäre, würde der Wind mich nicht entwurzeln. Der Wind ist also mächtiger.‹ Der Wind sagte: ›Wenn ich der Mächtigste wäre, würde der Berg mir nicht den Weg versperren. Der Berg ist mächtiger.‹ Der Berg sagte: ›Wenn ich der Mächtigste wäre, könnte die Ratte sich nicht durch mich hindurchgraben. Die Ratte ist die Mächtigste.‹ Die Ratte sagte: ›Wenn ich die Mächtigste wäre, könnte mich die Katze nicht fressen. Die Katze ist die Mächtigste.‹ Die Katze sagte: ›Wenn ich die Mächtigste wäre, könnte der Strick mich nicht fesseln. Der Strick ist der Mächtigste.‹ Der Strick sagte: ›Wenn ich der Mächtigste wäre, könnte das Messer mich nicht zerschneiden. Das Messer ist das Mächtigste.‹ Das Messer sagte: ›Wenn ich das Mächtigste wäre, könnte das Feuer mich nicht zerstören. Das Feuer ist das Mächtigste.‹ Das Feuer sagte: ›Wenn ich das Mächtigste wäre, könnte mich das Wasser nicht löschen. Das Wasser ist das Mächtigste.‹ Das Wasser sagte: ›Wenn ich das Mächtigste wäre, müsste ich das Boot nicht tragen. Das Boot ist das Mächtigste.‹ Das Boot sagte: ›Wenn ich das Mächtigste wäre, könnte der Stein mich nicht zertrümmern. Der Stein ist der Mächtigste.‹ Der Stein sagte: ›Wenn ich der Mächtigste wäre, könnte die Krabbe mich nicht durchbohren. Die Krabbe ist die Mächtigste.‹

Die Krabbe sagte: ›Wenn ich die Mächtigste wäre, könnte mich der Mensch nicht essen. Der Mensch ist der Mächtigste.‹

»Ja!«, sagte Martin. »Der Mensch ist der Mächtigste. Und Duval ist ein echter Mensch. Ich habe in meinem Leben gelernt, einen echten Menschen von einer Vogelscheuche zu unterscheiden – und zwar auf den ersten Blick. Kopf hoch, James. Morgen werden wir wahrscheinlich zur Arbeit abkommandiert. Wir müssen ein wenig schlafen. Toni hat eine ganze Menge Wanzen zerquetscht, vielleicht kommen wir ja ein wenig zur Ruhe.«

James und Toni legten sich auf ihre Betten. Um sie herum war schon alles still. Irgendjemand stöhnte laut im Schlaf. Nach einer halben Stunde war auch James eingeschlafen – Toni schlief schon lange. Martin saß noch da, den Kopf in die Hände gestützt.

In jeder Zelle wurde bereits fest geschlafen. Hätte in diesem Moment irgendwer Martin beobachtet, wäre er vor Schreck erstarrt. Aus seinem Mund drang ein halbtierisches Gemurmel, ein Pfeifen wechselte sich mit einem Zischen ab, das alles zusammen aber klang wie eine wilde, nicht-menschliche Sprache.

KAPITEL 7
DIE AFFENHAND

Duverriers Geduldsfaden ist endgültig gerissen. Geld für Verstümmelung. Die Cousine des Zaren Nikolaus I. Gott hilft dem Rittmeister der Chevalier-Garde. Die elektrische Methode der Rittmeister, Rosinen, Weintrauben und Rachat Lokum herzustellen. Der blonde Matrose. Das seltsame Verhalten des Wachhabenden. Camillas letzter Auftritt. Noch einmal die Affenhand. Auftritt des Siegelrings mit dem Buchstaben. Edith in der Fabrik.

Duverriers Geduldsfaden war endgültig gerissen. Er verstand gar nichts mehr. Vincent Paul war wie erwartet nicht mehr bei ihm aufgetaucht – was bereits klar gewesen war.

Vincent Paul war von der englischen Polizei verhaftet worden, die trotz der Verstimmungen zwischen den Regierungen nicht umhinkonnte, Poincaré diesen Gefallen zu tun.

Tatsächlich hatte die englische Polizei triumphierend erklärt, alle Dokumente und Papiere von Vincent Paul befänden sich in ihrem Besitz; Geld aber hatten sie keines bei ihm gefunden, nicht einen Penny.

Duverrier verfluchte sich selbst dafür, einem Reserveoffizier der französischen Armee vertraut zu haben. Er hatte ja gewusst, auf wen er sich da einließ. Gewusst, wie sehr man sich auf diese Sorte Mensch verlassen konnte, die gelernt hatte, Geld zu verprassen, nicht aber, es zu verdienen – »Was will man schon von diesen Säufern, Hurenböcken und Falschspielern erwarten?«, wütete er.

Tatsächlich hatte Vincent Paul einen besseren Eindruck gemacht als die anderen, aber hatte er denn Duverrier gegenüber nicht selbst zugegeben, all sein Geld beim *Chemin de fer* verspielt zu haben?

Krėvė war, wie sich herausgestellt hatte, bei Camilla gewesen, dann aber wieder verschwunden, diesmal für immer. Als wäre er gefressen worden. Sie hatten seine Spur bis zu irgendeinem Hotel verfolgt, dort aber war er abgetaucht wie ein Fisch.

Ein Ersatz für Krėvė war nicht leicht zu finden. Krėvė konnte die Nummer mit dem Affen an einem Abend vierzehnmal aufführen: Er war kein so übles Exemplar eines Rittmeisters der russischen Chevalier-Garde.

Sein Ersatz – es waren drei an der Zahl – hatte nicht die gleiche Anmut und Geschicklichkeit im Umgang mit Affen. Und dreien musste man mehr bezahlen als einem. Außerdem gab es jetzt auch keinen Affen mehr: der letzte war aufgrund von Syphilis, die Krėvė auf ihn übertragen hatte, wahnsinnig geworden. Man hätte ihn erschießen sollen, Duverrier aber besaß keine weiteren Affen, um ihn auszutauschen, und versuchte, ihn zu heilen, irgendwie. Er ließ einen Hypnotiseur kommen; nach den Sitzungen wurde das Tier ruhiger. Es machte den Anschein, er könnte unter dieser Behandlung am Ende genesen.

Außerdem war auch Camilla krank geworden. Duverrier konnte so viel Ersatz finden, wie er wollte, und er fand ihn auch, aber … man muss sagen, dass Duverrier insgeheim Angst vor Camilla hatte – sie hätte es sogar vermocht, ihn mit Schwefelsäure zu übergießen. Er hätte sie ins Krankenhaus stecken können – aber, wer weiß, vielleicht wäre dann wie aus dem Nichts Krėvė aufgetaucht und hätte ihn erschossen, wie er Layston auch hatte erschießen wollen. Es war offensichtlich, dass Krėvė einen neuen Herrn hatte. Der

Maestro, bislang stets ruhig und beherrscht, wie es sich für seinen Beruf gehört, begann heimlich Absinth zu trinken.

Duverrier holte sich gerade eine Flasche mit schwarzer Flüssigkeit aus dem Schrank, als es an seiner Bürotür klopfte.

»Herein!«, sagte der Künstler und versteckte hastig die Flasche.

Mit kurzen, festen Schritten trat ein kleiner, blonder Mann ein, warf einen scharfen Blick auf Duverriers Hände und deutete ein Lächeln an.

»Was wollen Sie?« fragte der Maestro, den das Lächeln rasend machte.

»Es wird Sie vielleicht interessieren, ein paar Details über die Expedition in den Kongo zu erfahren. Mein Name ist Duval – ich war Teil dieser Expedition.«

Duverrier verschlug es den Atem, er starrte auf das ruhige Gesicht des Fremden, als wäre dieser ein Gespenst.

»Nun, ich kann Ihnen einiges berichten.«

»Bitte, setzen Sie sich«, sagte der Maestro endlich.

»Alle Teilnehmer der Expedition sind gestorben, bis auf Vincent Paul und mich. Wenn ich mich nicht irre, dürfte es Sie interessieren, wo sich Vincent Paul mit dem Geld für die Expedition gerade aufhält.«

»Ja, tatsächlich, sehr sogar«, erwiderte Duverrier. »Ich könnte den Informanten gut bezahlen.«

„Wie viel?«, fragte der Blonde knapp.

»Zwei, nein, dreitausend Francs!«

»Schreiben Sie einen Scheck aus! Nein, Bargeld ist besser!«, sagte Duval.

»Aber wie lauten Ihre Garantien?«, fragte Duverrier.

»Wenn Sie mit meinen Informationen nicht zufrieden sind, können Sie das Geld behalten.«

»Ich hole es sofort!« Duverrier erhob sich.

»Nein, bitte, benutzen Sie das Telefon. Ich habe keinen Grund, Ihnen zu vertrauen!«

»Wie Sie wollen.« Duverrier zuckte mit den Schultern. Er nahm den Telefonhörer in die Hand und lauschte. Drehte die Wählscheibe. Eine, zwei, drei Minuten vergingen.

»Das Telefon ist offenbar kaputt«, sagte Duverrier. »Ich werde doch selbst gehen müssen.«

Er erhob sich. In diesem Moment legte sich eine Hand schwer auf seine Schulter.

»Hören Sie, Maestro!«, sagte der Blonde. »Bitte, spielen Sie nicht den Dummkopf. Sie nehmen jetzt sofort dreitausend Francs aus der Schublade, oder Sie werden gar nichts erfahren. Verstanden?«

Duverrier zuckte mit den Schultern, öffnete eine Schublade und entnahm ihr drei Scheine.

»So ist es besser«, sagte der Blonde. »Sie wollen also wissen, wo der Offizier der Reserve Vincent Paul jetzt ist? Sie wollen auch wissen, wer die neuntausend Francs für die Expedition hat? Es wäre für Sie auch interessant zu erfahren, ob François Denis zurückkehren wird und Ihnen dadurch Unannehmlichkeiten mit Camilla entstehen könnten? Sie sind sich sicher, dass Vincent Paul mit dem Geld davongelaufen ist – dass er in London verhaftet wurde und ein weiteres Mal davonkam?«

»Genau!«, sagte Duverrier ungeduldig und schob dem Blonden die Geldscheine hin. »Kommen Sie bitte zur Sache.« Er blickte zur Tür. »Sagen Sie mir: Wo genau hält sich Vincent Paul jetzt auf?«

»Er sitzt direkt vor Ihnen«, antwortete Duval ruhig und während Duverrier wie versteinert in den Stuhl sank, nutzte er die Gelegenheit, sich die Scheine zu schnappen und sorgfältig in seiner Tasche zu verstauen.

Duverrier sprang auf und wollte zu einer weiteren Schublade greifen, aber Duval packte ihn mit dem Griff einer eisernen Zange an der Schulter und drückte ihn zurück in den Sessel.

»Beruhigen Sie sich! Vincent Paul, François Denis und alle anderen Teilnehmer der Expedition sind längst in den Sümpfen des Kongo verrottet ... Das Geld werden Sie nicht mehr zu Gesicht bekommen, es wird für andere Zwecke eingesetzt, als Affen für Ihr Bordell zu fangen. Ihre dreitausend Francs behalte ich, gemäß unserer Absprache, ebenfalls.«

Duverrier warf einen flüchtigen, lodernden Blick auf das Telefon. Der Blonde lächelte kaum merklich.

»Leben Sie wohl, Maestro!« Er wandte sich zum Gehen und zog den Schlüssel aus der Tür. In diesem Moment holte Duverrier eine Browning aus der Schublade. Duval aber sprang zur Seite und entriss ihm in einer einzigen Bewegung den Revolver.

»Ich empfehle Ihnen hiermit noch einmal, sich zu beruhigen, Maestro!«, sagte er. »Leben Sie wohl, schonen Sie Ihre Nerven.«

Von außen klapperte der Schlüssel in der Tür. Duverrier griff zum Telefon und versuchte diesmal wirklich, jemanden anzurufen, aber die Leitung war tot. Ein Blick auf das Kabel – Duval musste es durchgeschnitten haben, als er eingetreten war. Duverrier sah aus dem Fenster. Auf der Straße war niemand zu sehen. Beim savoyischen Schuhputzer stand ein einbeiniger Invalide und blickte wonnevoll hinunter auf seinen Stiefel, der unter den Händen des Jungen in der Sonne erstrahlte. In just diesem Moment tauchte Duval bei dem Invaliden auf und ging, nachdem er ihm etwas zugesteckt hatte, gemächlich davon. Duverrier trommelte mit seinen Fäusten gegen die Armlehnen seines Sessels. Schließlich öffnete er das Fenster und rief in Richtung des Invaliden, der bereits losziehen wollte:

»Hören Sie, kommen Sie her zu mir – ich gebe Ihnen drei Francs.«

Der Invalide zog eine verächtliche Grimasse und hinkte die Straße hinunter. Zum Abschied zeigte er dem Maestro die allgemein bekannte, symbolistische Figur aus drei Fingern ...

Wir haben die strahlende Gestalt von Mister MacLayston verlassen, als dieser infolge einiger Rückschläge recht schlecht gelaunt war: das Protein, Edith, die fallenden Aktien. Nach dem Treffen mit Professor Masseby führte ihn sein Weg direkt in ein nobles Londoner Café. Das Café war berühmt für ein Mädchen in Lackschuhen und für einen pockennarbigen, unbeholfenen Mann – es handelte sich bei ihnen um eine Großfürstin, eine Cousine des Zaren Nikolaus I. und einen verflossenen Geliebten der Zarin Maria. Nun leisteten sie in England jenen Arbeitsdienst, vor dem sie aus Sowjetrussland geflohen waren.

Mr. Layston winkte die übermäßig geschminkte Zarencousine zu sich und lud sie höflich zum Abendessen ein. Während des Essens spürte er zu seinem Vergnügen, wie ihre Füße die seinen berührten. Zunächst versuchte er, das Gespräch auf ein politisches Thema zu lenken, die Großfürstin jedoch erklärte kategorisch, zu diesem Thema gebe es nichts zu besprechen, da die Bolschewiki, wie sie es von ihren getreuen Untertanen wisssen wollte, kein halbes Jahr im Kampf gegen den Hunger und den Glauben bestehen würden. Das Gespräch drehte sich dann um andere, interessantere Themen, und nach einer halben Stunde begaben sich Mister MacLayston und die Großfürstin in ein kleines Séparée.

Der erfahrene Amerikaner stellte zufrieden fest, dass seine Partnerin alle Tricks ebenso gut kannte, wie die Pariser Mädchen, auch wenn ihr Körper mit denen der jungen Französinnen nicht mithalten konnte.

Mit einem reizenden Lächeln erklärte sie dem interessierten Milliardär, dass sie diese Tricks schon vor ihrer Emigration gekannt habe. Layston bereute heimlich, dass es ihm nicht schon früher in den Sinn gekommen war, nach Russland zu reisen, genauer, vor sechs Jahren. Spät in der Nacht, nachdem er sich noch ein wenig amüsiert hatte, verabschiedete Layston sich zärtlich von der Fürstin, die nun andere Gäste bedienen würde, und verließ das Restaurant.

»Das war nicht schlecht«, dachte er bei sich, »aber es ist trotzdem schlimm, dass die Aktien fallen.«

Er schrieb ein Telegramm auf einen aus seinem Notizbuch gerissenen Zettel und schickte einen Lakaien damit fort. Später sandte er noch die Aufforderung, Edith zu finden, an alle Pariser Detektivbüros. Sie konnte nur in Paris sein – Miss Drevins hatte ihm Einträge aus Ediths Tagebuch zugeschickt, in denen sie den glühenden Wunsch geäußert hatte, die Hauptstadt der Welt zu sehen. Zusätzlich zu den Tagebucheinträgen hatte Miss Drevins Berichte über das Haus in New York mitgeschickt, und ein zwei kleine, zarte Andeutungen, in denen sie darauf aufmerksam machte, dass Mr. MacLayston doch sicherlich müde von der Reise wäre und gewiss bald wieder nach Hause käme.

Layston hatte den Brief wütend zerrissen. Ja! Er musste nach Hause zurück, denn die Aktien des Chemical Trust – die er für sicherer hielt als den amerikanischen Dollar – fielen. Layston dachte gar nicht mehr an die Geschäfte, sondern versuchte, sich Morgans Gesicht vorzustellen. In seinem Telegramm hatte Morgan geantwortet, dass alles in Ordnung sei und es keinen Grund zur Sorge gebe. Mit welchem Gesichtsausdruck mochte er dies dem Telegrafenbeamten wohl diktiert haben?

Der Rittmeister der Chevalier-Garde seiner Majestät der Kaiserin soundso, nunmehr in Diensten eines Engländers, der viel Geld besaß und ein erfahrener Spion war, kurz und gut, ein Brünetter mit vollen Lippen lief pfeifend die Straße entlang.

Als er am Postamt vorbeikam, fragte er nach den Briefen für – nicht mehr für Krėvė, denn Krėvė hätte für den Anschlag auf Layston hinter Gittern sitzen müssen, sondern für jemanden mit irgendeinem wunderlichen, barbarischen Namen.

Der Postbeamte brauchte lange, um diesen Namen zu verstehen, und während er Krėvė einen Umschlag überreichte, bellte er wütend irgendeinen Burschen an, der es besonders eilig hatte, einen Brief von seiner Geliebten zu bekommen. Krėvė öffnete den Umschlag: »Heute, Hotel --, -- Uhr«.

Der Engländer!

Wunderbar, alles bestens. In einer Woche würden sie in Sowjetrussland sein – der Rittmeister würde sich die grobschlächtigen Flegel anschauen, die ihren eigenen Staat gegründet hatten. Er würde irgendeinen Hungernden kaufen und ihn für ein Pfund Brot zwingen, seine Stiefel abzulecken. Krėvė grinst wie ein Onanist bei diesem Gedanken. Der Engländer! Er hatte Geld bis zum Abwinken. Er war an Krėvė interessiert, weil Krėvė etwas über den Anschlag auf Layston ausplaudern konnte. Er besaß die Macht des Geldes! Krėvė zuckte vor Lust zusammen, als er an die Millionen dachte. Wer weiß, vielleicht würde ihm dort, wo er die Sprache, sämtliche Sitten und alle Orte kannte, zusammen mit dem Engländer irgendein Plan gelingen ... Wirklich gestählte Männer hatte er unter den Bolschewiken, die er erschossen hatte, noch keine gesehen. Selbst wenn du ein Stein bist, durschlägt dich die Kugel! Der Rittmeister bereute ein wenig, sein Aussehen nicht verändert zu haben. Manchmal kam es ihm so vor, als hörte er Schritte hinter sich – und tatsächlich war da jetzt ein Soldat. Der Soldat folgte ihm zwei Häuserblocks lang, dann bog er in eine Absinth-Schenke ein. Krėvė änderte seine Richtung, der Soldat tauchte nicht mehr auf.

Krėvė kam beim Hotel an. Der Portier stand, mit dem Rücken zu ihm, auf der Straße. Krėvė schlich, einer Katze gleich, an ihm vorbei und dann lautlos die Treppe hoch. Er wusste, welche Funktion Portiers in kapitalistischen Ländern nebenher noch ausübten. Weniger als eine Sekunde, und er würde dem Engländer von Angesicht zu Angesicht gegenüberstehen.

»Good morning!«, grüßte Dr. Reeps höflich. »Bitte, setzen Sie sich.«

Er schloss die Tür.

»Sie kennen wahrscheinlich den Grund für die Katastrophe auf der Polizeiwache?«

»Ja«, antwortete Krėvė. »Ich denke, dass es Ihr Werk war. Ihr zweiter Streich nach dem Attentat auf Layston.« (Der Rittmeister deutete vorsichtig an, dass er über Vieles Bescheid wusste.)

»Genau, der zweite Streich«, antwortete Reeps (denn es gab keinen Grund, Krėvė von den vorherigen Streichen zu erzählen). »Aber dieser zweite Streich könnte für Sie böse enden. Sie könnten verhaftet werden, wenn Sie das Hotel verlassen.«

»Ich glaube nicht, dass Sie das zulassen würden«, sagte Krėvė. »In unser beider Interesse.«

Reeps schluckte schwer. Krėvė schien ihm ein guter Geschäftsmann zu sein. Umso schneller musste er jegliche Geschäfte mit ihm beenden.

»Ich habe Sie wegen einer wichtigen Angelegenheit hergebeten – es wird der letzte Streich vor unserer Abreise ins Ausland sein. Sie müssen eine junge Person ausfindig machen …«

»Edith?«, fragte Krėvė unschuldig.

Der verehrte Doktor schluckte noch einmal.

»Ja, Edith Layston«, sagte er (es war gut, dass er Krėvė heute herbestellt hatte – morgen hätte er ihn schon an Layston verraten können).

»Hören Sie, Rittmeister!«, sagte der Doktor sanft und griff nach einem Knopf an Krėvės Jackett. »Ich gehe davon aus, dass niemand außer Ihnen …«

Krėvė neigte seinen Kopf in Erwartung eines guten Honorars ein wenig nach vorn – noch nie hatte er mit einem Doktor ein solch langes Gespräch geführt.

In diesem Moment drückte Reeps' Hand, die den Knopf hielt, in des Rittmeisters Bauch.

»Entschuldigen Sie die Unannehmlichkeit!«, sagte der Doktor höflich und schlug Krėvė so fest er konnte gegen den Hals.

Der Rittmeister fiel zu Boden und wälzte sich. Der Doktor setzte sich ihm auf die Brust und drückte ihm systematisch die Atemwege ab …

Nach ein paar Minuten löste er eine Hand und blickte auf die Uhr. Der Rittmeister zappelte und zuckte nun nicht mehr wie ein Frosch, sondern lag still da wie ein fügsames Engelchen.

»Genug!«, entschied der Doktor und wischte sich den Schweiß von der Stirn. Die Leiche spreizte die Beine und zuckte mit den Schultern.

Vorsichtshalber legte der edle Gelehrte sein Ohr an die Brust des Toten und horchte.

Plötzlich spürte er, wie ihm kalter Schweiß auf dem Rücken ausbrach; irgendwo tief in der Brust des Rittmeisters vernahm er das Pulsieren von Blut. Reeps sprang auf. In diesem Moment klatschte etwas von hinten gegen sein Bein. Reeps stand wie versteinert da und wagte nicht, sich umzudrehen. Langsam wandte er sein Gesicht der Leiche zu. Ein Arm war ausgestreckt und lag neben seinem Fuß. Reeps horchte noch einmal in den Körper. Es gab keinen Zweifel – der Rittmeister war noch am Leben.

»An die Arbeit!«, sagte der Doktor und erschrak über den Klang seiner eigenen Stimme.

Er holte aus einem Koffer irgendwelche Metallteile heraus, aus denen er in wenigen Minuten eine Kiste in Form eines Sarges zusammensetzte und mit Bolzen fixierte. An die Unterseite schraubte er Porzellanisolatoren und machte dann noch irgendetwas anderes mit der Kiste. Aus der Brust des Rittmeisters löste sich ein schwaches Seufzen. Der Doktor packte den Körper und hievte ihn in die Kiste. Dann schloss er sie, stellte das Rheostat ein und schaltete den Strom an.

Danach setzte er sich auf seinen Stuhl, stopfte sich in aller Ruhe eine Pfeife und rauchte sie.

Es vergingen ein paar Minuten. Aus der geschlossenen Kiste drang ein dumpfes, von den Metallwänden ersticktes Stöhnen. Doktor Reeps schluckte schwer.

Noch ein paar Minuten später hörte er Schritte auf dem Flur.

Sie kamen näher und näher, unaufhaltsam. Jetzt waren sie noch zwei Zimmer entfernt, ein Zimmer ... jemand blieb vor der Tür stehen. Reeps vergaß zu atmen, so sehr fürchtete er ein Stöhnen des Rittmeisters aus der Kiste. Plötzlich war wieder das Klacken von Schuhen zu vernehmen, und die Schritte entfernten sich. Reeps stand auf und ging durchs Zimmer.

Wenige Minuten, nachdem Duval sein Büro verlassen hatte, konnte sich Duverrier befreien.

Der Invalide wurde gefasst. Duval war spurlos verschwunden.

»Wer sind Sie?«, fuhr Duverrier den Einbeinigen an.

Man hatte ihn, die Fäuste zweier Lakaien im Nacken, in Duverriers Büro getrieben.

»Ich habe an der Expedition von Vincent Paul teilgenommen, ein Bein verloren und mich gerade so vor den Nashörnern retten können. Duval, der ebenfalls Teil dieser Expedition war, hatte versprochen, mich für meine Verletzung zu entschädigen.«

»Durchsucht ihn!«, rief Duverrier.

»Dazu haben Sie kein Recht!«, keuchte der Invalide. »Ich bin ein Bürger Frankreichs, genau wie Sie.«

Einer der Lakaien schlug dem Bürger Frankreichs auf die Brust. Der Maestro selbst machte einen Satz nach vorn und trat ihm mit der Schuhspitze gegen den Beinstumpf.

Sie durchsuchten den Invaliden, die dreitausend Francs fanden sie nicht. Offenbar war es ihm gelungen, sie irgendwo zu verstecken.

In der Tür erschien Camilla.

»Was ist denn hier los, Maestro?«, fragte sie, als sie den entkleideten Invaliden sah. »Haben Sie einen Ersatz für Krėvė gefunden, oder was?«

»Bitte, kümmern Sie sich um ihre eigenen Angelegenheiten, verschwinden Sie!«, rief Duverrier hysterisch.

Camilla ging hinaus und schlug die Tür mit einem Knall hinter sich zu.

Sie legte sich auf das Kanapee in ihrem Boudoir. François ist verschollen, dachte sie.

Ihre Stirn brannte – das Fieber hatte sie seit jenem Tag, an dem François gestorben war, nicht mehr verlassen. Der Arzt hatte den Kopf geschüttelt – wo nur konnte man sich in Paris ein afrikanisches Fieber zuziehen?

Camilla lag mit dem Gesicht nach oben auf dem Kanapee und wollte weinen. Tränen kamen keine. Sie war in jener seltsam romantischen Stimmung, die kranken Menschen eigen ist. Camilla erinnerte sich weder an ihren Vater noch an ihre Mutter. Sie war bei einer Bauernfamilie aufgewachsen, gemeinsam mit deren Sohn François. Er hatte ihr sofort gefallen, schon von klein auf an; er hatte etwas an sich, das sie an ihren Bruder erinnerte – nur dass ihr Bruder blond war und François dunkel.

Duverrier klopfte an Camillas Tür. Jetzt will er sich entschuldigen!, war sie sich sicher. Hat Angst vor Krėvė, dieser Wurm! Sie reagierte nicht. Duverrier blieb eine Weile vor der Tür stehen, dann ging er wieder. Währenddessen hatte sich Krėvė in einen Haufen Asche verwandelt, die der Doktor in ein Papiertütchen füllte und in seinen Koffer packte. Anschließend stellte er den Ausgangszustand der Stromkabel wieder her, lief die Treppen hinunter, stieg in ein Taxi und fuhr davon.

Im Kofferraum lag ein Koffer mit Metallteilen darin, in dessen Anzugfach befand sich der Rittmeister der Chevalier-Garde seiner Majestät.

Hinter der Trennwand wurde gesprochen.

»Nein. Ich will auf gar keinen Fall nach Marokko!«

»So so. Der Pascha gefällt dir also nicht?

»Dir sage ich gar nichts, du Schwein!«

»Willst du dann vielleicht mit zu mir?«

Ein schallendes Melonenhutgelächter brachte ein halbes Dutzend schwerer Bäuche in Wallung.

Der Spalt war klein, man konnte nicht sehen, was in der Kajüte genau vor sich ging.

Die Gestalt kroch noch näher an die Trennwand heran und lauschte wieder. Die erste – weibliche – Stimme sagte:

»Sagt, habt ihr denn alle Menschlichkeit verloren? Lasst mich gehen, hört ihr?«

Die männliche antwortete:

»Sieh an, wir haben es anscheinend mit einer Gräfin zu tun! Du denkst wohl, du bist die Einzige. Nimm dir lieber ein Beispiel an den anderen – was für ein Weib, sie will es ja nicht anders. Es ist doch besser, bei den Türken zu leben und keinen Ärger zu haben, als die Nacht unter einer Brücke zu verbringen.«

Einhelliges Gelächter.

»Halwa wirst du essen! Auf Rosinen schlafen! Und dich mit Weintrauben zudecken!«

Die Gestalt rückte noch näher an die Trennwand und versuchte angestrengt, das Gesicht des Sprechenden zu erkennen.

»Verhungern wirst du nicht, keine Angst!«, fuhr die Stimme fort, begleitet vom lauten Spott der anderen.

»Du bist schließlich nicht irgendwo in Russland – dein Bauch wird nicht darben. Beim Pascha selbst wirst du leben. Die Pfirsiche werden dir von allein in den Mund fliegen. Und du musst nichts dafür tun. So ein Leben hast du noch nicht gesehen.«

»Ich bezahle euch. Wie viel wollt ihr, sagt schon! Hört mir zu, ich bezahle euch, so viel ihr wollt.«

»Und wie, meine Dame, gedenken Sie uns zu bezahlen? ... Ich könnte mir zum Beispiel vorstellen ...« begann die Stimme, wurde aber von einem strengen Bariton unterbrochen.

»Was schwätzt ihr denn immer noch mit der! He – du bist doch eine Dame oder so. Halt die Klappe, dann haben auch wir keine Lust mehr, mit dir zu plaudern.«

Alles schwieg.

Die Gestalt, die gelauscht hatte, rollte sich von der Wand weg und stahl sich leise davon.

Edith weinte bittere Tränen und haderte mit ihrer Naivität.

Eine Dame mit zwei Kindern ... ein reizendes Cottage, Tee mit starkem, duftendem Rum ... dann ein schwarzes Nichts ... und schließlich dieser Schiffsraum.

Sie erinnerte sich an jedes noch so kleine Detail. Besagte Dame hatte derjenigen, die ihr den Siegelring abgekauft hatte, geähnelt wie ein Tropfen Wasser dem anderen. Warum war ihr das nicht früher aufgefallen?!

Sie und zwei weitere Mädchen schliefen in einer Viererkajüte, die man ihnen zugewiesen hatte.

Eines der Mädchen, eigentlich eine große, füllige Frau mit wasserstoffblonder Turmfrisur, begegnete der ganzen Sache stoisch. Marokko ist eben Marokko – Algerien eben Algerien. Eine interessante Frau sei nirgends fehl am Platz. Vielleicht sei es dort sogar besser. Sie war abergläubisch wie ein altes moosiges Brot, diese große, füllige Frau mit der wasserstoffblonden Turmfrisur.

Edith hielt sich lieber an die kleine Polin. Die hatte irgendwo in Marokko einen Bräutigam, von dem sie sich irgendwie zu befreien hoffte.

Die Große schlief bereits. Edith und die Kleine saßen nebeneinander auf dem Bett und dachten über ihre Lage nach. So sehr Edith sich und die Kleine auch beruhigen wollte, sie konnte vor sich selbst doch nicht verbergen, dass die Sache hoffnungslos war. Die Polin hingegen zwitscherte, durch Ediths Worte beruhigt, noch ein halbes Stündchen weiter und schlief dann zwischen zwei Sätzen ein.

Edith konnte nicht schlafen. Sie hatte in den letzten Monaten so viel gelernt. Das ganze weite Feld menschlichen Lebens, das zuvor nichts als ein Traumbild aus Büchern war, hatte die Form schrecklicher Realität angenommen. Schwere, harte Arbeit war die schönste Blume auf diesem Feld – denn rundherum wucherten Arbeitslosigkeit, Prostitution und der Handel mit weißem Pulver.

Wie sehr sie sich nun wünschte, dies alles wäre nicht geschehen! Sie hatte noch mehr begriffen; sie hatte begriffen, dass nicht nur die armselige ARA, sondern auch der mächtige Mr. Layston und der große Morgan persönlich das Leben der Menschen nicht verbessern konnten. Sie begriff allmählich, dass es nicht an den Menschen lag, sondern an der gesellschaftlichen Ordnung, sie dachte an Kats wütende Worte und stimmte ihnen zu. Sie dachte daran, wie der Matrose, der sie auf der *Victoria* vor Reeps gerettet hatte, nicht mit ihr hatte reden wollen. Was war das für ein Mensch? Diese übermenschliche Energie! Bis dahin war ihr Vater, Mr. Layston, für sie der Inbegriff von Energie gewesen, aber dieser Matrose schien noch mehr davon zu besitzen. Er und Layston waren sich ähnlich. Und der Matrose sogar physisch und psychisch stärker als der Milliardär. Warum war er dann nicht reich?

Vor ihren Augen zog die gesellschaftliche Ordnung vorbei, in der die Schwachen, Nichtsnutzigen und Verkommenen über die Starken und Stolzen triumphierten, die Dummen und Gemeinen über die Klugen und Ehrlichen – die Gedanken flogen davon und die Amerikanerin schlief ein.

Sie wachte auf, als ihr jemand eine Hand auf die Augen legte. Sie wollte die Hand ihrer Unglücksgenossin nehmen und ergriff die aderige Hand eines Mannes. Bevor sie schreien konnte, glitt die Hand nach unten und verschloss ihr den Mund. Sie begann, verzweifelt um sich zu schlagen, da sagte eine zweite Hand, indem sie ihre Stirn berührte:

»Psst, keine Angst, ich bin ein Freund!«

Hinter der Hand wiederholte eine tiefe Stimme flüsternd diese Worte und gab ihren Mund frei.

»Machen Sie, dass Sie wegkommen!«, konnte Edith nur sagen. »Ich wecke die anderen – machen Sie, dass Sie auf der Stelle wegkommen!«

»Nicht so schnell!«, sagte der Mann. »Erinnern Sie sich an den Matrosen mit dem Vogel auf der Brust?«

»Martin!«, sagte Edith voller Freude. »Du holst uns hier raus!«

Ergriffen küsste sie die aderige Hand.

Der Mann erhob sich.

»Gehen wir!«, sagte er.

Sie gingen hinaus und schlichen sich an Deck. Als der Wachmann sich der Laterne zuwandte, um seine zwanzig Schritte über das Deck zu gehen, durchquerten sie im Takt seiner Schritte auf Zehenspitzen den Lichtkegel. Edith zählte die Schritte – zehn, elf ... achtzehn, neunzehn ... gleich würde sich der Wachmann umdrehen – und sie stünden noch immer im Licht. Da lief sie nicht mehr, sondern flog. Schon war sie am Rand des beleuchteten Streifens, da blieb ihr Kamerad, die Augen auf den Rücken des Wachmanns geheftet, plötzlich stehen, als wäre er verrückt geworden.

Edith sprang in die Dunkelheit und beobachtete die Situation, am ganzen Körper zitternd wie ein Grashalm. Der Wachmann blieb stehen, drehte sich aber nicht um. Er fuchtelte mit einer Hand herum, dann mit der anderen, hob dann beide Hände über den Kopf und fiel mit dem Gesicht nach unten auf das Deck. Ediths Kamerad blieb noch einen Moment lang stehen und ging dann zu ihr. Der Wachmann rührte sich nicht. Plötzlich stöhnte Edith vor Schreck beinahe auf. Es war nicht Martin, der da im Schein der Laterne auf sie zukam, sondern ein völlig anderer Mann, kleiner, jung und mit blondem Haar. Als ihre Augen aber die seinen trafen, überfiel sie auf der Stelle eine fast schon kränkliche Mattigkeit, und sie beruhigte sich sofort.

Duval blieb vor ihr stehen.

»Ich bin nicht Martin, Sie haben es bereits erraten. Um uns lange Erklärungen zu ersparen, sehen Sie sich das da an.«

Duval holte aus seiner Hosentasche einen Siegelring und gab ihn Edith.

»Mein Ring!«, schrie Edith auf.

»Genau. Ihr Ring. Sie haben ihn verkauft, als Sie gerade aus Amerika angekommen waren. Er hat einen langen Weg zurückgelegt und ist schließlich bei mir gelandet. Ihr Name ist Martha Loran. Ein Freund von mir sucht Sie schon lange und verzweifelt. Wir werden dieses Schiff nun verlassen. Helfen Sie mir, ein Beiboot loszumachen.«

Sie wählten das kleinste der Boote aus. Duval lud ein paar Sachen ein. Dann ging er zum Wachmann; dieser tat, mit weit aufgerissenen Augen, wie im Traum, alles, was Duval befahl. Sie ließen das Boot zu Wasser. Edith setzte sich hinein, der Dampfer zog das Boot im Schlepptau. Dann gingen Duval und der Wachmann zur Brücke.

»Hey!«, rief der Wachmann und betrat die Brücke. Eine gewisse Unruhe drang daraufhin von dort nach draußen. Wenig später trugen der Wachmann und Duval den gefesselten und geknebelten Steuermann von der Brücke, und Duval steuerte das Schiff zurück nach London. Zwei Meilen vom Ufer entfernt, mitten in der Nacht, platzierte Duval den Wachmann auf der Brücke und wendete das Schiff wieder in Richtung Calais. Er selbst stieg in das Beiboot, hisste die Segel und fuhr mit Edith nach Dover.

»Ach, hätten wir doch nur die zwei anderen Mädchen auch retten können«, sagte Edith.

»Da gibt es nichts zu retten!«, sagte Duval kalt. »Einer gewöhnlichen Frau aus der Bourgeoisie wird es überall gleich ergehen. Vor ein paar Monaten hätte ich auch Sie dort gelassen. Nicht ich habe Sie gerettet, sondern Martin mit seiner Empfehlung.«

Er riss das Steuerrad herum. Das Segel wurde erst schlaff, füllte sich dann mit Wind und trug das Boot wie eine riesige Möwe hin zu den tausend Lichtern des englischen Hafens.

»Warum hat der Wachmann auf Sie gehört?«, wechselte Edith das Thema. »War das auch einer Ihrer Genossen?«

»Der nicht«, lachte Duval. »Warum wäre er denn dann auf sein Gesicht gefallen! Es war ganz einfach der Wachmann eines Schiffs, das weiße Sklaven transportiert.«

Edith wagte nicht, weiter zu fragen. Die Lichter wurden heller und zahlreicher.

Camilla würde nicht mehr länger im Café herumsitzen. Sie würde aufbrechen, den Invaliden suchen, Duval suchen, François finden, oder ihn auch nicht finden. Hier würde sie keine Minute länger bleiben. Duverrier war damit einverstanden, sie gehen zu lassen, weil er ein wenig Angst vor ihr hatte. Er überließ ihr die Schuldscheine unter der Bedingung eines letzten Auftritts. Ein letzter Auftritt. Ein letztes Mal würde sie sich hingeben müssen. Es handelte sich um einen Greis des *Comité des Forges*, einen wichtigen Aktionär. Schon seit Monaten ließ dieser seine Alterserscheinungen therapieren und wollte jetzt mit einer Sitzung bei Camilla endgültig wieder zum Mann werden. Sie hingegen würde sich damit von Duverrier befreien.

Sie saß im Zimmer, in dem solche Sitzungen für gewöhnlich stattfanden. Auf ihrem Gesicht die gewohnte Maske eines Menschenaffen, deren zottelige Mähne ihr über die nackten Schultern und den Rücken fiel.

Sie trommelte mit ihren scharfen Krallen ungeduldig auf die Armlehnen des Stuhls.

Ein letztes Mal! Wenn es doch bloß schon vorbei wäre!

Morgen ist sie frei! Mit welcher Freude sie dem Maestro in sein gepflegtes Gesicht spucken wird! Mit welchem Vergnügen sie sich in ihr neues Leben stürzen wird! Wie in ein kaltes Bad!

Warum kommt dieser Mensch nicht endlich?! Leise quietschte die Tür.

»Treten sie ein!«, rief Camilla nervös. »Soll das ein Scherz sein?«

Die Tür schloss sich wieder. Camilla erhob sich und ging durchs Zimmer. Plötzlich fühlte sie an ihrem Rücken einen Luftzug, einen kalten Luftzug, scharf wie ein Messer. Jemand hatte die Tür erneut einen Spaltbreit geöffnet. Camilla drehte sich um. Durch den Spalt schob sich ein brauner Finger. Camilla eilte rasch hinter einen Vorhang und rührte sich nicht, sie hielt die Luft an, während das Herz in ihrer Brust hämmerte: Sie schaffte es kaum, sich aufrecht zu halten. Ein Tier betrat auf allen vieren das Zimmer und hob die Nase. Mit einem Satz landete es neben dem Vorhang, packte diesen am Saum und riss ihn der Länge nach entzwei.

Camilla wollte schreien, aber die Maske rutschte ihr über das Gesicht und verdeckte ihren Mund. Eine hässliche Fratze starrte diese Maske an.

Das Tier knurrte, richtete sich jäh auf und packte Camilla an der Schulter.

Panisch riss sie sich die Maske vom Gesicht, um nach Hilfe zu schreien.

Doch schon packte sie die zweite Hand – am Hals. Camilla fiel zu Boden und versuchte, sich zur Tür zu rollen. Die Affenfinger hielten sie dergestalt, dass sie noch in der Lage war zu atmen. Als furchterregender Klumpen wälzten sich Mensch und Affe auf dem Boden.

Auf dem Flur waren Schritte zu hören – die Tür öffnete sich und der Greis vom *Comité des Forges* trat ins Zimmer.

Beim Anblick der Szene, die sich ihm bot, kreischte er hysterisch auf und lief davon. Schweiß rann in Strömen über seinen kahlen Kopf. Er schrie wie ein Wahnsinniger. Die Lakaien und das Publikum aus dem Café rannten herbei. Das Tier fletschte die Zähne und niemand wagte, ihm näherzukommen. Schließlich hatte der Affe genug von dieser Geschichte. Er drehte sich zu Camilla um und durchtrennte ihr mit einer einzigen Bewegung seiner Kiefer die Kehle.

Dann richtete er sich auf und blickte Richtung Tür. Die Menschen zerstreuten sich wie Spatzen. Der Greis vom *Comité des Forges* zog sich irgendwo im ersten Stock frische Kleidung an, die ihm Duverrier persönlich gebracht hatte. Das Zimmer, in dem sich der Affe befand, wurde verschlossen, und man schickte nach der Polizei.

Das Tier ließ von Camilla ab und machte sich an der Maske zu schaffen. Mit zornfunkelnden Augen starrte die Äffin auf die verhasste Physiognomie, die ihr die Männchen wegschnappte, befingerte deren Augenlöcher, betastete die Nase und den Mund und prüfte mit ihren Zähnen das Haar.

Schließlich riss sie die Maske in Fetzen, die sie anschließend zernagte und verschlang.

Eine halbe Stunde später wurde sie von einem Polizeikommissar erschossen.

Camillas Name tauchte in den Annoncen und auf den Plakaten des Cafés nicht mehr auf. Jemand bot für ihre Papiere und einige wertlose Sachen eine beträchtliche Summe und bat darum, dass diese *poste restante* versandt wurden. Niemanden interessierte, um wen es sich dabei handelte. Also verschickte Duverrier die Papiere und die Sachen wie erwünscht und erhielt sein Geld.

Duval vermittelte Edith in London in eine Textilfabrik. Es war die gleiche Fabrik, die Kat entlassen hatte, und Edith stand nun auf ihrem Platz an der Spindel. Duval verschwand noch am selben Tag. Drei Tage später schloss die Fabrik sich einem Streik an. Der Zug zur Schwefelsäurefabrik wurde von der Polizei empfangen, die auf die Demonstranten schoss.

Edith ballte ihre Hände zu Fäusten, als die toten und verwundeten Genossen weggetragen wurden.

Sagen aber konnte sie kein einziges Wort.

Sie war nicht überrascht – MacLayston hatte ihr einmal erklärt, es würde gegen diese Wildgewordenen nun mal kein anderes Mittel geben, und sie hatte ihm zugestimmt.

In gewisser Weise stimmte sie ihm auch jetzt noch zu. Es gab kein anderes Mittel, weder auf der einen noch auf der anderen Seite. Sie besorgte sich einen Revolver.

MacLayston hätte bei einem erneuten Versuch, ihr seine Philosophie bezüglich des Umgangs mit Arbeitern beizubringen, nun entschieden, seine Gesundheit aufs Spiel gesetzt.

An der Spindel war sie wieder Mensch geworden.

Die eigensinnige und entschlossene Amerikanerin in ihr war erwacht.

»... bis wir solche wie MacLayston und seinesgleichen erschießen«, wiederholte sie Kats Worte.

Duval tauchte nicht wieder auf.

KAPITEL 8
EIN AMERIKANER IN DER UKRAINE

Ein Berkshire-Eber. Ein Bullauge. Ein Loch in der Wand. Ein Dreibein mit Teekanne. O'Kenan in Russland. Barbarische Bräuche. Ein süßes Teilchen zum Frühstück. »Tsche-Ka« in der Vorstellung Doktor O'Kenans. O'Kenan gießt den Zaun. Schildkrötensuppen. Beobachtung hungernder Menschen. Was kann man von einer Leiche essen? Ein Kosake im Graben. O'Kenan und die Ratten. Das Präparat Albo.

Der Berkshire-Eber konnte keine Ruhe finden. Er wälzte seinen Körper wie eine riesige mit Fäulnis gefüllte Blase auf den perfekten Matratzen des Bettes hin und her. Das Bett schaukelte ein wenig, was ihm die Einnahme einer bequemen Position mal erleichterte, mal erschwerte.

MacLayston konnte nicht schlafen. Wie ein Uhu starrte das Bullauge des Dampfers direkt in seine hervorstehenden Glubschaugen. Es spiegelte sich jedoch in dessen grünlicher Pupille kein Berkshire-Eber. Ein ganz anderes Bild zeichnete sich in ihm ab. Wie im Kino rauschten Aktien und Zeitungsspalten vorbei, die den immer weiter fallenden Wert der Aktien des Chemical Trusts illustrierten. Hinter den Zeitungsspalten lugte die unverschämt lässige Physiognomie von Morgan junior hervor und jagte hässliche Gedanken durch Laystons Hirn.

Seit dem ersten Zeitungsbericht bombardierte MacLayston den Trust ununterbrochen mit Anweisungen, laut derer die Aktien auf genau dem Kursniveau zu halten waren, zu dem sie am Tag seiner Abreise aus New York notiert hatten. Er besaß zwar keinerlei Gewissheit, dass Morgan hinter der ganzen Angelegenheit steckte, doch er fühlte, ja, er wusste instinktiv, dass es nicht sinnvoll war, ihn, Morgan, in diese Angelegenheit einzubeziehen.

Die Börsenmakler, die treuen Diener des Milliardärs, der ganze präzise und mächtige Apparat des Trusts – er war plötzlich zum Stillstand gekommen. Nichts war mehr zu erkennen, alles versank im mystischen Nebel des unberechenbaren Chaos, in dem üblicherweise die Normalsterblichen ihr Dasein fristeten, ohne zu wissen, was ihnen der nächste Tag bringen würde. Nun versank in eben diesem Chaos auch Layston, der zuvor, weil er alles auch erschaffen, alles klar durchschaut hatte.

Diese Ungewissheit, dieser Nebel waren noch furchtbarer als die Tatsache, dass die Aktien fielen – der Eber wälzte sich auf die andere Seite –, sie bewiesen, dass Morgans Physiognomie ihren Anteil hatte an dieser Angelegenheit, und tatsächlich grinste ihn diese immer wieder vom Bullauge aus an.

Was will Morgan? Layston mit Haut, fauligem Magen und tadellosen Krallen lebendig verschlingen, oder ihn nur von sich abhängig machen? Layston hatte sich bereits mit einem Telegramm an Morgan gewandt. Dieser hatte sich daraufhin nach Laystons Befinden erkundigt, sein Bedauern wegen Ediths Verschwinden zum Ausdruck gebracht und ihn gebeten, sich wegen der Aktien zu beruhigen – so sei nun mal der Markt, hatte er gemeint.

Ja! Alles hatte damit begonnen, dass Edith weggelaufen war. Danach war über ihn das Unglück hereingebrochen. Layston, der weder an Gott noch an den Teufel glaubte – auch wenn er die Popen verschiedener Gemeinschaften mit Geld unterstützte und diese somit als Werbeträger für den Trust benutzte – Layston fand sich plötzlich in der Rolle eines abergläubischen Krämers wieder, der schon am Morgen, wenn er nicht ausreichend Gewinn ›für den Anfang‹ gemacht hat, bereits um das gesamte Tagesgeschäft fürchtet.

Er spürte mit Schrecken, dass er bereits so sehr zum Warenfetischisten geworden war, dass nur noch wenig fehlte, und er würde an jene Marktkonjunktur glauben, die ihm Morgan weismachen wollte. Diese Konjunktur erschien ihm wie ein langer, polierter, glatter Bambushalm, den Morgan ihm durch das Bullauge darreichte. Aber Laystons glitschige Finger rutschten an der Oberfläche des Bambushalms ab, er verlor jeden Halt, der Halm verschwand, und Layston wachte schweißgebadet auf. Auf dem Deck über ihm lief irgendwer herum und störte seinen Schlaf. Noch ein Deck höher stand ein Matrose in der Sonne und stopfte duftenden Tabak in seine brennende Pfeife.

Als er seinen Verfolgern entkommen war, hörte Harry sofort auf zu rennen, steckte die Hände in die Hosentaschen und schlenderte gemächlich pfeifend weiter:

Es war Abend. In der Dunkelheit der engen Vorstadtgassen konnte man nicht erkennen, dass er in Häftlingskleidung steckte. Harry überquerte einen leeren Marktplatz. An einer Ecke stand ein Mädchen. Als Harry auf seiner Höhe war, packte es seinen Arm und zog ihn an sich heran. Harry blieb dicht vor ihm stehen. Es war Kat.

»Beeilen wir uns, Dummkopf«, sagte Kat. »Du wirst mal wieder von einem Schatten verfolgt.«

Und sie verwies auf das Trottoir gegenüber. Harry sah aufmerksam hin – aber es war nichts zu erkennen.

Plötzlich lief Harry los und sprang wie eine Katze über das Pflaster. Eine dunkle Gestalt hatte sich von der Wand gelöst und rannte nun auf dem Trottoir davon. Harry rannte hinterher, und bei der nächsten Straßenlaterne hatte er den Spitzel fast eingeholt, aber unter der Laterne stand ein Policeman. Als er nur noch zehn Schritte von ihm entfernt war, drehte Harry um und ging pfeifend zurück zu Kat. Einen Moment lang standen sie schweigend da, niemand sonst war in ihrer Nähe.

»Ich weiß, dass man hier Zimmer vermietet«, sagte Kat. »Gehen wir. Gib mir Geld.«

Harry blieb an der Ecke stehen, lehnte sich an eine Wand und tat so, als würde er etwas suchen oder den Zaun neben sich gießen. Kat nahm sein Geld und kam drei Minuten später – Harry hatte die ganzen drei Minuten dagestanden, als wäre er an den Zaun gekettet – mit neuer Kleidung zurück. Es war spät, niemand war mehr auf den Straßen. Rasch zog Harry sich um, dann gingen die beiden in ein Gasthaus, das an Prostituierte Zimmer vermietete. Kat setzte sich aufs Bett, und Harry holte aus seiner Tasche die Dokumente hervor, die ihm Duval gegeben hatte. Ein Reisepass mit allen Visa für die Sowjetunion. Hundertfünfzig Dollar.

»Was ist los?«, fragte Kat, als sie sah, dass Harry schweigend über etwas nachdachte.

Harry antwortete nicht.

»Mein Lieber, sie werden dich kriegen!«, sagte Kat mitleidig. »Denen entkommst du nicht.«

»Du bist ein gutes Mädchen«, erwiderte Harry. »Ich würde dich gern mitnehmen, aber so funktioniert das nicht. Ich muss allein fliehen.«

In diesem Moment klackte die Tür zum Nebenzimmer. Jemand bezog den Raum nebenan. Harry und Kat zogen sich aus und legten sich aufs Bett ...

Als Layston in New York eintraf, kümmerte er sich nicht um Telefonogramme oder ähnliches, sondern fuhr direkt und persönlich zu Morgan.

Niemand mehr wollte in der letzten Zeit seine Aktien. Um ihren Kurs steigen zu lassen, hatte er sie haufenweise selbst gekauft. Die Aktien waren in sein Büro gefalttert, und die Schecks heraus. Inzwischen besaß er mehr als die Hälfte seiner eigenen Aktien, die beständig an Wert verloren.

Morgan empfing ihn nicht. Er war nicht zuhause.

Drei Tage später kaufte Morgan alle Aktien von Layston zu einem Preis unter dem Nennwert. Layston spürte, wie seine Knie weich wurden. Morgan hatte beschlossen, ihn lebendig zu fressen!

Beim Gespräch mit dem Buchhalter stellte sich heraus, dass Doktor Reeps falsche Konten geführt hatte. Die Summe, die der geschätzte Gelehrte veruntreut hatte, war zwar völlig bedeutungslos für Laystons Gesamtbilanz, dennoch knirschte der Milliardär mit den Zähnen bei dem Gedanken, dass der Doktor mit seinem Geld und seiner Tochter sein geschäftliches Glück gefunden haben mochte. Der Buchhalter wischte sich melancholisch den Schweiß von der Glatze ...

Layston wurde langsam matt. Auf einmal wollte er schlafen. Aber auf dem Weg zu seinem Schlafzimmer traf er auf Miss Drevins, die oberste Haushälterin.

»Mr. Layston, Mr. Sydney ist von zuhause verschwunden«, sagte sie ... und setzte sich auf den Boden. Die ehrwürdige Frau setzte sich einfach auf den Fußboden, als sie den Ausdruck auf Laystons

Gesicht sah. Unter ihr entsprang ein Rinnsal und bildete um sie herum eine Pfütze. Layston stieß sie mit dem Fuß beiseite und ging in sein Schlafzimmer. Er war nicht mehr der glorreiche und mächtige Mr. Layston, der König der chemischen Industrie, er war einfach ein Berkshire-Eber, ein irischer Krämer. Seinem stumpfsinnigen Gesichtsausdruck war ein einziger Wunsch tief eingeschrieben: ausschlafen!

Er betrat das Zimmer, fiel aufs Bett und begann zu schnarchen.

Miss Drevins stand schließlich wieder auf.

»Jenny, wischen Sie den Boden«, sagte sie. »Ich habe ein Glas Wasser verschüttet.«

Jenny wischte die Pfütze auf. Sie war sehr erstaunt, dass nicht einmal die Spur eines Glases zu sehen war. Miss Drevins hatte es doch nicht etwa unter ihrem Rock versteckt!

Im Haus gab es einen Aufruhr. Ärzte wurden gerufen. Layston wachte auf, bewarf den Arzt mit ein paar Worten, die in Klöstern und Institutionen der besseren Gesellschaft nicht benutzt werden, spuckte kräftig auf den Boden, drehte sich zur Wand und begann wieder zu schnarchen.

In der Nacht wachte Kat von einem gleichmäßigen Brummen auf, als hätte jemand eine Bohrmaschine in Gang gesetzt. Sie weckte Harry und beide lauschten. Das Brummen kam aus dem Nebenzimmer. Kat sprang aus dem Bett. Sie öffnete die Tür und trat auf den Flur. Ja, es gab keinen Zweifel, das Brummen kam aus dem Nebenzimmer. Kat zog sich rasch an und weckte den Rezeptionisten.

»Wer ist in dem Zimmer neben unserem?«, fragte sie aufgeregt.

»In dem Zimmer neben Ihrem …« Der Bedienstete rieb sich die Augen. »In dem Zimmer neben Ihrem – und welche Zimmernummer wäre das?«

»27!«, platzte Kat heraus. »Sagen sie schnell. Wer ist das, was macht er?«

»In der 27 ist irgendein Arbeiter mit seinem Werkzeug. Macht irgendwelche Löcher in irgendwas. Verkauft etwas auf dem Markt. Warum wollen Sie das wissen?«

»So so«, sagte Kat und ging zurück zu Harry.

Dieser hatte sich, nachdem er über die Sache nachgedacht hatte, wieder aufs Ohr gehauen.

Er musste sich an einem sicheren Ort noch einmal ausschlafen. Wer wusste schon, ob er morgen noch würde schlafen können? Kat saß da und lauschte. Das Brummen stoppte, und ein Hämmern begann. Es war zwei Uhr nachts. Kat schlief im Sitzen ein, der Kopf fiel ihr auf die Brust, sie wachte auf und legte sich wieder hin. Auch das Hämmern war verstummt. Sie schlief ein.

Nachdem er ein Loch gebohrt hatte, schlich Dr. Reeps auf Zehenspitzen in den Flur und verklebte die Türritzen der Nummer 26. Wieder in seinem Zimmer, holte er eine Gasflasche aus seiner Arbeitstasche, steckte den Hahn durch das Loch in der Wand und öffnete ihn. Nach zehn Minuten schloss er den Hahn, zog ihn aus dem Loch und verschloss dieses mit einem dafür vorbereiteten Korken. Noch einmal fünfzehn Minuten später ging der edle Gelehrte erneut hinaus und entfernte gewissenhaft und rückstandslos das mit Milch verklebte Papier aus der Tür zur Nummer 26, betrat das Zimmer, schaltete seine kleine Taschenlampe an, stellte ein dreibeiniges Gefäß mit irgendeinem Pulver auf den Boden, schüttete eine Flüssigkeit auf das Pulver und eilte wieder aus dem Zimmer.

Noch einmal drei Minuten später ging Dr. Reeps erneut in die Nummer 26. Nun schüttete er Kohle in das Dreibein und zündete sie mithilfe von Papier an.

Dann durchsuchte der edle Chemiker Harry aufs Gründlichste,

nahm ihm alle Dokumente und alles Geld ab. Der Körper war noch ganz warm, Reeps zog der Leiche sogar die Unterhose aus. Schließlich hatte er Glück. Als er die Kartoneinlage aus einem Schuh entfernte, sah er, dass sie auf der Unterseite mit chemischen Formeln beschrieben war. Dieses Stück steckte er in seine Tasche.

Systematisch und ohne jegliche Hast zog der Doktor Harry wieder an, entfernte und verbrannte die Einlage aus seinem zweiten Schuh und steckte die Dokumente und ein wenig Geld zurück in Harrys Tasche. Dann stellte er einen Teekessel mit Wasser auf das Dreibein. Das Gas, das von dort ausströmte, machte sich bereits in seinem Kopf bemerkbar. Er ging hinaus, anschließend in sein Zimmer, schnappte sich dort seine Sachen und lief die Treppe hinunter.

Drei Tage später bricht er in die Sowjetunion auf. Was Masseby und Layston nicht gelungen war, das war dem Doktor der Chemie, Jim Reeps, geglückt. In seinen Händen hielt er das Verfahren zur Herstellung künstlichen Proteins. Harry und Kat lagen noch immer nebeneinander im Bett …

An dem und dem Tag in dem und dem Monat stieg der Doktor der Chemie Jim O'Kenan aus dem Sleeping Car seines Zuges auf den Perron des Roten Petrograd. Er ging … eigentlich muss gesagt werden, dass er nicht wirklich darüber nachdachte, wohin. Er wollte so viel sehen wie möglich – schließlich war er nun im Land der hungernden Wilden angekommen.

Es begann damit, dass Mister Kenan seinen Zigarrenstummel auf den Perron warf. Ein Mann in Uniform trat auf ihn zu und bat ihn mit einer höflichen Handbewegung, ihm zu folgen. Mister Kenan, der davon ausging, dass der Mann mit ihm Bekanntschaft schließen wollte, entschied, dass es noch zu früh war, Bekanntschaften im

Land der Wilden zu schließen, und steuerte gelassen auf den Ausgang zu. Der Mann aber lief ihm hinterher, baute sich vor ihm auf und wiederholte seine Geste.

»Scher dich zur Teufelsmutter«, sagte O'Kenan auf Englisch. »Ich habe nicht den Wunsch, mit Ihnen zu trinken!«

Zwei, drei Leute versammelten sich um die beiden. Ein Mann im Militärhemd sagte auf Englisch:

»Sie müssen eine Strafe zahlen, weil Sie einen Zigarrenstummel auf den Perron warfen!«

»Goddam«, regte sich Kenan auf. »In New York, in einem kultivierten Land, wirft jeder das, was er nicht braucht, auf die Straße!«

»Bei uns wirft man den Müll in Kübel«, sagte der Mann im Hemd höflich.

Nachdem er die Strafe bezahlt hatte, begann Mr. O'Kenan über seine Angelegenheiten nachzudenken. In seinem Gepäck hatte er Fleischkonserven, Consommé, Schildkrötensuppe, Kaffee, Schokolade und überhaupt alles, was ein kultivierter Mann im Land der hungernden Wilden dabeihaben sollte.

Er konnte natürlich seine Angelegenheiten mit der ARA regeln und dort Essen bekommen, aber Mr. O'Kenan wusste sehr genau, welche Produkte Mister MacLayston und andere Wohltäter der hungernden Menschheit der ARA lieferten, und der Gedanke an diese Produkte war ein wenig abstoßend.

Vorläufig hatte Mr. Kenan keine Dokumente von der ARA und wusste nur zu gut aus den Erzählungen der Emigranten, dass man ihn, beim Ausstieg aus dem Zug, direkt verhaften und ins ›Tsche-Ka‹ sperren würde, wo er Rattensuppe zu essen bekäme. Er schlug bei vollem Bewusstsein diesen Weg ein, weil es sowieso keine andere Lösung gab – er würde es ertragen und den Wilden erklären müssen, dass ein kultivierter ›Yankee‹ keine Suppe mit Ratten essen könnte, weil dies seinem Magen schadete, weswegen also die lokalen Sitten offensichtlich nicht für ihn gelten könnten.

Zu seinem großen Erstaunen wurde Mr. O'Kenan am Bahnhof jedoch nicht verhaftet. Auch als er auf die Straße trat, wurde er nicht verhaftet. Mehr noch, Mr. O'Kenan hatte noch keine Spur jener pittoresken Banditen vom ›Tsche-Ka‹ gesehen, die allesamt mit Bomben behangen waren, um ihre Lenden Munitionsgurte trugen und zur Sicherheit noch ein Messer zwischen den Zähnen. Anstelle eines Banditen trat der Mann im Hemd an ihn heran und erklärte ihm den Vorfall im Bahnhof.

»Erlauben Sie mir, mich vorzustellen, Professor Iwanow, Chemiker«, sagte der Mann auf Englisch.

Mr. Kenan entschied, dass dies eine der elaborierten Methoden des Bettelns war, von denen er bei Jack London gelesen hatte. Also verbeugte er sich höflich und versicherte, kein Geld übrig zu haben. Den Mann einfach wegzustoßen, wie er es in Amerika getan hätte, traute er sich nicht – die Wilden hätten ihn vielleicht sogar umgebracht – es war ja schließlich eine Zeit des Hungers. Also versicherte Kenan lediglich, kein Geld übrig zu haben.

»Ich will Sie nicht um Geld bitten«, antwortete der Mann streng. »Wenn Sie glauben, Sie könnten auf meinen Rat verzichten, dann leben Sie wohl!« Und damit ging der Mann davon.

Dr. Kenan war froh, den Bettler losgeworden zu sein, und verließ den Bahnhof. Er konnte es kaum erwarten, Frauen zu sehen, die ihre Kinder verspeisten und an ihrer eigenen Kleidung nagten.

Er entschied sogar, sein eigenes, nicht mehr ganz sauberes Taschentuch zu opfern, um zu sehen, wie ein hungernder Russe es essen würde. Er tat ein paar Schritte und geriet plötzlich in eine außergewöhnliche Szene.

An einem Zaun stand ein junger Bursche mit offenem Kragen. In einer Hand hielt er einen Eimer mit Wasser, in der anderen ein Stück Seife. Der interessierte Doktor trat ein Stück näher. Der Bursche nahm einen Schluck Wasser in den Mund und hob die Seife an seine Lippen.

»Er wird die Seife essen!«, vermutete Mr. Kenan und trat noch ein Stück näher.

Der Bursche übergoss die Seife mit einem Wasserstrahl aus seinem Mund.

»Jetzt geht's los! Er weicht die Seife ein!«, dachte O'Kenan.

Aber der Bursche aß die Seife nicht, stattdessen rieb er sich die Hände damit ein und spülte sie mit einem weiteren Wasserstrahl ab.

»Welch wunderliche Verbindung von Unkultur und Sauberkeit!« Der Doktor konnte es nicht fassen. »Erst wäscht er sich die Hände, dann verspeist er seine Ration!«

Aber der Bursche erfüllte Mr. O'Kenans Erwartungen nicht: Nachdem er sich die Hände und das Gesicht gewaschen hatte, trocknete er sich mit einem Taschentuch ab und ging davon.

Mr. Kenan ging ein wenig enttäuscht weiter. Er hatte am Bahnhof etwas zu erledigen vergessen und spürte nun Druck auf seiner Blase. Da er dachte, die Wilden hätten mit Sicherheit keine Vorstellung von einer Toilette, blieb O'Kenan, der Doktor der Chemie, auf der Straße stehen und begann, einen Zaun zu gießen.

Diese Tätigkeit wurde von einem Mann unterbrochen, der ihm auf die Schulter tippte und irgendwas in der Sprache der Wilden sagte.

Dann machte er die bereits bekannte Geste, und der Doktor zahlte seine Strafe.

»Was zum Teufel! Wo bin ich hier hineingeraten? Was sind das für Leute?«, philosophierte Dr. O'Kenan, während er in ein Cab stieg und dem Fahrer mit seinen Händen bedeutete, dass er ihn zu einem Hotel fahren solle.

Nachdem Mr. Kenan sein Hotelzimmer interessiert erkundet und festgestellt hatte, dass es einem zweitklassigen Hotelzimmer in New York recht ähnlich war, beschloss er, zum örtlichen Komitee der ARA zu gehen.

Er holte die Schildkrötensuppe aus seinem Koffer, bat mit Hilfe seiner Hände einen Hotelangestellten darum, sie warm zu machen, und zog sich an. Es war bereits fünf Uhr nachmittags, also nahm er seinen Frack, betrachtete seinen Zylinder, wischte ein Staubkorn von dessen Oberfläche und setzte ihn auf. Er schluckte ein paar Pillen, aß die Schildkrötensuppe, warf seinen Mackintosh über und ging hinaus auf die Straße. Sein Plan war folgender: Er würde mit dem Direktor der ARA-Filiale sprechen, sich von diesem in die Hungergebiete schicken lassen und dort das Präparat Albo ausprobieren; er würde es vor Ort herstellen – irgendwo ein Labor anmieten. Dann würde er statistische Berichte anfertigen und der sowjetischen Regierung anbieten, das Präparat von ihm zu kaufen. Mit den Millionen in der Tasche könnte er dann überall leben. Er würde dann nicht mehr Jim Reeps heißen und auch nicht mehr O'Kenan, sondern Bob Docherty oder so.

Mr. Kenan lächelte, als er sich Bob Docherty vorstellte. »Nenn mich Bob, Mädchen!«, sagte er zu einer imaginären Frau. Als allererstes würde er nach Paris fahren, in das Café *Zum Blauen Affen* – er hatte sehr interessante Dinge darüber gehört, sehr, sehr interessante Dinge. Nur eines war schlimm – dieses ›Tsche-Ka‹. Er war noch nicht verhaftet worden, aber das hatte nichts zu bedeuten. Dr. O'Kenan wusste aus sicheren Emigrantenquellen, dass das ›Tsche-Ka‹ jeden Ankömmling verhaftete und ihn mit Rattensuppe und Spreubrot abspeiste. Schlimmer noch, diese Wilden konnten ihn erschießen oder – Gott bewahre – vielleicht gar Suppe aus ihm machen.

Mr. O'Kenan ging hinaus auf die Straße. Der Anblick seines makellosen Zylinders veranlasste ein paar kleine Jungs, ihm nachzulaufen und zu versuchen, ihm dieses unverzichtbare Markenzeichen seiner Abendgarderobe vom Kopf zu schlagen. Er musste wieder in ein Taxi steigen.

Mr. O'Kenan nahm von der Zeit des ARA-Filialdirektors keinen unwesentlichen Teil in Anspruch; ein letztes Mal vor seiner Reise in die Prärien der Wilden musste er einfach mit einem kultivierten Menschen sprechen. Es erwies sich, dass der Direktor tatsächlich ein äußerst kultivierter Mann war. Er wollte O'Kenan zunächst zwar keine Vollmacht für die Hungergebiete erteilen, was er damit begründete, dass er persönlich Mr. O'Kenan kaum kannte. Nachdem Dr. Kenan aber ein paar hübsche Sümmchen angedeutet hatte, zeigte der Direktor auf der Stelle seine Kultiviertheit und wies seine Mitarbeiter, nach Erhalt eines gewissen Vorschusses, an, Doktor O'Kenan sofort eine Vollmacht auszustellen. Er kümmerte sich sogar darum, dem Doktor als zuständigem Funktionär der ARA ein paar Empfehlungen von sowjetischen Behörden zu verschaffen …

Nachdem er aus Neugier ein paar Tage in Moskau verbracht und sich davon überzeugt hatte, dass Moskau genau wie Sankt Petersburg offenbar keine russische Stadt war, da beide in Bezug auf die Sitten der Wilden nur sehr wenig Anschauungsmaterial lieferten, fuhr Dr. O'Kenan nach Charkiw und beabsichtigte, im Anschluss noch weiter nach Süden in die Hungergebiete vorzudringen.

Dort würde er die wahren Sitten beobachten können. Übrigens war er immer noch nicht verhaftet worden – in Moskau hatte man ihm bei der ARA sogar einen Mann vom ›Tsche-Ka‹ gezeigt, aber der war ein Mann wie jeder andere auch, ohne Bomben, Munitionsgurte und Messer, eher ein bewaffneter Arbeiter.

Petersburg war keine russische Stadt – zuvorderst hatte sie dieser große Peter erbaut, der als Erster im russischen Volk Hosen statt Schaffelle trug, und außerdem gab es dort sehr viele Deutsche, Franzosen und Engländer.

Dr. Kenan sitzt also in der ersten Klasse des Zuges von Moskau nach Charkiw. Der Zug fährt zwar nicht so schnell wie ein amerikanischer Express, aber es ist doch ein Zug und keine Kutsche. »Vielleicht haben sie alle Pferde gegessen«, denkt sich der Doktor, erinnert sich dann aber daran, dass er in Moskau jede Menge Pferde gesehen hat.

In der Nähe des Charkiwer Bahnhofs sah der Doktor die ersten Hungernden. Zwei oder drei gelbe, zerlumpte Männer, die ihre Hände ausstreckten und um Essen bettelten. Der interessierte Dr. Kenan holte sein Taschentuch hervor und warf es einem der Hungernden aus sicherem Abstand hin. Dieser nahm das Taschentuch und steckte es in seine Tasche.

»Er hebt es sich fürs Abendessen auf«, entschied der geschätzte Doktor. Er versuchte, den Hungernden mit Zeichensprache zu ermuntern, das Taschentuch sofort zu essen, er zeigte mit den Fingern auf seinen Mund, aber der Hungernde machte eine dumme Physiognomie und verbeugte sich lediglich noch einmal.

Dr. Kenan stieg in das Automobil der ARA.

Der Chauffeur fuhr ihn über den ›Basar‹; einen Ort, an dem Brot, Fleisch, Gemüse und Kleidung verkauft wurde.

»Und das alles in einem hungernden Land«, wunderte sich der Doktor. »Stammen denn diese Karotten und all die Hosen und Petroleumlampen von der ARA?«

Auf dem Basar gab es ebenfalls Hungernde, die ihre Hände

ausstreckten. Einem von ihnen wurde vor den Augen Dr. Kenans ein Brot gereicht, das dieser in seinen Beutel steckte.

»Seltsames Volk«, dachte der Doktor, »sie speisen später als die englischen Lords.«

Es gab nur sehr wenige Hungernde.

Bei der ARA erklärte der Direktor der ukrainischen Filiale Kenan, dass die Hungernden mit dem Zug an festgelegte Orte transportiert wurden, wo ihre Versorgung stattfand. Außerdem hungerten die Menschen hauptsächlich in den Dörfern, in die man auf die Schnelle nur schwer Lebensmittel liefern konnte.

»Natürlich leben die Menschen in den Städten nicht wie in Amerika«, schob der Direktor schnell hinterher, »aber dort ist es nicht so schlimm.«

»Und woher kommen die elektrischen Lampen, die Kleidung und so weiter?«, fragte Dr. O'Kenan.

»Das wird alles vor Ort hergestellt«, erwiderte der Direktor. »Wie Sie wissen, stellt die ARA nur Lebensmittel und in manchen Fällen Kleidung zur Verfügung. Die geben wir natürlich nur an die Intelligenzija aus, an Professoren, Lehrer usw.«

Im Gespräch mit dem Direktor stellte sich heraus, dass O'Kenan besser in den Südosten, an den Don und den Kuban fahren sollte, um dort generell interessante Dinge bestaunen zu können und mitzuerleben, wie Frauen ihre Kinder essen.

Irgendwo in der Nähe der Station Sosyk, an einem kleinen Halt in der Steppe, stieg ein menschenfreundlicher Doktor aus dem Zug, um Experimente an Hungernden durchzuführen.

Nach langen und zähen Verhandlungen unter Zuhilfenahme seiner Hände und Augen, seines Mundes und selbst seiner Füße war es dem Doktor gelungen, einen leeren Raum zu mieten, in dem er Albo herstellen und seine Experimente durchführen konnte, und zwar ohne einen einzigen Assistenten. Beides, Experimente wie Albo-Herstellung, musste absolut geheim bleiben.

Der Doktor lebte in der Hütte irgendeines ›auswärtigen‹ Kosaken, sein Laboratorium richtete er in einem leeren Kornspeicher ein – es handelte sich um ein großes steinernes Gebäude ohne Fenster, dafür aber voller Ratten.

Der Kuban-Kosake litt furchtbaren Hunger. Er harrte dennoch aus und ging nicht in den Westen, da er wusste, dass eine solche Reise mit einer Familie keine leichte Sache war, dass seine Frau und die drei Kinder vielleicht krank werden und die Reise nicht überleben würden.

Interessiert beobachtete der Doktor, wie sie alle vier an Wurzeln nagten und Gras kauten, wie sie, gelb und kraftlos, ganze Stunden an einer Stelle liegen blieben, wo sie einfach umgefallen waren ...

Aufgrund seines großen Vorrats an Schildkrötensuppen machte sich der Doktor um seine eigene Person keine Sorgen. Außerdem hatte er sich davon überzeugen können, dass es für gutes Geld immer noch gelegentlich etwas zu kaufen gab. So sah er seelenruhig mit an, wie der Kosake langsam all seine Kleidung verkaufte, wie seine Kinder und seine Frau nackt und mit aufgeblähten Bäuchen herumliefen und Gras und Wurzeln sammelten.

In Amerika, wo er nach strengen Moralvorstellungen erzogen worden war, hätte er natürlich nicht mit nackten Menschen in einer Hütte leben können, aber hier handelte es sich ja um Wilde, den Chinesen oder gar Tieren ähnlich, und der Doktor betrachtete ruhig die aufgeblähten Bäuche. Es interessierte ihn, wie viele Tage sie bei einer so wenig nahrhaften und ungesunden Ernährung, wie sie Gras und Wurzeln boten, überleben würden.

Zu seiner Verwunderung hielten sie viel länger durch, als er erwartet hätte. Als erstes starb die jüngste Tochter – die Mutter umarmte ihr Kind unter Tränen und wollte nicht zulassen, dass sie weggebracht wurde.

»Jetzt werden sie sie essen«, dachte O'Kenan in Erwartung eines unerhörten Schauspiels. Er erklärte dem Kosaken mit Gesten, dass er die Leiche gerne aufschneiden würde, um die Veränderungen im Organismus zu begutachten. Er bemühte sich zu verdeutlichen, dass man so auch das essbare Fleisch leichter von den ungenießbaren Stellen trennen konnte.

Der Kosake aber sah O'Kenan mit einem Blick an, der diesen veranlasste, besser rasch einen Spaziergang zu machen. Das Kind wurde begraben. In der Nacht grub Dr. Kenan es wieder aus und trug es in sein Labor. Er hatte gerade den Bauch des Kindes aufgeschnitten und war dabei, die Destruktion seines Verdauungstrakts zu begutachten, als es an der Tür klopfte. Der Doktor bedeckte den Körper eilig mit einem Tuch, das man hier ›Rjadno‹ nannte, und öffnete die Tür. Der eintretende Kosake ging direkt zum Tisch, zog das Rjadno weg und entblößte den Körper.

Eine Sekunde lang stand er da und musterte die Gestalt des Doktors. Dieser war verlegen und wusste nicht, was er tun sollte.

Da fasste der Kosake einen Entschluss. Er wickelte den Körper in das Rjadno. Vorher hatte er den Doktor angeblickt und auf den aufgeschnittenen Bauch seiner Tochter gezeigt. Dann nahm er den Körper, verließ das Laboratorium und verschloss von außen die Tür.

Am selben Abend noch war der Kosake gestorben. Völlig entkräftet war es ihm nicht mehr gelungen, bis nach Hause zu gehen, nachdem er sein Mädchen ein zweites Mal beerdigt hatte. Er hatte sich in den Graben am Wegesrand gelegt, um ein Stündchen zu schlafen, und wollte danach zum Exekutivkomitee gehen und dort den Fall des Doktors anzeigen. Allerdings wachte er nicht mehr auf in diesem Graben – er wurde bewusstlos und kam nicht wieder zu sich, sondern starb inmitten des von der Sonne verbrannten Unkrauts.

Reeps sah sich in dem Gebäude um: Fenster gab es keine und die Tür war aus schwerem Eisen, vielleicht einen Zoll dick. Er hatte also keine Möglichkeit zu entkommen, dafür aber genügend Essen bei sich, also begann er, etwas Albo herzustellen; seine Arbeit wurde von den Ratten leicht behindert, die ohne Scheu um ihn herumwuselten, eine biss ihm sogar in den Schuh. Reeps lachte nur, als er sah, wie ihre Zähne in der dicken amerikanischen Sohle steckenblieben.

Er packte die Ratte am Rücken, schlug auf sie ein, damit sie sich nicht mehr davonmachen konnte und stach ihr zunächst mit einer Lanzette die Augen aus; nachdem er ihre Nase ab- und ihren Schädel aufgeschnitten hatte, ließ er sie los. Die Ratte drehte sich auf den Rücken, kam wieder auf die Beine und fiel erneut um, kroch auf der Seite vorwärts und kam schließlich nicht mehr vom Fleck. Reeps schnitt ihr der Reihe nach alle vier Beine ab und schleuderte sie fort.

»Das wird ihr eine Lehre sein, sich nicht mit Menschen anzulegen«, entschied er.

Er arbeitete bis zum Einbruch der Nacht; zur selben Zeit, als der Kosake im Graben liegend langsam starb, beschloss Reeps, zu Abend zu essen und sich schlafen zu legen. Offenbar würden diese Wilden ihn heute nicht mehr rauslassen. Langsam wurde er unruhig, noch einmal besah er sich die Wände und die Tür. Ohne Werkzeug würde er auf keinen Fall entkommen können.

Im schlimmsten Fall würde er morgen mit einem Messer versuchen, sich unter einer Wand durchzugraben. Für den Moment aber räumte er seine Instrumente vom Tisch, breitete seinen

Mackintosh darüber und legte sich schlafen, wobei er laut und heftig auf die Sitten der Wilden schimpfte.

In der Nacht wachte Reeps auf – etwas hatte ihn gebissen. Er zündete ein Streichholz an und sah, wie eine Ratte vom Tisch sprang. Am Boden bemerkte er noch ein paar weitere. Das war zu viel. Er begann, mit allem, was er zu fassen bekam, nach den Ratten zu werfen, und schlief, nachdem er sie vertrieben hatte, wieder ein. Er hatte noch keine Viertelstunde geschlafen, als er wieder von einem Biss erwachte. Diesmal aber liefen die Ratten nicht davon, egal was er nach ihnen warf. Sie wichen einfach aus.

Reeps stellte ein wenig erschrocken fest, dass ihre Zahl sich vermehrt hatte, sie liefen um den Tisch herum und von irgendwoher schienen mehr und mehr zu kommen.

Er schaltete die Lampe an und setzte sich auf den Tisch. Heute Nacht würde er wohl wach bleiben müssen. Die Ratten würden ihn nicht schlafen lassen.

Er stieg vom Tisch und stellte seine Instrumente wieder auf, er wollte zumindest ein wenig arbeiten. Die Ratten hatten sich etwas beruhigt und kauerten in den Ecken, blieben allerdings im Speicher.

Nachdem er eine Weile gearbeitete hatte, spürte Reeps erneut einen Biss – er riss seine Hand in die Höhe und packte mit der anderen eine Ratte, die sich in seinem Finger festgebissen hatte. Der Doktor schrie vor Schmerz auf, schleuderte die Ratte davon und suchte nach einem Pflaster. Da wurde er noch einmal und noch einmal gebissen. Er musste wieder auf den Tisch klettern.

Das Bild, das sich Reeps nun bot, machte ihm sogar ein wenig Angst. Hunderte Ratten drängten sich in den Ecken, Dutzende liefen auf dem Fußboden herum und hier und da versuchte eine von ihnen auf den Tisch zu springen. Immer mehr Ratten kamen aus den Ecken, als sie Reeps auf dem Tisch entdeckten. Dieser begriff nun auch, wo die Ratten in den Speicher gelangten. Neben der Tür war ein Loch im Boden, aus dem die Nager unaufhörlich hervorströmten. Der ohnehin nicht allzu mutige Reeps hatte nun wirklich Angst – er würde wohl ein paar ordentliche Bisse davontragen. Da sprang eine Ratte auf den Tisch und kletterte auf seinen Fuß. Mit einer nervösen Bewegung schleuderte Reeps sie auf den Fußboden, aber in diesem Moment landete eine zweite auf dem Tisch, eine dritte, Dutzende, Hunderte Ratten kämpften sich zu ihm nach oben …

Mit verzweifelten Bewegungen schüttelte Reeps sie von seinen Füßen, von seiner Kleidung ab, die Ratten jedoch wurden immer kühner. Packte er eine von ihnen, schnappte eine andere nach seiner Hand. Ein paar Mal hatten die hungrigen Nager bereits seine Kehle erreicht. Eine Hand hielt sich Reeps nun vors Gesicht, und mit der anderen wischte er alle halbe Sekunde die wild gewordenen Ratten von seiner Brust. Plötzlich spürte er einen unerträglichen Schmerz am Hinterkopf. Er riss seinen Arm hoch, verlor das Gleichgewicht, rutschte aus, fiel vom Tisch und schlug mit dem Kopf auf den Steinboden. Wie Fliegen bedeckten die Ratten sein Jackett, sein Hemd, sein Gesicht …

Eine halbe Minute lag er bewusstlos da. Als er wieder zu sich kam, war seine Kehle bereits zerfetzt. Wie ein verwundetes Tier sprang er auf die Beine und lief zum Tisch. Auf dem Weg dorthin trat er auf eine Ratte, stolperte und fiel wieder hin. Sofort klammerten sich zwei weitere Ratten an seine Kehle …

Die hungrigen Tiere bissen lustvoll ins Fleisch des Körpers von Dr. O'Kenan alias Jim Reeps. Einige öffneten sogar ein Päckchen Albo aus der Tasche des Doktors und probierten das Präparat. Es schmeckte ihnen so gut, dass sie alles davon aufaßen. Sogar das

Papier schleckten sie ab. Bestimmte Stellen am Körper des geschätzten Doktors aber waren alles andere als schmackhaft, als hätte hier irgendeine Krankheit Einzug gehalten.

Hätten die Ratten die Gelehrsamkeit des Doktors besessen, sie wären vielleicht zu dem Schluss gelangt, dass es sich um eine Geschlechtskrankheit handelte.

KAPITEL 9
EINE NEUE ART ZU FLIEGEN

Wer ist Martin? Warum schoss ihm während des Marsches das Blut in den Kopf? Woher kennt Toni malaiische Märchen? Wer ist der Autor dieses Romans? Der Künstler Saschko. Ein Brief von Dr. Nansen. Flug nach Moskau. Eine neue Erfindung in der Luftfahrt. Der Biermann. Der Sohn des Generals. Professor Masseby und die Katze. Gespräch mit Duval. Saschko fliegt durchs Fenster ins Zimmer.

Der Leser hätte wahrscheinlich schon seit geraumer Zeit gerne ein paar Erklärungen bezüglich dieses Romans, zum Beispiel: Wer ist Martin und warum hat er auf seiner Brust einen Vogel tätowiert?

Warum färbte sich die Narbe in Martins Gesicht blutrot, als Layston in seinem Automobil an der Demonstration vorbeifuhr?

War es der Hass auf alle Klassenfeinde oder auf einen einzelnen unter ihnen? Bei Martin waren es noch ganz andere Dinge.

Was für einen Ring trug der Gorilla, als Duval ihn erschoss? Warum erzählt der Polynesier Toni malaiische Märchen, und keine polynesischen?

Ein paar dieser Fragen kann der Autor sofort beantworten.

Beispielsweise erzählt der Polynesier Toni malaiische Geschichten, weil er sie eben gehört hat. Ein Malaie hatte sie ihm erzählt.

Es wäre lächerlich, wirklich zu denken, Toni hätte sie in der zehnbändigen Sammlung eines deutschen Ethnografen entdecken können.

Erstens sprach Toni kaum Deutsch, zweitens interessierte er

sich so gut wie gar nicht für ethnografische Literatur ... und drittens konnte Toni nicht lesen.

Nun zu den anderen Dingen, zum Beispiel der Tatsache, dass Martin äußerst bewegt war, als er die Märchen von Towo hörte, besonders an jener Stelle, wo die Geburt dieses malaiischen Eulenspiegels erzählt wurde.

Towos Vater, der Leser erinnert sich, hatte sich an seinen Bruder gewandt, damit dieser seiner Frau helfe, ein Kind zu gebären. Nun, warum interessierte sich der alte Martin so für diese Art der Fortpflanzung?

Darüber wird der Leser schon bald mehr erfahren.

In der Zwischenzeit soll er sich mit der Hauptfigur des Romans bekannt machen.

Die Hauptfigur des Romans ist – Martin, vermutet der Leser. Vielleicht ist es aber auch Duval. Vielleicht auch Edith, Harry, Mr. Layston, Camilla ... Nein, lieber Leser! Alle genannten Personen sind nicht die Hauptfiguren des Romans.

Die Hauptfigur dieses Romans ist – die ›Wahrheit‹, vermutet der Leser wieder und erinnert sich an Tolstojs *Krieg und Frieden*.

Daneben!

Die Tolstojsche Wahrheit ist nicht die Hauptfigur dieses Romans, sie ist nicht einmal eine seiner Nebenfiguren.

Die Hauptfigur, der wichtigste Held dieses Romans ist – sein Autor.

Der Autor dieses Romans ist ein Mann, 28 Jahre alt, brünett.

Übrigens ist möglicherweise ein Mädchen, 23 Jahre alt, blond, seine Geliebte.

All dies ist durchaus möglich und sogar sehr nah an der Wahrheit.

Manche meinen sogar, dass dies ein Gemeinschaftswerk von fünf Genossen sei, drei Brünetten und zwei Blonden.

Der Leser soll aber nicht denken, man wolle ihn nun für dumm verkaufen und am Ende noch davon überzeugen, dieser Roman hätte überhaupt keinen Autor. Er hat einen Autor und es ist ein lebendiger Mensch (oder lebendige Menschen).

Gestern hat er seinen Toilettenschlüssel auf der Straße verloren; nicht in der Fantasie dessen, der diese Zeilen schreibt, sondern auf der Straße in Kyjiw, beim Geschäft *Larek*. Und so trug es sich zu: Als der Autor nach Hause kam, wollte er auf die Toilette gehen, fand aber den Schlüssel in seiner Tasche nicht. (Damit euch so etwas nicht passiert, macht es folgendermaßen: nehmt eine Sicherheitsnadel, steckt sie durch den Schlüssel und heftet sie an die Innenseite eurer Hosentasche). »Zum Teufel mit ihm, diesem Schlüssel!«, sagte ein Genosse des Romanautors, ein Mann, 30 Jahre alt, brünett, ›I. Kurb‹ … (der Name tut rein gar nichts zur Sache). Der Autor dieses Romans aber legte in der Sache eine größere Ernsthaftigkeit an den Tag, er nahm ein Päckchen Streichhölzer, zündete eines nach dem anderen an und warf es in die Nacht, in die unwirtliche Ödnis der Nacht. Der Leser soll aber nicht denken, der Autor wollte die Straße in Brand stecken.

Nein, er hatte sich lediglich daran erinnert, wo er aus seiner Hosentasche sein Taschentuch hervorgezogen hatte, und dort fand er schließlich auf dem Trottoir seinen Schlüssel. Tausende Menschen waren über dieses Trottoir gelaufen, und keiner hatte ihn aufgehoben. Solches Glück hatte der Autor. Diese konkrete Episode hat den Leser, so hoffen wir zumindest, nun vollkommen davon überzeugt, dass der Autor dieses Romans keine Legende, sondern ›ein lebendiger Mensch‹ oder ›lebendige Menschen‹ sind, ein brünetter 28-jähriger oder drei Brünette und zwei Blonde.

Es ist übrigens auch möglich, dass das Mädchen von 23 Jahren, die Blondine, seine Geliebte, die Autorin ist.

Aber kommen wir wieder zur Sache. Zur Zeit der (nicht in diesem, sondern in den letzten Kapiteln) beschriebenen Ereignisse, arbeitete ein Künstler namens Saschko als Sekretär im Konsulat der Ukrainischen SSR in Berlin. Der Künstler Saschko – das ist ebenfalls ein junger Mann, 24 Jahre alt, ebenfalls ein vollkommen konkreter, lebendiger Mensch, mit blondem Haar. Wenn er Geld hat, kauft er Zigaretten der Marke *Nansen*, und wenn er keines hat, borgt er sich Zigaretten der Marke *Nansen* bei seinen Genossen.

Damit beim Leser auch nicht der Gran eines Zweifel zurückbleibt, dass der Künstler Saschko tatsächlich ein lebendiger konkreter Mensch ist, 24 Jahre alt und blond, fügen wir hier ein Schreiben an, in dem sich Professor Nansen beim Ukrainischen Tabaktrust (nicht bei Saschko) für die Zusendung von Zigaretten bedankt.

Die Staatliche Tabakfabrik »Roter Oktober« widmet diese Papirossy aus erlesenen ausländischen Tabaksorten von höchster Qualität dem unerschütterlichen Kämpfer für die Sache der Hungernden, PROFESSOR FRIDTJOF NANSEN.

BRIEF VON F. NANSEN

Lysaker, 26. Februar 1924.

Den Arbeitern und Angestellten der Verwaltung der Staatlichen Tabakfabrik »Roter Oktober« und der Zentralen Mechanischen Werkstätten

Ich habe Ihnen meinen ergebensten Dank für das große Geschenk, das Sie mir gesandt haben, bereits in einem Brief an den russischen Botschafter in Kristiania ausgedrückt.

Ich möchte noch einmal allen Unterzeichnern dieser schönen Adresse danken, und bitte Sie darum, auch allen Arbeitern sowie der Verwaltung der Fabrik »Roter Oktober« und der Zentralen Werkstätten meine tiefe Dankbarkeit für die erwiesene Freundlichkeit und liebenswürdige Aufmerksamkeit auszudrücken.

Ich erachte es für notwendig, noch einmal zu betonen, wie stark mich Ihre gütigen Gedanken berührt haben. Das, was ich für das russische Volk zu tun imstande war, ergab sich als Resultat aus der Notwendigkeit, das schwere Leid und die Not Millionen hungernder Menschen zu lindern. Ich hätte mir damals gewünscht, dass wir noch viel mehr hätten tun können, um die vollständige Erholung des russischen Volkes von dieser furchtbaren Katastrophe zu erreichen.

Allerdings war die Lage in weiten Teilen Europas zu dieser Zeit sehr schwierig, und es stellte sich als unmöglich heraus, die von uns angestrebte Summe Geldes aufzubringen.

Trotz allem freut es mich zu erfahren, dass die Lage in Russland sich verbessert, und ich hoffe gewiss, dass Russland bald wieder seinen Platz unter den größten Industrieländern einnehmen wird.

Erlauben Sie mir, meine unendliche Dankbarkeit für diese köstlichen Zigaretten auszudrücken – ein vortreffliches russisches Produkt, das ich persönlich und meine Freunde außerordentlich genießen.

Ihr sehr ergebener FRIDTJOF NANSEN.[5]

Nebenbei erfährt der Leser aus diesem Dankesbrief, dass Professor Nansen ein »unerschütterlicher Kämpfer« für die Sache der Hungernden ist. Seine ›Unerschütterlichkeit‹ bestand offenbar darin, dass er, ähnlich wie der andere Doktor (O'Kenan), es gewagt hatte, in ein sowjetisches Land zu reisen.

Außerdem entnehmen wir dem Brief, welch große Bedeutung Professor Nansen bei der Rettung der Hungernden zukam. In der

---

5. *Die Danksagung und der gesamte Brief im Original auf Russisch.*

Tat, was wäre nur aus uns geworden, wenn der menschenfreundliche Professor sich nicht bereit erklärt hätte, zu helfen. Schrecklich, sich dies nur vorzustellen.

Damit wir aber nicht denken, Professor Nansen hege auch nur die geringste Sympathie für unsere Regierung, fügt er hinzu, »die Notwendigkeit, das schwere Leid und die Not Millionen hungernder Menschen zu lindern« sei der einzige Grund für seine großherzige Hilfe gewesen.

Den Wortlaut dieses Briefes konnten wir einer Schachtel Zigaretten entnehmen, die sich Saschko am Zahltag von seinem eigenen Geld gekauft hatte. Saschko rauchte die Zigaretten, und wir verwendeten den literarischen Teil der Schachtel.

Heute Morgen war Saschko nicht wirklich gut gelaunt. Ein Faschist war bei ihm im Atelier erschienen, wo er mit Ölfarben Akte malte.

Und so trug es sich zu ... Vorher aber muss ich noch vom Traum des Künstlers Saschko erzählen.

Fasziniert von den neuen Erfindungen auf dem Gebiet des Fliegens, begann Saschko darüber nachzudenken, wie man diese Sache wohl selbst bewerkstelligen könnte. Und es erwies sich, dass man dafür im Moment der höchsten Nervenanspannung eines Menschen, wenn es ihm scheint, alles würde um ihn herum kochen und schäumen – dass man bei einer solchen Anspannung der Nerven und Muskeln einen ganz bestimmten Moment erwischen muss. Wenn man ihn verpasst – dann wird alles wieder gewöhnlich, alltäglich, starr.

Saschko aber schaffte es, diesen Moment zu erwischen, und er erhob sich, langsam und leicht, in die Luft. Nachdem er etwa drei Minuten lang in seinem Zimmer umhergeschwebt war, flog er aus dem Fenster auf die Straße. Es gab einen Tumult, Menschen liefen zusammen, ein Schutzmann kam hinzu und zog seinen Revolver. Saschko entschied, dass mit einem Revolver nicht zu spaßen sei und flog über die Hausdächer davon. Er war nun höher als der höchste Kirchturm. Berlin breitete sich unter ihm aus wie ein Plan, und auf dem Plan krabbelten Pferde, als wären es Fliegen, Automobilkäfer krochen mit einem kaum hörbaren Brummen voran, eine Trambahn kletterte einen Berg hoch, die Spree glitzerte wie ein stählerner Spiegel.

Saschko überlegte einen Moment und flog dann nach Osten.

Es war noch früh, er würde es rechtzeitig wieder zurück zum Konsulat schaffen. Ehe er sich's versah, hatte er das herrliche Polen überflogen und befand sich über Moskau. Neben dem Kreml, über dem Roten Platz, ließ er sich auf zwei, drei Meter hinab und schwebte herum.

Menschen versammelten sich, Fachleute wurden herbeigerufen, und Saschko demonstrierte seine Methode. Er flog seitwärts, mit den Füßen voran, machte Saltos in der Luft, flog mit dem Bauch voran, im Stehen und kopfüber, sodass seine Hosenbeine ein wenig nach oben rutschten und die Moskauer Saschkos gestreifte Berliner Socken zu sehen bekamen. Drei Stunden lang kreiste der Künstler Saschko in der Luft wie ein Falke über einem Hof. Schließlich beschloss er, zu landen und den Fachleuten seine Methode ausführlich zu erklären. Im Landeanflug streifte er mit dem Fuß den Zylinder eines Mannes, der in einem Taxi saß.

Der Leser hat bereits erraten, dass es sich dabei um Mister O'Kenan handelte, der im vorherigen Kapitel dieses Romans so tragisch verstarb. Vom Zylinder aus dem Gleichgewicht gebracht, fiel Saschko auf einen Mantel, den einer der Schaulustigen rasch unter ihm ausgebreitet hatte. Auf diesem Mantel lag Saschko dann eine halbe Minute. Neben ihm stand ein Bett – offenbar war er bereits nach Hause geflogen. Zur Probe wollte Saschko vom Mantel aufsteigen und ein paar Runden im Zimmer drehen, aber er bewegte sich nicht vom Fleck. Anscheinend erwischte er nicht den richtigen Moment. Da klopfte es an der Tür. Saschko beschloss, das Fliegen auf später zu verschieben, und stand auf.

Ein Mann mit Zylinder betrat den Raum ... Ohne diesen abzunehmen, ging er direkt auf Saschko zu. Hauchte ihm seinen Bier-Atem ins Gesicht. Der Mann, dessen Gesicht eine glänzende rote Nase und zwei trübe Augen besaß, fragte:

»Sind Sie ein russischer Kommunist?«

»Nein«, antwortete Saschko knapp.

»Dann entschuldigen Sie bitte. Aber was sind Sie denn?«, fragte der Biermann erneut.

»Ich bin Künstler«, erwiderte Saschko. »Und ukrainischer Kommunist, Mitglied der Partei KP(b)U.«

Der Biermann blinzelte und starrte Saschko an. Letzterer war mittlerweile vollkommen wach und sah sich nach irgendeiner Art Wurfgeschoss um. Seine Augen drückten gegenüber den Bieraugen des Besuchers keinerlei Wohlwollen aus. Dieser dachte kurz nach.

»Haben Sie zufällig russische Briefmarken?«, änderte er vorsichtshalber seine Taktik.

Doch anstelle russischer Briefmarken schenkte Saschko seinem Gast eine dreigliedrige sakramentale russische Formel.

Die Formel war dem Besucher offensichtlich bekannt. Er murmelte irgendeine Drohung und ging schwankend aus dem Zimmer. Saschko zog sich an, legte seine Schärpe um den Hals und steckte eine Browning in die Hosentasche.

Heute oder morgen würden sie ihn vielleicht auf der Straße überfallen und ordentlich verprügeln. Erschießen würden sie ihn wahrscheinlich nicht, weil so etwas alle möglichen Unannehmlichkeiten von staatlicher Seite nach sich zieht, aber verprügeln würden sie ihn wohl.

In leicht verdorbener Stimmung ging Saschko zum Konsulat und dachte gar nicht mehr an seine Erfindung.

Der Konsul war an diesem Tag nicht da, und Saschko musste ihn vertreten.

»Darf ich?«, drang eine heisere Stimme von draußen durch die Tür.

»Sie dürfen«, rief Saschko streng.

Ein Kopf erschien im Türspalt und zog sich sofort wieder zurück.

»Sie dürfen!«, rief Saschko wütend. Wieder erschien der Kopf, auf den, langsam, der ganze Mann folgte. Den Rücken an den Türrahmen gepresst, verbeugte er sich tief und erstarrte in dieser Position.

»Was wollen Sie?«, fragte Saschko immer noch streng.

Der Mann trat näher an Saschko heran. Am Tisch angelangt machte er erneut eine tiefe Verbeugung. Nun betrachtete Saschko den Besucher genau. Es handelte sich offenbar um einen recht jungen Mann von ungefähr 28 Jahren, aber die rote Nase, die Tränensäcke und die glanzlosen Pupillen verliehen ihm das Aussehen eines vierzigjährigen von Hämorrhoiden geplagten Bonvivants.

»Неяя Коиsul«[6], begann der Gast zaghaft. In seiner heiseren Stimme klang die kokette Intonation eines Lieblings der Frauen, eines vom Leben verhätschelten Schmarotzers an.

»Неяя Коиsul, ich komme zu Ihиeи mit eиeя fiиaиzielleи Bitte.«

Saschko blickte das Subjekt an. Ein Degenerierter mit den Spuren aller möglichen Krankheiten.

»Wie viel brauchen Sie? Wer sind Sie überhaupt?«, fragte Saschko.

---

6. *Im Original Russisch mit ukrainischem Alphabet als Ausdruck einer nur oberflächlichen Anpassung, hier und im Folgenden durch kyrillische Buchstaben im Deutschen wiedergegeben.*

Martin wartete gespannt darauf, ob Harry zurückkommen würde oder nicht. Er tat es nicht. Stattdessen erschien ein Sergeant mit einem Gefängniswärter. Der Wärter rief Martin, James und Toni auf.

Diese Kombination beunruhigte Martin ein wenig.

Warum wird sonst niemand aufgerufen? Wenn Sie das Streikkomitee verhören wollen, warum nehmen sie dann nur Martin und James mit, und was hat Toni überhaupt damit zu tun? Besteht wieder eine Verbindung zu Rupert?

Die drei gingen hinaus auf den Gang. An dessen Ende flackerte eine kleine Lampe – im Gang selbst war es schummrig.

Plötzlich ertönte ein wildes Kreischen, dem Schrei eines tödlich verwundeten Hasen gleich. Toni warf sich mit dem Gesicht nach unten auf den Boden, klammerte sich an Martin fest und strampelte mit den Beinen.

Er hatte bemerkt, dass Harry verschwunden war; und er zog daraus den Schluss, dass man sie umbringen werde, so, wie man Harry wohl gerade erst umgebracht hatte.

Martin schaffte es nur mit Mühe, ihn ein wenig zu beruhigen. Schließlich packte er Toni zusammen mit James unter den Armen und zog ihn durch den Gang.

Auf Höhe der Lampe besann sich Toni und ging allein weiter, wobei er sich weiterhin an Martins Ärmel festkrallte. Martin musterte den Sergeant im schwachen Licht des Lämpchens; irgendetwas an diesem Kerl kam Martin vertraut vor.

Der Sergeant erwiderte seinen Blick ruhig und sogar ein wenig erstaunt. Sie verließen das Gefängnis. Der Sergeant zog seinen Revolver und bedeutete ihnen weiterzugehen. Soldaten waren keine bei ihnen.

»Wo bringen Sie uns hin?«, fragte Martin, so wie Harry einige Stunden zuvor.

»Zum Verhör«, antwortete der Sergeant knapp. Als sie seine Stimme hörten, sahen sich Martin und James wie vom Blitz getroffen an.

Ja – es war Duval!

»Ich hab's dir gesagt!«, meinte James ärgerlich.

»Wo bringen Sie uns hin, Genosse?«, wiederholte Martin die Frage.

»Nicht so laut!«, erwiderte Duval. »Wir gehen zum Hafen. Ich habe Pässe für euch alle. Einen habe ich Harry gegeben. Und jetzt Ruhe.«

Sie gingen ein paar Straßen weiter.

»Jedenfalls habe ich die Anweisung, euch in das Verhörgebäude am Hafen zu bringen. Mit Geld kann man in England alles organisieren.«

»Aber sie werden uns trotzdem verhaften«, sagte Martin. »Dieselben Agenten, die Ihnen die Pässe und den Rang eines Sergeant verkauft haben, werden uns verkaufen, sobald wir auf das Schiff steigen.«

»Das weiß ich doch«, sagte Duval. »Wir gehen auch nicht dorthin, wo sie uns erwarten. Ich habe mit den Agenten vereinbart, dass sie den Rest des Geldes von mir bekommen, wenn wir auf dem Schiff sind. Deshalb erwarten sie uns am Hafen. Aber stattdessen setzen wir uns in einen Zug und fahren mit einem Schnellboot nach Hamburg …«

Sechs Stunden später, als Martin, James und Toni sich bereits auf dem Boot von der Küste entfernten, machte sich Duval auf die Suche nach Harry. Zunächst ging er in die Straße, wo Harry weggelaufen war, inspizierte die Gegend und nahm die Läden in Augenschein.

Und bald schon hatte er eine Spur.

In einem Bekleidungsgeschäft sagte man ihm, dass am selben Tag ein Herrenanzug gekauft worden sei, und zwar von einem jungen Fräulein. Duval bat um eine Beschreibung ihres Aussehens und ging weiter.

Er ging nacheinander zu allen Gasthäusern, die Zimmer vermieteten, und erkundigte sich nach Pärchen. Wurde aber nirgends fündig.

In der Nähe eines der Gasthäuser sah er schließlich einen Policeman und einen Wagen. Duval zündete sich eine Zigarette an, steckte die Hände in die Hosentaschen und näherte sich dem Wagen. Auf der Ladefläche lag, verdeckt von einer Plane, etwas, das einem menschlichen Körper ähnelte. Duval machte sich bereits an der Verriegelung zu schaffen.

»Was ist das?«, fragte er den Policeman beiläufig und hielt ihm sein Zigarettenetui hin.

»Irgendwelche Idioten haben sich vergiftet«, antwortete dieser. »Ein Bursche mit einer Prostituierten. Haben den Teekessel auf die Kohle gestellt und sind eingeschlafen.«

Duval machte einen Schritt nach vorne und hob den Rand der Plane.

Von der Ladefläche blickte ihn Harrys totes Gesicht an. Duval blieb noch eine Sekunde stehen, um anschließend wieder, als hätte er sich umentschieden, in jene Richtung zu laufen, aus der er gekommen war.

Bei der Adressauskunft des Bezirks wurde Professor Massebys Adresse Duval, dem Antragssteller, unter der Nummer 417 herausgegeben.

»Wer sind Sie überhaupt?«, fragte Saschko an den Degenerierten gewandt.

»Ach, meiи Liebeя, fuяchtbaя, fuяchtbaя! Meiиeи Papa, General Siluizkij – Sie kauиten ihи vom Sehen – eiиeи Fяeuиd des verstoяbenen Zaren, habeи die Bolschewiki getötet, auch zwei meiиer Bяüdeя, voя meiиeи Augeи.«

Saschko verzog sein Gesicht, sagte aber nichts.

»Schaueи Sie, ich habe Dokumeиte von … schaueи Sie, ein Empfehluиgsschreibeи voи Zaяiи Maяia Fjodoяowиa.

Saschko nahm das »Empfehluиgsschreibeи voи Zaяiи Maяia Fjodoяowиa« und begann zu lesen.

Der Degenerierte erzählte unterdessen, wie er bei der Tscheka eingesessen hatte und ihm die Flucht gelungen war, wobei er nicht mit Bemerkungen über die Bolschewiki sparte. Saschko las das Schreiben zu Ende. Dann faltete er es akkurat zusammen und warf es dem Degenerierten ins Gesicht.

Ein wenig ungehalten schlug er mit der Faust auf den Tisch und schrie:

»Was fällt dir ein, du Hundesohn? Hau ab, du Bastard! …«

(Hier verwendete Saschko zum zweiten Mal an diesem Tag die sakramentale Formel).

Das Subjekt war verwirrt und bewegte sich langsam wieder zur Tür.

»Ich, ich, gaя nichts, Eиtschuldiguиg, Geиosse, ich bin selbst Demokraт, ich bin Яevolutioиäя, waя zweimal im Gefäugиis …«

»Raus!«, schrie Saschko und erhob sich von seinem Stuhl. Das Subjekt öffnete mit zitternden Händen die Tür und schlüpfte hinaus.

Saschko sprang auf und lief zweimal durchs Zimmer. Da klopfte es wieder an der Tür. Ein kräftiger Mann mit finsterer Miene trat ein. Sein Gesicht war vollständig mit gleichförmigen Flecken übersät, als hätte er die Pocken.

»Setzen Sie sich, Genosse.«

Saschkos hageres Gesicht zeigte ein warmes Lächeln. Der Mann setzte sich.

»Sagen Sie mir, was ich für Sie tun kann!«

»Ich bin Soldat«, begann der Mann. »Im Krieg wurde ich mit dem Expeditionskorps nach Marseille geschickt. Zwei Jahre lang saß ich in Schützengräben und rannte gegen feindliche Stellungen an. Ich wollte zurück nach Russland – aber man ließ mich nicht. Viermal saß ich in der Arrestzelle. Musste wieder in den Schützengraben. Im Jahr 17 erfuhren wir, dass es in Russland eine Revolution gibt. Auch wir wollten nicht mehr kämpfen. Hielten eine Versammlung ab. Da trieben sie uns an die Front und beschossen uns von hinten mit Maschinengewehren. Fast die Hälfte von uns haben sie getötet. Ich wurde von einem französischen Maschinengewehr am Arm verwundet. Dann wurden wir in ein Lager gesteckt. Für jedes Wort wurden wir erbarmungslos geschlagen. In Frankreich schlagen sie nicht schlechter als im Russland der Zaren. Sie schlagen dich bewusstlos, übergießen dich mit Wasser und schlagen dich wieder. Ein Arzt passt auf, dass sie dich nicht totschlagen. So war es im Lager. Wir mussten Gruben ausheben, drumherum wurde Stacheldraht verlegt. In diesen Gruben lebten wir dann ein halbes Jahr. Zu essen gaben sie uns fast nichts. Diejenigen, die sich fügten, wurden zu Koltschak oder Denikin geschickt, um dort zu dienen.

Ich wurde sechsmal geschlagen, ich wollte nicht dorthin. Da wurde ich mit ein paar anderen in den Kongo geschickt, um dort Straßen zu bauen.«

Der Mann hielt inne. Dann verwies er auf sein uns an die Pocken erinnerndes Gesicht.

»Wissen Sie, was das ist? Schwarze standen mit Peitschen neben uns. Fiel man in der Hitze um, schlugen sie einen, bis man wieder aufstand. Wurde man krank – und verlangte auch noch nach einem Arzt –, schlugen sie einen, bis man zugab, dass man gesund war. Mich erwischte die Malaria. Da wurde ich geschlagen, damit ich arbeitete. Eines Morgens konnte ich nicht mehr aufstehen. Ein Unteroffizier kam und befahl mir, arbeiten zu gehen. Ich wollte aufstehen und konnte es nicht. Er schlug mich mit der Peitsche. Dann banden sie mich an einen Baum. Unter dem Baum war ein Ameisenhaufen. Mein Gesicht und meinen Körper schmierten sie mit Zucker ein …

Einige Kameraden sind dort gestorben. Ich wäre niemals von dort weggekommen, wenn nicht ein Genosse, der auf der Straße vorbeifuhr …«

Der Mann hielt erneut inne.

»Ich war in den größten Schlachten des Krieges. Das war alles Kinderkram im Vergleich zu dem, was ich danach erlebte.«

Seine Hände begannen zu zittern und aus seiner Kehle drang ein wilder Schmerzensschrei.

»Geweint habe ich nie – das können Sie mir glauben!«

Er bebte und gab abgehackte, wölfische Laute von sich.

Dann saßen beide schweigend da.

»Sie wissen nicht, wer Sie befreit hat?«, fragte Saschko.

Der Mann schwieg. Spasmische Krämpfe befielen seine Kehle. Schließlich schaffte er es zu sprechen.

»Ich kenne seinen Namen nicht. Er hat vielen geholfen. Es war ein recht kleiner Landsmann.«

»Ein Slawe?«, fragte Saschko.

»Ja, er sah wie ein Slawe aus. Wie ein Ukrainer!«, erklärte der Mann.

»Wie ist er denn dort gelandet?«

»Er sagte, er hätte sich irgendeiner Expedition angeschlossen.

Aber die Expedition sei in den Sümpfen versunken. Er habe als einziger überlebt.«

»Gut!«, sagte Saschko. »Morgen können Sie Ihre Papiere abholen.«

Er stand auf und reichte dem Mann die Hand.

Der geschätzte Professor Masseby hatte soeben seine *manicure* beendet und spielte nun im Arbeitszimmer mit seiner Katze. Er band ihr kein Stück Papier an den Schwanz, wie dies einige bedeutende Persönlichkeiten in ihrer Freizeit taten, nein, er hatte eine andere, in seinen Augen interessantere Beschäftigung gefunden. Er füllte seinen ganzen Mund mit Rauch, den er der Katze auf einmal ins Gesicht blies. Dann fauchte diese und lief davon, aber die allgegenwärtige professorale Hand packte sie am Schwanz, und die Katze bekam noch eine Ladung Rauch auf ihre Schnauze. Eine Minute noch, dann würde die Katze anfangen sich zu kratzen, das wusste der ehrwürdige Wissenschaftler aus Erfahrung – er würde ihr dann ein wenig Eau de Cologne direkt in die Augen spritzen, um das aufgeregte Tier durch den scharfen Schmerz ein wenig zu beruhigen. Der humane Professor war gerade dabei, dies zu tun, als ihm eine Visitenkarte gebracht wurde.

Harry Rupert

Worker

Vor Freude spritzte der Professor der Katze noch ein wenig mehr Eau de Cologne in die Augen, gab dem Tier zum Abschied einen Tritt und rieb sich die Hände. Er zündete sich an der alten eine neue

Zigarre an, zog das Schächtelchen mit den frischen Zigarren zu sich heran und hielt inne. Dieses Mal hatte er Angst, seine Freude zu deutlich zu zeigen – oh, im Gegenteil, er würde streng und unnachgiebig sein, sollte der andere nun betteln!

»Herein!«

Schnellen Schrittes betrat ein Mann den Raum und setzte sich sofort dem Professor gegenüber.

»Wie ist ... He! Das ist nicht Rupert! Was zum Teufel!« Der Professor konnte kaum einen klaren Gedanken fassen.

»Sie interessieren sich für die Herstellung von Albo«, begann der Mann. »Ich komme zu Ihnen im Auftrag seines Erfinders – Harry Rupert.«

»Ja, sehr angenehm«, sagte der Professor. »Ich höre.« (Anscheinend hat Rupert selbst Angst, herzukommen.)

»Rupert kann nicht persönlich kommen«, sagte der Mann. (Warum bleibt der Professor so ruhig?)

»Rupert kann nicht persönlich kommen«, wiederholte der Gast. (Der Professor zuckt nicht mit der Wimper.)

»Offensichtlich hielten ihn wichtige Geschäfte davon ab, wenn er Sie um diesen Dienst bat. Sie haben meine volle Aufmerksamkeit«, sagte der Professor freundlich. (Was ist das für ein komischer Onkel, der einen so durchdringend anblickt?)

»Es ist tatsächlich etwas sehr Wichtiges – er kann nicht persönlich kommen, weil er ermordet wurde«, sagte der Gast.

Das Gesicht des Professors spiegelte eine gespannte Neugier wider.

»Er hat mir das Geheimnis seiner Methode am Tag vor seiner Ermordung verraten«, tastete sich der Gast weiter vor.

»Sie haben Ruperts Rezept?«, fragte der Professor. »Ich habe es auch!« (Der Professor erkundet das Terrain.)

»Sie haben es und ich habe es nicht!«, eröffnete der Gast das Spiel, erhob sich, schloss die Tür, ging auf den Professor zu, hielt mit einer Hand seine Hände fest und legte die andere an seine Kehle.

»Sie haben Ruperts Rezept – das heißt, Sie müssen ihn vergiftet haben. Geben Sie mir sofort das Rezept!«

Die Logik des Gastes überzeugte den geschätzten Professor nicht, da er das Rezept ja gar nicht besaß. Was er auch ganz sicher wusste. Die Hand des anderen jedoch (was für ein nervöses, unbeherrschtes Subjekt!) hatte sich bei dem Wort ›vergiftet‹ noch fester um seinen Hals geschlossen.

»Hören Sie«, keuchte der Professor, »ich habe überhaupt kein Rezept ... lassen Sie mich los, ich bitte Sie, ich habe überhaupt kein Rezept. Hätte ich es, würde ich keinen Harry Rupert empfangen – verstehen Sie – es wäre nutzlos und sogar gefährlich für mich.«

Plötzlich verstummte der menschenfreundliche Professor – er erwiderte den stechenden Blick. Ein unangenehmes Gefühl durchfuhr seinen Körper – die Hand ließ nun ganz von seinem Hals ab und der Mann setzte sich wieder dem Professor gegenüber. Es wurde still. Die Katze kratzte an der Tür, damit man sie nach draußen ließe. Aus der Kehle des Professors drang ein seltsamer hoher Laut – ein Laut, der an die Stimme eines fünfzehnjährigen Jungen erinnerte. Dann wurde der Laut tiefer, und der Professor sagte mit matter Stimme:

»Ich hätte Rupert umgebracht, hätte ich gewusst, wo er das Rezept hat. Er trug es nicht bei sich. Ich habe die Rückstände in seinen Retorten analysiert – die waren aber säuberlich mit Schwefelsäure ausgewaschen worden. Es ist mir nicht gelungen, die Reagenzien zu identifizieren.«

Nachdem der Professor dies in einem langsamen, schläfrigen

Tonfall gesagt hatte, fiel ihm der Kopf auf die Brust, und er schlief ein. Der Gast öffnete die Tür.

»Hallo! Ist da wer?«, rief er in die Halle hinaus.

Ein Lakai erschien.

»Der Professor ist eingeschlafen, wecken Sie ihn in einer halben Stunde«, sagte der Gast. (Die Katze sprang hinaus in die Halle und rannte davon, als wäre sie wahnsinnig geworden.)

»Ich habe Ihr Gespräch mit angehört«, sagte der Lakai. »Zu dieser Angelegenheit kann ich Ihnen noch etwas sagen.«

Der Gast holte eine Banknote hervor und reichte sie dem Lakaien. Dieser lehnte sich an den Türrahmen und erzählte von Laystons Besuch und von einem unbekannten Engländer mit Geschwüren im Gesicht, der sich für Layston und für das Rezept interessierte.

»Noch einmal zehn Pfund, wenn Sie mir sagen, wer der Mann war«, sagte der Gast und holte zehn Banknoten hervor.

Der Lakai zückte eine Visitenkarte.

»Die habe ich stibitzt, als wir zusammen in der Kneipe saßen!«

Dr. James Reeps

Der Gast steckte die Karte in seine Hosentasche und ging.

»Vergessen Sie nicht, den Professor in einer halben Stunde zu wecken«, sagte er zum Abschied.

Edith arbeitete in der Textilfabrik. Ihr schmerzte der Rücken. Sie hustete vom Staub – psychisch jedoch war sie so ruhig und gefestigt wie noch nie. Nun war die hartnäckige Amerikanerin in ihr erwacht. Naiv und an das Glück gewöhnt, glaubte sie nun umso fester an den schnellen Erfolg der großen Sache, die Befreiung der Menschheit durch einen Aufstand der Arbeiter. Dieser Aufstand sollte auch sie selbst befreien und erheben – sie las von Spartakus und lernte heimlich mit einem Revolver zu schießen, den sie mit Kugeln lud, wie man sie aus *Der Graf von Monte Christo* kennt. Sie hatte gerade eben einen Schuss in die Tür gesetzt, als Duval in ihr Zimmer trat. Ohne ein Wort zu sagen, oder auf ihre Fragen zu reagieren, holte er die Visitenkarte aus seiner Tasche und zeigte sie ihr.

Dr. James Reeps

»Kennen Sie diesen Mann?«

Ediths Finger klammerten sich fester um den Griff der Browning.

»Er hat Harry Rupert, den Erfinder des künstlichen Proteins getötet!«

Dann schlug Duval die Morgenausgabe der *Times* auf.

> Gestern Nacht haben sich in Whitechapel ein Arbeiter und eine junge Frau mit Kohlegas vergiftet. Ihre Namen lauten Harry Rupert und Kat. Der Grund für den Selbstmord ist noch nicht bekannt. Bei Rupert fand sich ein gefälschter Pass – für eine Reise ins Ausland.

»Er hat sie beide getötet!«, sagte Duval. »Mit dem Rezept fährt er in die Sowjetunion und verkauft es dort für Millionen. Ich werde ihn suchen.«

Auf dem Nachhauseweg blickte sich Saschko nach allen Seiten um und mied die Gruppen der Faschisten, die aus den Kneipen kamen. Auf der Straße zusammengeschlagen zu werden war heute nicht Teil seines Plans. Die Faschisten hatten bereits herausgefunden, wo sich sein Atelier befand, und lauerten ihm dort vielleicht schon an der Tür auf. Jetzt wäre es von großem Nutzen gewesen, hätte er einfach durchs Fenster ins Atelier fliegen können. Im Falle, dass es geschlossen gewesen wäre, hätte er in der Luft einen Salto gemacht und wäre mit den Füßen voran durch die Scheibe geflogen. Zum Teufel mit der Scheibe! Seine Gesundheit war wichtiger!

KAPITEL 10

DER JÜNGERE UND DER ÄLTERE LANE

Woher konnte Harry Irisch? Der jüngere und der ältere Lane. Der Richter mit den Ostereiern. Ein altmodisches Automobil. Saschko und drei Betrunkene. Ein Elefant und seine Rinderzungen. Der jüngere Lane verkauft dem älteren Lane ein Haus. Zwei Idioten in Hamburg. Enfield-Fahrräder im Jahr 1900. Saschko in Charkiw. Treffen mit Duval in der Liebknecht-Straße. Eine staubige Brise. Ende.

Der Leser wird sich daran erinnern, dass Harry Rupert, ein amerikanischer Arbeiter, sich auf Irisch an den Gendarmen gewandt und dieser ihn daraufhin nicht mehr wie Nummer 17, sondern wie einen Menschen behandelt hatte. Nun müssen wir erzählen, wo der Amerikaner Rupert die Gelegenheit hatte, sich mit der irischen Sprache bekanntzumachen. In Amerika gibt es viele Iren, wird der Leser erwidern. Schon, aber Harry hatte die irische Sprache nicht in Amerika gelernt, nicht von den irischen Emigranten, was sagen Sie jetzt?

»Dann in Irland, werter Genosse.«

Im bergigen County Antrim gibt es eine Schwefelsäurefabrik, und neben dieser eine kleine Stadt. Einmal am Tag gibt es einen Zug, mit dem niemand fährt, abgesehen von den Farm-Pächtern.

Eines Tages kam ein betagter Mann in einen Pub, der einen Strohhut vor sich hertrug. Leicht schwankend ging er zu einem Tisch, setzte sich und legte den Hut vorsichtig ab.

Er orderte einen Liter Ale. Zog den Krug zu sich heran und versank in Gedanken. Dann nahm er ein, zwei, drei, vier Eier aus dem Strohhut, schälte sie und begann, sie zu essen, und spülte mit Ale nach.

Der dicke Wirt, der eine geblümte Weste trug, setzte sich zu ihm und fragte:

»Wie geht's, Euer Ehren? Warum haben Sie Ihre eigenen Ostereier mitgebracht? Sind die meinen nicht zu Ihrer Zufriedenheit?«

»Wozu brauche ich die Ihren, wenn ich doch meine eigenen habe?«, sagte der Richter mit knarrender Stimme. »Ich kaufe sie im Dutzend für einen Penny weniger.«

Der Wirt lächelte freundlich.

Pause.

»Und wie geht es im Gericht?«, fragte er.

»Heute werden wir den Fall der Lanes abschließen«, brummte der Richter. »Der ältere hat gewonnen.«

»Der ältere hat gewonnen, der ältere hat gewonnen«, murmelte der Wirt interessiert. »Aber der ältere hätte doch verlieren müssen.«

»Mein lieber Mister O'Lennan!«, sagte der Richter. »Sie wissen doch, dass der jüngere mit den Sozialisten sympathisiert. Was wollen Sie also noch mehr? He?«

Der jüngere Mr. Lane arbeitete in der Schwefelsäurefabrik. Der ältere Lane, der Bruder des jüngeren, besaß ein Geschäft in der Stadt. Er verkaufte Seife, Soda und Petroleum für Automobile. Mit letzterem machte er nicht besonders viel Gewinn. Im ganzen Städtchen besaß nur der Fabrikdirektor ein Auto, und zwar ein vorsintflutliches Modell. Erstens lief es mit Petroleum, und nicht mit Benzin. Zweitens schaffte es höchstens zwanzig Kilometer pro Stunde; und drittens befand sich sein Motor unter einer Karosserie, die an eine

Kiewer Pferdedroschke erinnerte. Im Profil sah es schematisch so aus:

Die Reifen waren nicht mit Luft gefüllt, sondern hart, genau wie bei den Kyjiwer Droschken.

Der größte Makel dieses Automobils aber bestand darin, dass es bereits seit fünf Jahren kaputt war – in dem Städtchen gab es niemanden, der es hätte reparieren können. Ein solches Städtchen ist jenes im County Antrim.

Klar, dass der ältere Lane mit dem Verkauf von Petroleum so gut wie keinen Gewinn machte.

Drei Monate vor dem besagten Tag klopfte der ältere Lane an die Tür des jüngeren.

Der jüngere Lane schrubbte gerade seine Hände – er war eben erst aus der Schwefelsäurefabrik gekommen, wo die Arbeit hart ist, weil es keine Belüftung gibt, die Säure einfach über den Boden läuft und die Luft dermaßen steht, dass sie sich in jede Faser festsetzt und der Sohn des jüngeren Lane bereits zu husten anfängt, wenn sein Vater über den Hof geht. Der jüngere Lane schrubbte also mit Bürste und Seife seine Hände, und seine Frau, die Gott zu Schabbat gefallen wollte, kochte einen Festtagspudding.

Sie wirkt wie ein Mädchen – seit zwei Jahren erst sind die beiden verheiratet, also nicht lang genug, als dass ein möglicher Schatten auf der heiligen Ehe liegen könnte. Eines jedoch findet sie schlimm – dass sie keine neue Festtagskleidung hat. Auch ihr Sohn hat keine. Er hat seine neue Hose mit Säure verätzt, nachdem er in der Ecke seines Zimmers eine Schwefelsäurefabrik eingerichtet hatte.

Der jüngere Lane lebt in seinem eigenen Haus, also kann sein Sohn dort herumwirtschaften. Vater Lane hatte dem jüngeren Sohn als Erbe dieses Haus vor der Stadt hinterlassen, dem älteren die Einnahmen der Farm. Das war alles schön und gut, doch das Haus stand zu nah an der Fabrik. Das Dach war von Rost überzogen, man konnte die Konstruktion mit der Faust zerschlagen. Das Petroleum zerfraß das Holz der Fenster und Türen. Der jüngere Lane war alles andere als abgeneigt, aus diesem Haus auszuziehen.

»Hallo, mein Lieber!«, sagte der ältere Lane, als er das Haus betrat.

Saschko war auf dem Heimweg, machte mehrere Bögen um diverse Grüppchen von Biermännern, und tastete nach der Browning in seiner Tasche.

Als er sich der Tür seines Ateliers näherte (welches gleichzeitig sein Schlafzimmer war), blieb der Künstler plötzlich stehen.

Neben dem Eingang standen drei Männer und unterhielten sich.

Einer von ihnen schien demjenigen, der am Morgen bei Saschko im Atelier gewesen war, fatal ähnlich zu sehen. Saschko lief pfeifend an seiner Tür vorbei, als hätte er dort noch nie gewohnt. Als er im Vorbeigehen einen Blick auf die Gruppe warf, erkannte er den Biermann vom Vormittag. Dieser reagierte glücklicherweise nicht, abgesehen vom Bierrülpser, der durch die Straße hallte. Seine Kameraden blickten einander an und rülpsten ebenfalls. Saschko ging die Straße entlang weiter. Aus einer Seitengasse heraus kamen drei weitere Figuren auf ihn zugelaufen. Schnellen, entschlossenen Schrittes. Zwei voran, der dritte blieb etwas zurück und blickte sich nach allen Seiten um. Saschko beschloss, dass es besser war, sich mit drei Betrunkenen anzulegen als mit drei Nüchternen. Also wandte er sich um und lief nach Hause.

Wieder ging er an seiner Tür vorbei, machte jedoch plötzlich auf dem Absatz kehrt und schoss wie ein Pfeil Richtung Eingang. Er schlüpfte durch die Reihe der Biermänner hindurch und rasch wie der Wind die Treppe hoch. An der vierten Stufe blieb er jedoch mit der Stiefelspitze hängen und fiel zu Boden. Im gleichen Moment stürmten die drei Biermänner ins Haus. Saschko hatte noch nicht einmal die Zeit, anständig zu bedauern, dass er vergessen hatte zu fliegen, da stand schon einer der Faschisten breitbeinig über ihm. Der günstige Lauf der Dinge wollte, dass Saschko nüchterner war als der andere. Er trat dem Faschisten mit dem Fuß in den Bauch, woraufhin sich ein lauter Bierrülpser löste und der Mann die Treppe hinunterrollte. Die zwei anderen jedoch waren schon zur Stelle. Jeder der beiden packte einen von Saschkos Armen, eine Sekunde später hatten sie ihn auf die Straße gezerrt. Der dritte stand wieder auf, lief hinterher und packte Saschko am Kragen. Saschko spürte, dass sie sein Schicksal wirklich fest im Griff hatten, und ihm wurde ein wenig unwohl.

»Lasst mich sofort los«, sagte er auf Deutsch.

Die drei schenkten seinen Worten keinerlei Beachtung.

Da trat Saschko nach hinten aus. Der Mann hinter ihm stöhnte lauf auf und ließ Saschkos Kragen los – Saschko wand sich wie eine Natter in der Bratpfanne und konnte schon einen seiner beiden Arme befreien ... da spürte er plötzlich den kalten Stahl eines Revolvers im Nacken. Er hielt kurz inne – und sofort hatten sie ihn wieder gepackt. Die Faschisten durchsuchten seine Taschen und zogen die Browning und seine Papiere heraus.

»Verdammt«, dachte Saschko. »Das riecht nach Mord und Spurenvernichtung. Wobei, was schert diese Faschisten schon das Recht ihrer ›Erfüllungsregierung‹. Sie bringen mich um und fertig. Verdammt!«

Sie entfernten sich ungefähr zehn Schritte von der Vortreppe. Da näherten sich die drei Männer aus der Seitengasse, doch sie würdigten Saschko und die drei anderen keines Blickes.

»Okay«, dachte Saschko.

»Lasst mich los«, rief er, so laut er konnte.

»*Pustit' ... mat'*«, wiederholte er auf Slawisch.

Die drei aus der Seitengasse blieben stehen. Einer von ihnen löste sich aus der Gruppe und ging auf die andere zu. Ein kleiner, blonder Mann.

»Was ist los?«, fragte er knapp.

Die Faschisten zogen Saschko weiter.

»He, Mart!«, rief der Blonde.

Nun trat auch der Zweite und hinter diesem, sich umblickend, der Dritte hinzu. Mart und der Blonde warfen die Faschisten herum wie Stroh.

Saschko nahm einem von ihnen seine Dokumente und seine eigene sowie dessen Browning ab und ging dann mit seinen drei Rettern zum Eingang seines Hauses.

Ein Schuss. Die Kugel prallte von der Wand zurück. Saschko schloss die Tür, ging zum Telefon des Pförtners und rief die Polizei.

Als schließlich zwei Schutzmänner auftauchten, waren die Faschisten nicht mehr da. Saschko bedankte sich herzlich bei seinen drei Rettern – einer von ihnen war dunkelhäutig –, woraufhin ihn diese wieder allein ließen.

»Hallo!«, erwiderte der jüngere Lane.

»Wo ist Harry?«, fragte der ältere.

»Harry ist auf Arbeit in der Fabrik«, antwortete der andere.

»Hör zu, mein Lieber«, sagte der ältere Lane. »Sie bauen eine Straßenbahn zur Fabrik, und dein Haus wird direkt an der Strecke liegen. Ich möchte mein Geschäft hierher verlegen. Verkauf mir dein Haus. Weißt du was, gehen wir in die Kneipe, um zu reden, dort ist es entspannter.«

»Wie viel gibst du mir denn für das Haus?«, fragte der jüngere, als sie das erste Glas geleert hatten.

»Ich gebe dir hundertzwanzig Pfund – so viel war die Bude laut unserem Vater wert. Ich muss ja auch einiges reparieren, das verstehst du sicher.«

»In Ordnung«, sagte der jüngere. »Ich bin einverstanden.«

Sie gingen zu Fuß zum Notar, der am anderen Ende des Städtchens wohnte. Vorbei an üppigen grünen Gärten.

»Hier wird die Straßenbahn fahren«, sagte der ältere.

»Was für eine Straßenbahn wird es denn werden – mit Pferden oder mit Dampf?«, fragte der jüngere.

»Eine elektrische«, sagte der andere ehrfürchtig.

»Das wird dem Direktor mit seinem Automobil aber nicht gefallen.«

Ein Hase sprang aus den Akazienbüschen hervor und rannte den Weg entlang. Ein Junge auf einem altmodischen Fahrrad mit großem Vorderrad jagte ihm nach …

Der ältere Lane ging, den Kaufvertrag in seiner Tasche befühlend, gut gelaunt nach Hause. Er war nicht verheiratet und alle jungen Damen des Städtchens schauten ihm hinterher – schließlich trug er immer den neusten Anzug und karierte Hosen.

Er ging zu einer Tür und klopfte.

Eine alte Frau kam heraus und stellte sich auf die Zehenspitzen, um an seine Ohren zu gelangen.

»Da ist ein Mädchen für Sie«, flüsterte sie.

Der ältere Lane räusperte sich vor Aufregung und trat in die Stube.

Das Mädchen saß auf einem Sessel und bedeckte sein Gesicht mit den Händen. Er ging zu ihm hin und zog ihm die Hände weg. Vor ihm saß die Frau des jüngeren Lane …

»Herein!«, rief Saschko.

Ins Büro des Bevollmächtigten des Konsuls trat ein riesiger, einem Elefanten ähnlicher Alter.

»Was kann ich für Sie tun?«

»Geben Sie mir ein Visum für Russland.«

»Und wer sind Sie?«

Der Elefant holte ein schmutziges, zerrissenes Stück Papier hervor und breitete es auf dem Tisch aus.

»Was ist das?«, fragte Saschko.

»Was? – ein Dokument – sehen Sie doch – hier: Rudoj-Rudenko, oder Sementschuk.«

»Das reicht nicht. Woher kommen Sie? Wo leben Sie?«

»Ich komme aus Amerika.«

»Wie kommen Sie dann ohne Papiere hierher?«

»Na, mit den Rindern – sie haben die Rinder auf den Dampfer getrieben, und mich mit ihnen.«

»Hmm … und wie sind Sie wieder heruntergekommen?«

»Mit den Rindern bin ich auch wieder heruntergekommen.«

»Hören Sie, wie alt sind Sie denn? Und was machen Sie hier?«

»Ach, Herr Genosse – das Leben ist so kurz, und die Welt so schön, das Leben ist so reich und so grün.«

Saschko war ein bisschen gerührt.

»Hören Sie, ich werde Sie trotzdem nicht in die Ukraine lassen. Es geht nicht.«

»Gut, dann gehe ich zu Fuß.«

»Und wie wollen Sie über die Grenze kommen?«

»Ach, irgendwie kommt man schon drüber. Es ist ja nicht das erste Mal!«

»Gut, wenn Sie schon zu Fuß gehen wollen, dann gebe ich Ihnen einen Rat – gehen Sie nicht durch Polen, denn dort wird man es Ihnen zeigen. Gehen Sie durch Rumänien.«

»Ich danke Ihnen, aber würden Sie mir das Visum vielleicht trotzdem ausstellen?«

»Nein«, erwiderte Saschko entschieden, denn er fühlte, dass der alte Epikureer dabei war, ihn zu überreden. »Leben Sie wohl.«

»Machen Sie es gut.«

Leichten Schrittes verließ der siebzigjährige Elefant das Zimmer. In der Tür stieß er mit einem Herren zusammen, der eine Melone trug. Der Herr lief zum Tisch, legte die Melone auf diesem ab und setzte sich, wobei er seine Hosenbeine über die Stiefel hochzog. Dann plapperte er munter auf Englisch drauflos, nickend und gestikulierend. Aus seinem Mund blitzten 32 goldene Zähne hervor. Er legte zwei Pässe vor Saschko auf den Tisch.

»Können Sie Deutsch oder Russisch sprechen?«, fragte Saschko nervös.

Der Amerikaner schnatterte weiter, als hätte er ihn nicht gehört.

Saschko nahm die Pässe und sah sie sich genau an. Dann legte er sie beiseite. Der Amerikaner redete indes weiter. Saschko hörte noch ein paar Minuten zu. Dann sagte er:

»Die lasse ich nicht in die Ukraine.«

»Warum?«, fragte der Amerikaner auf Russisch.

»Wenn Sie erlauben, dann sage ich Ihnen vielleicht erst einmal, wer Sie sind. Sie sind ein Amerikaner, der aus dem Gouvernement Kyjiw stammt und bereits seit vielen Jahren in Amerika lebt – Sie arbeiten als Agent der Firma *Hoyd* und wollen uns nun zwei psychisch Kranke aufdrängen. Ja, psychisch Kranke, das können Sie nicht abstreiten. Natürlich waren es noch keine psychisch Kranken, als sie in Amerika ankamen; und jetzt, da das amerikanische Kapital alles Blut aus ihren Adern gesogen hat, wollen Sie sie uns zurückgeben … Nun, das wird nicht funktionieren. Wenn Sie keine Verwendung mehr für die beiden haben, können Sie ein Schnitzel für Wilson aus ihnen machen. Verstehen Sie mich?«

»Ja.«

Der Amerikaner setzte seine Melone auf und ging langsam zur Tür. Dort blieb er noch einmal stehen und sagte:

»Ich spende Ihnen 2000 für die Hungernden.«

»Sie wollen 20 Dollar spenden?«, fragte Saschko nach. »Gehen Sie nach links – die sechste Tür …«

»Meine Liebste, meine Teuerste!«, sagte der ältere Lane.

Die Frau des jüngeren Lane nahm seine bloßen Hände und legte sie sich auf die Schultern. Schweigend lagen die beiden nebeneinander.

»Es ist Zeit«, sagte sie. »Er wird bald von der Nachtschicht nach Hause kommen.«

»Vergiss aber nicht, was ich gesagt habe!«, erinnerte sie der ältere Lane.

»Das vergesse ich nicht, Liebster«, sagte sie. »Wir werden glücklich sein. Er wird mit Harry schon irgendwie zurechtkommen.«

Und sie begann, sich anzuziehen. Schließlich verließ sie das Zimmer.

In Saschkos Zimmer hingegen, im Konsulat, traten drei Leute ein. Der dritte blieb ein wenig zurück und blickte sich in alle Richtungen um. Er war dunkelhäutig und hielt sich am Ärmel des älteren der beiden anderen fest.

Saschko erkannte seine Retter.

»Wo kommt ihr denn her, Genossen?«, fragte er.

»Ich aus Amerika«, begann der Ältere in gebrochenem Französisch.

»Er kommt aus Amerika«, übersetzte der Jüngere in sauberes Ukrainisch.

»Kennt ihr zufällig diesen Rudoj-Rudenko, oder Sementschuk?«, fragte Saschko.

»Er ist schon hier, was für ein Bastard!«, sagte der Amerikaner. »So einen Nichtsnutz hat die Welt noch nicht gesehen. Wissen Sie, der wechselt jeden Monat seine Arbeit. Mal wäscht er Gold, am Klondike, dann, siehe da, schreiben die Genossen aus Texas zwei Wochen später, er würde inzwischen Rinder hüten. Aber auch das Rinderhüten hat er nicht lange gemacht. Dazu muss einer ja reiten, und der, der schläft den ganzen Tag. Abends steht er dann auf, erschießt ein Rind und macht sich zum Abendessen Rinderzunge. ›Ich‹, sagt er schließlich, ›kann ohne Rinderzunge zum Abendessen nicht leben.‹ Sie jagten ihn fort – und er ging zu einem Farmer in die Steppe. Es ist noch keinen Monat her, dass ihn der Farmer ebenfalls fortgejagt hat, weil er auch bei ihm Rinder nur der Zunge wegen getötet hat.«

»Jetzt will er in die Ukraine«, sagte Saschko.

»Sie dürfen ihm kein Visum geben. Was soll man in einem hungernden Land mit solch einem Nichtsnutz?«

»Gebe ich ihm auch nicht!«, sagte Saschko. »Zeigt mir eure Papiere.«

Martin holte seine hervor und erzählte, wie es sich mit Toni verhielt. Saschko schrieb seinen Bescheid. In diesem Moment stürmte ein Mann vollkommen außer Atem ins Zimmer und lief, ohne sich umzublicken, direkt auf Martin zu …

Der jüngere Lane hatte den Gerichtsprozess verloren. Und zwar so: Der Richter hatte ein paar Eier aus seiner Westentasche geholt, sie geschält und über seinem Küchenbuffet gegessen. Dann hatte er seine Robe übergezogen und war losgegangen, um zu richten. Der jüngere Lane hatte dem älteren Lane sein Haus verkauft. Der ältere Lane hatte es anschließend für das Zehnfache an einen Stahlproduzenten verkauft. Die Frau des jüngeren Lane wiederum hatte das gesamte Geld, das dieser für das Haus bekommen hatte, zum älteren mitgenommen. Das war bewiesen. Also hätte der ältere Lane das Geld eigentlich zurückgeben müssen. Allerdings trat der in seiner besten Kleidung vor das Gericht, und alle, der Richter eingeschlossen, wussten, dass er nun nicht weniger als zweieinhalb- oder gar dreitausend Pfund besaß. Also gewann er den Prozess.

Als der Richter das Urteil verkündete, stürzte der jüngere Lane mit einem Messer auf seinen Bruder zu. Man ergriff ihn, er verwundete einen, riss sich los und lief zur Tür ...

Der Mann lief direkt zu Martin und sagte:

»Ihr seid schon hier – ich habe auf Edith gewartet – sie ist nicht gekommen.«

Martin verließ mit ihm den Raum, mit Toni, der sich nach allen Seiten umblickte, im Schlepptau.

Saschko und Duval blieben allein zurück.

»Ihre Papiere, Genosse«, sagte Saschko.

Duval holte seinen schmutzigen, alten Mitgliedsausweis der KP(b)U hervor.

»Wo waren Sie?«, fragte Saschko. Und Duval erzählte ihm die ganze Geschichte.

Layston fand Edith schließlich, genauer, Edith fand schließlich Layston. Als sie in Hamburg von Bord ging, landete sie mitten in einer Prozession. Vorneweg lief ein Amerikaner mit Melone, und hinter diesem trotteten zwei psychisch Kranke her. Einer von ihnen war der ehemalige Milliardär MacLayston, der andere der Kretin Sidney Layston. Um keine öffentliche Empörung zu riskieren, hatte Morgan sie aus Amerika weggeschickt. Als er Edith erblickte, stürzte Sidney zu ihr hin und flehte sie an, ihn zu befreien.

Sie stand wie versteinert da.

»Sind Sie mit den Herren bekannt?«, fragte der Amerikaner höflich.

Edith wusste nicht, was sie sagen sollte. Die christliche Moral gebietet, sich zweier Idioten anzunehmen, um sich das Himmelreich zu verdienen. Auf der anderen Seite war die Arbeit mit den Genossen der Weg in eine siegreiche Zukunft. Der Amerikaner bemerkte, dass sie zögerte, und musterte Edith eingehend. Sie trug das billige Kleid einer Fabrikarbeiterin. Von ihr war keine große Hilfe zu erwarten.

»Ja, das bin ich!«, sagte Edith. »Vielleicht könnten Sie mir mit etwas Geld aushelfen – ich bin gerade ohne Arbeit. Sie sind offenbar ein Verwandter oder ein Freund?«

»Mit Geld?«, sagte der Amerikaner. »Nein, Geld habe ich keins. Sehen Sie, ich muss diese zwei Herren nach Sowjetrussland bringen.«

»Nach Sowjetrussland? So, so. Also können Sie mir keine fünfzig Dollar um einer alten Bekanntschaft willen geben?«

»Leider nein!«, sagte der Amerikaner, verabschiedete sich höflich und ging mit seinen Kranken davon.

Ediths Herz wurde schwer, als sie die Hand des Kretins abschüttelte. Sie wandte sich ab. Nein, sie konnte ihn nicht mitnehmen; sie würde selbst hart an sich arbeiten müssen, um einem hungernden Land nicht zur Last zu fallen.

Sie entfernte sich ein paar Schritte. Aus ihrer aufgebissenen Lippe quoll ein Tropfen Blut und rann über ihr Kinn herab.

Edith sah auf die Uhr: sie hatte ihren Zug nach Berlin verpasst …

Der Amerikaner nahm ein Auto und erwischte seinen Zug. Im Waggon betrachtete er noch einmal die Papiere der Laystons.

MacLaystons richtiger Name lautete Lane. Er hatte einen Bruder namens Martin Lane – so stand es in den Papieren ihres Vaters. Der Name von Laystons Frau lautete M. Loran. In Amerika hatte er seinem Namen die Endung *-ston* hinzugefügt und den vorderen Teil leicht abgeändert. Unter Lanes beziehungsweise Laystons Papieren befand sich auch ein Pass des jüngeren Lane, eines Arbeiters aus einer Schwefelsäurefabrik. Dieser jüngere Lane, Martin, hatte einen Sohn namens Harry. Die Lanes waren Iren aus Antrim.

Edith, Duval, Martin, James und Toni trafen sich in Berlin. Sie besaßen bereits ihre Visa für die Sowjetrepublik.

Duval lag in ihrem gemeinsamen Wohnheim auf dem Bett. Toni saß auf dem Boden. Edith erzählte, wie sie in Hamburg ihren Vater und ihren Bruder getroffen hatte.

»Wissen Sie was?«, sagte Duval. »Wissen Sie was, Edith? Sie kennen ja immer noch nicht Martins Nachnamen.«

Martin schlief auf einem anderen Bett. Er atmete schwer, aus seinem Mund drang ein halbtierisches Gemurmel.

»Nein«, sagte Edith.

»Dann wissen Sie auch nicht, dass das Martins Ring ist«, sagte Duval und blickte dabei auf ihren Finger mit dem antiken Siegelring.

Auf diesem war der Buchstabe »L« eingraviert.

»Martins Ring? Das ist der Ring meines Vaters!«

»Ihr Vater hatte den Ring von seinem Bruder. Martin Lane.«

Edith sah ihn mit weit aufgerissenen Augen an.

»Harry Rupert, der Erfinder des Proteins, war der Sohn von Martin Lane – Ihr Vetter.«

Und Duval erzählte die ganze Geschichte der beiden Lanes noch ein zweites Mal.

Alle lauschten schweigend der Erzählung: wie Martin aus Irland floh, wie Layston reich wurde, wie der kleine Harry im Waisenhaus lebte, wie er nach Amerika auswanderte. James zuckte ab und an mit den Schultern.

Als Duval geendet hatte, sagte James nach einer kurzen Pause:

»Du weißt ja anscheinend alles. Sag, mit wem bin ich denn verwandt, Sohn, Vater oder weiß der Teufel was?«

Duval antwortete nicht – er musterte aufmerksam den Siegelring an Ediths Finger, als sähe er ihn gerade zum ersten Mal.

Die Antwort übernahm Toni. Er zog James am Ärmel und sagte:

»Du bist mein zweiter Vater.«

So hat der Leser nun alles erfahren, was er wissen muss. Er hat bereits erraten, dass die Geschichte der Lanes in Antrim sich vor über zwanzig Jahren abgespielt hat, als Harry noch auf dem Boden herumkrabbelte und in der Ecke seines Zimmers eine Schwefelsäurefabrik erbaute.

Es ist ja auch tatsächlich schwer vorstellbar, dass man heutzutage auf solch altmodischen Fahrrädern herumführe, selbst im entlegensten Winkel Irlands. War doch schon beim *Royal Enfield* aus dem Jahre 1900 das Vorderrad nur noch einen Zentimeter größer als das Hinterrad. Vielleicht würde der Leser gerne noch wissen, wer nach dem Tod von Camilla deren Papiere an sich genommen hat und was später aus Saschko und Duval geworden ist.

Auf die erste Frage antwortet der Autor des Romans (oder seine Autoren) offenherzig:

»Wir wissen es nicht!«

Denn es wäre wirklich Nonsens, dass sich, sagen wir, Duval für diese Papiere interessiert haben könnte. Was hätten sie ihm genutzt? Was hätte er mit einer Tänzerin zu schaffen gehabt, noch dazu mit einer, die nicht mehr lebendig, sondern tot war? Aber vor allem, was hätte er mit ihren Papieren anstellen sollen?

Saschko hat der Autor dieses Romans (oder seine Autoren) in Charkiw getroffen.

Er war mit einem blonden, klein gewachsenen Mann unterwegs.

»Wohin des Weges, Saschko? He, Genosse!«

Der Genosse wandte sich dem Schaufenster des Staatsverlags zu und betrachtete die Bücher.

»Wohin ich gehe? Gib mir erstmal eine Zigarette. Ich bin mit dem Genossen hier unterwegs zur Zeitschrift *Visti*.«

Der Genosse drehte sich zu mir um.

»Duval!«, schallte es durch die Liebknecht-Straße. »Was machen Sie hier? Haben Sie Reeps und das Rezept gefunden?«

»Das habe ich nicht«, erwiderte Duval finster. »Das habe ich nicht, weil er irgendwo am Kuban verschwunden ist. Und das Rezept mit ihm.«

»Was gedenken Sie denn, hier zu tun?«

»Nun, ich gedenke, mich der Chemie zuzuwenden. Harry hat mir noch etwas zum Rezept gesagt. Aber ich konnte nichts damit anfangen, weil ich von Chemie nichts verstehe. Vielleicht kommen mir die Namen der Reagenzien wieder in den Sinn, wenn ich Chemie studiere.«

»Und wo sind die anderen? Wo sind Martin, Edith, James und Toni?«

»Martin …«, begann Duval, aber in diesem Moment wurde sein Gesicht ganz blass, er taumelte und fiel rückwärts auf das Trottoir.

Es war sonnig und heiß. Eine Brise erhob sich und zog durch die Straße, wirbelte ein paar Fetzen Papier auf, vermischte sie mit Staub und wehte um eine Ecke davon.

secession

secession